Diogenes Taschenbuch 20335

W. Somerset Maugham
Lord Mountdrago
Erzählungen

**Donated from the
Molly Denson Collection**

Diogenes

Die vorliegenden Erzählungen
sind dem Band *Collected Short Stories,*
Copyright © by the Royal Literary Fund, entnommen
Diese Auswahl erschien zusammen mit den Bänden
Die Macht der Umstände und *Fußspuren im Dschungel*
zuerst 1972 als Band II der *Gesammelten Erzählungen*
von W. Somerset Maugham im Diogenes Verlag
Nachweis für die einzelnen Erzählungen
am Schluß des Bandes
Umschlagillustration von
Ludwig Hohlwein

Alle deutschen Rechte vorbehalten
Copyright © 1972, 1976
Diogenes Verlag AG Zürich
30/99/8/6
ISBN 3 257 20335 7

Inhalt

Der Mann mit der Narbe 7
›The Man With the Scar‹, deutsch von Mimi Zoff

Der geschlossene Laden 11
›The Closed Shop‹, deutsch von Mimi Zoff

Der Bettler 21
›The Bum‹, deutsch von Mimi Zoff

Der Traum 31
›The Dream‹, deutsch von Felix Gasbarra

Die Unvergleichliche 37
›The Treasure‹, deutsch von Claudia und Wolfgang Mertz

Des Obersten Lady 55
›The Colonel's Lady‹, deutsch von Helene Mayer

Lord Mountdrago 75
›Lord Mountdrago‹, deutsch von Monique Humbert

Gesellschaftliche Haltung 99
›The Social Sense‹, deutsch von Mimi Zoff

Der Kirchendiener 109
›The Verger‹, deutsch von Mimi Zoff

In einem fremden Land 117
›In a Strange Land‹, deutsch von Felix Gasbarra

Der Taipan 123
›The Taipan‹, deutsch von Raymond G. May

Der Konsul 131
›The Consul‹, deutsch von Raymond G. May

Ein Freund in Not 137
›A Friend in Need‹, deutsch von Felix Gasbarra

Das runde Dutzend 143
›The Round Dozen‹, deutsch von Mimi Zoff

Der Mann mit der Narbe

Zuerst fiel er mir eigentlich nur durch seine Narbe auf, denn sie lief breit und rot in großem Bogen von seiner Schläfe bis zum Kinn. Sie mußte auf eine furchtbare Wunde zurückzuführen sein, und ich fragte mich, ob sie von einem Säbel oder einem Stück Muschel herrühre. Sie wirkte unerwartet auf diesem runden, fetten, gutmütigen Gesicht. Er hatte kleine und unbedeutende Züge, und sein Ausdruck war harmlos. Sein Gesicht paßte seltsam zu seinem korpulenten Körper. Er war ein mächtiger Mann von mehr als durchschnittlicher Größe. Ich sah ihn nie anders gekleidet als in einem sehr schäbigen grauen Anzug, einem Khakihemd und einem ramponierten alten Sombrero. Er war keineswegs sauber. Er kam jeden Tag zur Cocktailstunde in das Palace-Hotel in der Guatemala City und bot, lässig in der Bar herumschlendernd, Lotterielose feil. Wenn er auf diese Weise seinen Lebensunterhalt verdiente, dann mußte er ein kümmerliches Dasein führen, denn ich sah nie, daß ihm jemand etwas abkaufte; man bot ihm höchstens hin und wieder etwas zu trinken an. Er lehnte niemals ab. Er bahnte sich seinen Weg durch das Lokal mit einer Art von rollendem Gang, als wäre er gewohnt, weite Strecken zu Fuß zurückzulegen, blieb bei jedem Tisch stehen, sagte mit einem kleinen Lächeln die Nummern her, die er zu verkaufen hatte, und ging weiter. Ich glaube, daß er meistens ein wenig angetrunken war.

Ich stand eines Abends mit einem Bekannten an der Bar – es gab einen sehr guten trocknen Martini im Palace-Hotel in Guatemala –, als der Mann mit der Narbe herankam. Ich schüttelte den Kopf, als er mir zum zwanzigstenmal seit meiner Ankunft seine Lotterielose zur Auswahl hinhielt. Aber mein Gefährte nickte liebenswürdig.

»*Que' tal*, General? Wie geht's?«

»Nicht schlecht. Das Geschäft blüht zwar nicht gerade, aber es könnte schlimmer sein.«

»Was nehmen Sie, General?«

»Einen Schnaps.«

Er trank ihn auf einen Schluck hinunter und stellte das Glas auf die Bar zurück. Er nickte meinem Bekannten zu.

»*Gracias. Hasta Luego.*«

Dann wandte er sich ab und bot seine Lose den neben uns stehenden Leuten an.

»Wer ist das?« fragte ich. »Das ist ja eine furchtbare Narbe auf seinem Gesicht.«

»Sie trägt nicht gerade zu seiner Schönheit bei, wie? Er ist ein Verbannter aus Nicaragua. Ein Raufbold natürlich, und ein Bandit, aber kein schlechter Kerl. Ich gebe ihm hie und da ein paar Pesos. Er war ein revolutionärer General, und wenn ihm die Munition nicht ausgegangen wäre, würde er die Regierung gestürzt haben und heute Kriegsminister sein, anstatt in Guatemala Lotterielose zu verkaufen. Man hat ihn mit seinem ganzen Stab gefangengenommen und vor ein Kriegsgericht gestellt. Solche Dinge werden ziemlich summarisch gehandhabt in jenen Ländern, und er wurde dazu verurteilt, bei Morgengrauen erschossen zu werden. Wahrscheinlich wußte er, was ihm bevorstand, als er gefangen wurde. Er verbrachte die Nacht im Gefängnis, und er und die andern – es waren ihrer im ganzen fünf – spielten die ganze Nacht Poker. Sie benützten Streichhölzer als Chips. Er erzählte mir, daß er nie im Leben solches Pech gehabt hatte. Als der Morgen heranbrach und die Soldaten in die Zellen kamen, um die Verurteilten abzuholen, hatte er mehr Zündhölzer verloren, als ein vernünftiger Mensch Zeit seines Lebens verbrauchen konnte.

Sie wurden in den Patio des Gefängnisses geführt und alle fünf an einer Mauer aufgestellt, der Vollstreckungskompanie gegenüber. Es trat eine Pause ein, und unser Freund fragte den diensthabenden Offizier, warum, zum Teufel, man sie warten lasse. Der Offizier antwortete, daß der kommandierende General der Regierungstruppen der Hinrichtung beizuwohnen wünsche und noch nicht eingetroffen sei.

›Dann habe ich ja Zeit, noch eine Zigarette zu rauchen‹, sagte unser Freund. ›Er war immer unpünktlich.‹

Aber er hatte sie kaum angezündet, als der General – es war San Ignazio; übrigens: ich weiß nicht, ob Sie ihn kennengelernt haben –, von seinem Adjutanten gefolgt, den Hof betrat. Die üblichen Formalitäten wurden erfüllt, und San Ignazio fragte die Verurteilten, ob sie vor ihrer Hinrichtung noch einen Wunsch hätten. Vier von den fünfen schüttelten den Kopf, aber unser Freund sagte:

›Ja, ich möchte von meiner Frau Abschied nehmen.‹

›*Bueno*‹, entgegnete der General. ›Ich habe nichts dagegen. Wo ist sie?‹

›Sie wartet vor dem Gefängnistor.‹

›Dann bedeutet es ja bloß eine kleine Verzögerung. Nicht mehr als fünf Minuten.‹

›Kaum das, Señor General‹, sagte unser Freund.

›Führt ihn weg!‹

Zwei Soldaten traten vor, nahmen den Verurteilten in die Mitte und führten ihn an den bezeichneten Platz. Der die Vollstreckungskompanie kommandierende Offizier gab auf ein Zeichen des Generals einen Befehl: eine unregelmäßige Salve ertönte, und die vier Mann fielen. Sie fielen seltsam, nicht alle gleichzeitig, sondern einer nach dem andern, mit Bewegungen, die beinahe grotesk wirkten, wie Marionetten in einem Puppentheater. Der Offizier trat zu ihnen hin und schoß einem, der noch lebte, zwei Revolverladungen in den Leib.

Unser Freund rauchte seine Zigarette zu Ende und warf den Stummel fort.

Am Eingang entstand eine kleine Bewegung. Eine Frau kam in den Hof herein, mit raschen Schritten, und blieb, die Hand auf dem Herzen, plötzlich stehen. Sie stieß einen Schrei aus und stürzte dann mit offenen Armen vor.

›*Caramba*‹, sagte der General.

Sie war schwarz gekleidet, mit einem Schleier über dem Haar, und ihr Gesicht war totenbleich. Sie war fast noch ein Mädchen, ein schmales Geschöpf mit regelmäßigen kleinen Zügen und ungeheuren Augen. Sie waren fast irre vor Verzweiflung. Aber das Bild, das sie bot, während sie mit ihrem schönen, schmerzvollen Gesicht, den Mund leicht geöffnet, durch den Hof lief, war von solcher Lieblichkeit, daß sich den gleichgültigen Soldaten, die sie betrachteten, unwillkürlich ein Ruf des Erstaunens entrang.

Der Rebell kam ihr ein paar Schritte entgegen. Sie warf sich in seine Arme, und mit einem heiseren Aufschrei der Leidenschaft: ›*Alma de mi corazon*‹, Seele meines Herzens, preßte er seine Lippen auf die ihren. Im gleichen Augenblick zog er ein Messer aus seinem zerfetzten Hemd – ich habe keine Ahnung, wie er es fertiggebracht hatte, es zu behalten – und stach es ihr in den Hals. Das Blut schoß aus der zerschnittenen Ader hervor und färbte sein Hemd. Dann warf er seine Arme um sie und preßte noch einmal seine Lippen auf die ihren.

Das Ganze spielte sich so rasch ab, daß viele nicht wußten, was geschehen war, aber von den andern kam ein Schrei des Entsetzens; sie sprangen vor und packten ihn. Sie bemühten sich, seine Arme zu lockern, und das Mädchen wäre gefallen, wenn der Adjutant es nicht aufgefangen hätte. Sie war bewußtlos. Man legte sie auf den Boden, und bestürzt standen alle herum und blickten auf sie nieder. Der Rebell hatte gewußt, wohin er traf, und es war unmöglich, das Blut zu stillen. Nach einer Weile erhob sich der Adjutant, der neben ihr gekniet hatte.

›Sie ist tot‹, flüsterte er.

Der Rebell bekreuzigte sich.

›Warum haben Sie das getan?‹ fragte der General.

›Ich habe sie geliebt.‹

Etwas wie ein Seufzer ging durch die Männer, die sich um die Tote scharten, und mit seltsamen Gesichtern schauten sie auf den Mörder. Der General starrte ihn eine Weile schweigend an.

›Es war eine edle Geste‹, sagte er schließlich. ›Ich kann diesen Mann nicht hinrichten. Nehmt meinen Wagen und bringt ihn an die Grenze. Señor, ich drücke Ihnen die Hochachtung aus, die ein tapfrer Mann dem andern zollt.‹

Ein Murmeln des Beifalls erhob sich unter den Zuhörern. Der Adjutant tippte dem Rebellen auf die Schulter, und zwischen zwei Soldaten schritt er wortlos zu dem wartenden Wagen.«

Mein Freund hielt inne, und eine Weile war ich still. Ich muß erklären, daß er ein Guatemalteke war und spanisch mit mir sprach. Ich habe versucht, das, was er mir erzählt hat, so gut wie möglich zu übersetzen; aber ich habe keinen Versuch gemacht, seine etwas hochtrabende Redeweise zu verändern. Um die Wahrheit zu sagen, finde ich, daß sie zu der Geschichte paßt.

»Aber wie ist er zu der Narbe gekommen?« fragte ich schließlich.

»Ach, die hat er sich geholt, als einmal eine Flasche explodierte, die er gerade öffnen wollte. Es war eine Flasche Ingwerbier.«

»Ingwerbier? Habe ich nie gemocht«, sagte ich.

Der geschlossene Laden

Nichts könnte mich bewegen, den Namen des glücklichen Landes zu nennen, in dem sich die Begebenheiten zutrugen, die ich zu erzählen habe; doch ist es weiter nicht schlimm, wenn ich verrate, daß es sich um einen freien, unabhängigen Staat auf dem amerikanischen Kontinent handelt. Das ist sicherlich vage genug und kann unmöglich einen diplomatischen Zwischenfall heraufbeschwören. Der Präsident dieses freien unabhängigen Staates nun war nicht unempfänglich für weibliche Reize, und eines Tages erschien in seiner Kapitale, einer ausgedehnten, sonnigen Stadt mit einer Plaza, einer ansehnlichen Kathedrale und einigen alten spanischen Häusern, eine junge Person aus Michigan von so angenehmem Äußern, daß sein Herz in Liebe für sie entflammte. Er verlor keine Zeit, ihr seine Leidenschaft zu offenbaren, und erfuhr mit Genugtuung, daß sie erwidert wurde; aber zu seinem Kummer stellte sich heraus, daß die junge Person in dem Umstand, daß er eine Gattin und sie einen Gatten besaß, ein Hindernis zu ihrer beider Verbindung erblickte. Sie hatte eine weibliche Schwäche für die Ehe. Obgleich der Präsident dies unvernünftig fand, war er nicht der Mann, einer hübschen Frau die Befriedigung einer Laune zu versagen, und versprach, die Dinge so einzurichten, daß er imstande sein würde, sie zu heiraten. Er rief seine Advokaten zusammen und legte ihnen die Sache vor. Schon lange sei er der Ansicht, so erklärte er, daß die bestehenden Ehegesetze einem fortschrittlichen Lande in keiner Weise entsprächen, weshalb er vorschlage, sie von Grund auf zu reformieren. Die Advokaten zogen sich zurück und hatten nach kurzer Zeit ein Scheidungsgesetz entworfen, das dem Präsidenten annehmbar schien. Aber der Staat, von dem ich rede, war stets darauf bedacht, gesetzliche Bestimmungen auf konstitutionellem Weg durchzuführen, denn es handelte sich um einen hochzivilisierten, demokratischen und angesehenen Staat. Ein Präsident, der etwas auf sich und seinen Amtseid hält, kann deshalb kein Gesetz erlassen, selbst wenn es seinem eigenen Interesse dient, ohne sich an bestimmte Formen zu halten, und derartige Dinge brauchen Zeit. Der Präsident hatte das Dekret, das die neuen Scheidungsgesetze in

Kraft setzte, kaum unterzeichnet, als eine Revolution ausbrach und er sehr bedauerlicherweise an einem Laternenpfahl auf der Plaza, gegenüber der ansehnlichen Kathedrale, aufgeknüpft wurde. Die junge Person von angenehmem Äußern verließ eiligst die Stadt, aber das Gesetz blieb. Seine Bestimmungen waren einfach. Nach Bezahlung einer Gebühr von hundert Dollar in Gold und einem Aufenthalt von dreißig Tagen konnte ein Mann sich von seiner Frau oder eine Frau sich von ihrem Mann scheiden lassen, ohne den andern Teil von dem beabsichtigten Schritt auch nur in Kenntnis zu setzen. Eine Frau konnte erklären, daß sie auf einen Monat zu ihrer alten Mutter gehen müsse, und eines Morgens beim Frühstück, wenn er seine Post durchsah, fand der Gatte einen Brief vor, in dem ihm mitgeteilt wurde, daß man sich von ihm habe scheiden lassen und bereits mit einem andern Mann verheiratet sei.

Es dauerte denn auch nicht lange, bis sich die erfreuliche Neuigkeit herumgesprochen hatte, daß in vernünftiger Entfernung von New York ein Land existierte, dessen Hauptstadt ein beständiges Klima und annehmbare Unterkunftsmöglichkeiten besaß, wo man sich rasch und ohne übermäßige Kosten von den lästigen Fesseln der Ehe befreien konnte. Die Tatsache, daß dies ohne Wissen des Ehegatten geschehen konnte, ersparte einem jene präliminaren und bitteren Auseinandersetzungen, die für die Nerven so schädlich sind. Jede Frau weiß, daß ein Mann sich zwar heftig gegen einen Vorschlag wehren kann, eine vollendete Tatsache jedoch gewöhnlich resigniert hinnimmt. Erklärt man ihm zum Beispiel, man möchte einen Rolls Royce, so wird er antworten, daß er ihn nicht bezahlen könne; kauft man ihn jedoch, so wird er brav wie ein Lämmchen den Scheck ausschreiben. Es begannen also sehr bald schöne Frauen in beträchtlicher Zahl in der angenehmen, sonnigen Stadt aufzutauchen; müde Geschäftsfrauen und Damen der Gesellschaft, Frauen der Freude und Frauen des Müßiganges; sie kamen aus New York, Chicago und San Francisco, sie kamen aus Georgia und aus Dakota, sie kamen aus allen Staaten der Union. Der Passagierdienst der ›United Fruit Line‹ konnte dem Andrang gerade noch gerecht werden, und wenn man eine Kajüte für sich haben wollte, mußte man sie sechs Monate früher bestellen. Wohlstand zog in die Hauptstadt des unternehmenden Staates ein, und sehr bald gab es dort keinen Advokaten mehr, der nicht seinen Ford-Wagen besaß. Don Agosto, der Besitzer des Grand Hotels, entschloß sich sogar, einige Badezimmer einbauen zu lassen, aber er hatte es nicht zu bedauern; er verdiente ein Vermögen, und nie ging er an dem Laternenpfahl vorbei, an dem der frühere Präsident aufgehängt worden war, ohne mit einer flotten Handbewegung hinüberzugrüßen.

»Er war ein großer Mann«, sagte er. »Eines Tages werden sie ihm ein Monument errichten.«

Man könnte nach dem, was ich bisher erzählt habe, meinen, es seien bloß Frauen gewesen, die sich dieses bequemen und vernünftigen Gesetzes bedienten; und daraus wieder könnte man den Schluß ziehen, daß in den Vereinigten Staaten bloß der weibliche Teil nach Befreiung von den Fesseln des heiligen Ehestandes strebt.

Ich habe keinen Grund, anzunehmen, daß es sich so verhält. Zwar waren es hauptsächlich Frauen, die in das betreffende Land reisten, um eine Scheidung zu erreichen, doch wäre dies vielleicht damit zu erklären, daß es für eine Frau bedeutend leichter ist, sich auf sechs Wochen freizumachen (eine Woche für die Hinreise, eine Woche für die Heimreise und dreißig Tage, um das Domizilrecht zu erlangen), während ein Mann seine Geschäfte nur schwerlich so lange im Stich lassen kann. Er könnte die Reise natürlich in den Sommerferien unternehmen, aber dann ist die Hitze zu drückend und außerdem sind keine Golffelder da. Trotzdem gab es immer zwei, drei männliche Wesen, die ihre dreißig Tage im Grand Hotel zubrachten, aber das waren aus unerforschlichen Gründen zumeist Geschäftsreisende. Vielleicht ergab es sich aus dem Wesen ihres Berufes, daß sie imstande waren, gleichzeitig der Freiheit und dem Verdienst nachzujagen.

Wie dem auch sei, es bleibt Tatsache, daß die Insassen des Grandhotels zum größten Teil Frauen waren, und im Patio ging es sehr fröhlich zu, wenn sie zum Lunch und Dinner an ihren kleinen viereckigen Tischchen unter den Arkaden saßen, ihre Ehekümmernisse besprachen und Champagner tranken. Don Agosto machte ein Bombengeschäft mit den Generälen und Obersten (es gab mehr Generäle als Obersten in der Armee dieses Staates), den Rechtsanwälten, Bankiers, Kaufleuten und jungen Herren der Stadt, die herbeiströmten, um sich die schönen Geschöpfe anzusehen. Aber wahre Vollkommenheit ist selten auf dieser Welt. Da gibt es immer irgend etwas, was nicht ganz stimmt, und Frauen, die damit beschäftigt sind, sich ihrer Ehemänner zu entledigen, befinden sich sehr begreiflicherweise in einer labilen Gemütsverfassung. Das macht sie manchmal etwas schwierig. Nun muß man gestehen, daß jene kleine Stadt trotz ihrer mannigfachen Reize unter einem gewissen Mangel an Vergnügungsmöglichkeiten litt. Es gab nur ein einziges Kino, und dieses brachte Filme, die von ihrer glücklichen Heimat in Hollywood allzulange unterwegs gewesen waren. Tagsüber konnte man Unterredungen mit dem Rechtsanwalt haben, sich die Nägel polieren und ein wenig einkaufen gehen, aber die Abende waren unerträglich. Es wurden viele Klagen laut, daß dreißig Tage eine lange Zeit seien, und so manches ungeduldige kleine Ding fragte an, ob es nicht möglich wäre, das Gesetz ein bißchen aufzulockern und die ganze Geschichte in achtundvierzig Stunden zu erledigen. Aber Don Agosto war ein Mann, der sich stets zu helfen wußte, und eines schönen Tages kam ihm eine Erleuchtung. Er engagierte eine Truppe wandernder Guatemalteken, die die Marimba spielten. Es gibt keine Musik in der Welt, die unwiderstehlicher in die Füße geht, und nach einer kleinen Weile fing alles im Patio zu tanzen an. Es ist natürlich klar, daß fünfundzwanzig schöne Frauen nicht mit drei Geschäftsreisenden tanzen können, aber es waren ja alle die Generäle, Obersten und jungen Kavaliere der Stadt da. Sie tanzten himmlisch und hatten große, feuchte schwarze Augen. Die Stunden flogen, die Tage folgten einander so rasch, daß der Monat um war, ehe man sich's versah; und mehr als eine von Don Agostos Pensionärinnen gestand ihm beim Abschied, daß sie gerne noch länger geblieben wäre. Don Agosto strahlte. Es machte ihm Freude, zu sehen, daß seine Gäste sich unterhielten. Die Marimba-Band war zweimal das Geld wert, das er für sie ausgab, und es tat seinem Herzen wohl, seine Damen mit den schneidigen Offizieren und jungen Herren der Stadt tanzen zu sehen. Da Don Agosto sparsam veranlagt war, drehte er stets um zehn Uhr abends das elektrische Licht auf den Treppen und Gängen ab, und die schneidigen Offiziere und jungen Herren der Stadt machten wunderbare Fortschritte im Englischen.

Alles ging großartig, bis eines Tages Madame Coralie erklärte, daß sie genug habe. Denn was des einen Uhl ist, ist des andern

Nachtigall. Sie kleidete sich an und ging zu ihrer Freundin Carmencita. Nachdem sie in ein paar raschen Worten den Zweck ihres Besuches auseinandergesetzt hatte, rief Carmencita ihre Jungfer und befahl, ihr La Gorda herbeizuholen. Man hätte etwas Wichtiges mit ihr zu besprechen. La Gorda, eine Frau von gewaltigen Dimensionen und mit einem stattlichen Schnurrbart, war bald zur Stelle, und über einer Flasche Malaga hielten die drei eine schicksalsschwere Konferenz ab. Das Ergebnis war, daß sie einen Brief an den Präsidenten aufsetzten und um eine Audienz baten. Der neue Präsident war ein flotter junger Mann Anfang der Dreißiger, der noch vor ein paar Jahren Packer im Dienst einer amerikanischen Firma gewesen war und seine gegenwärtige gehobene Stellung einer natürlichen Sprachgewandtheit zu verdanken hatte sowie der Fähigkeit, erfolgreich von seinem Gewehr Gebrauch machen zu können, wenn ihm daran gelegen war, eine Äußerung zu unterstreichen oder ihr sonst besonderes Gewicht zu verleihen. Als einer seiner Sekretäre ihm den Brief vorlegte, lachte er:

»Was wollen die drei alten Scharteken von mir?«

Aber er war ein gutmütiger Mensch und nicht unzugänglich. Er vergaß nie, daß er vom Volke gewählt war, als einer aus dem Volke, um das Volk zu beschützen. Auch war er in seiner frühen Jugend eine Zeitlang bei Madame Coralie als Laufbursche beschäftigt gewesen. Er sagte seinem Sekretär, daß er die drei am nächsten Tage um zehn Uhr empfangen wollte. Sie erschienen zur festgesetzten Stunde im Regierungspalast und wurden die vornehme Treppe zum Audienzsaal hinaufgeführt; der Beamte, der sie begleitete, klopfte bescheiden an die Tür; ein vergittertes Guckloch wurde geöffnet und ein mißtrauisches Auge erschien. Der Präsident hatte nicht die Absicht, das Schicksal seiner Vorgänger zu teilen, wenn es sich irgend machen ließ, und wer seine Besucher auch sein mochten, sie wurden alle mit einer gewissen Vorsicht empfangen. Der Beamte nannte die Namen der drei Damen, die Tür wurde geöffnet, nicht zu weit allerdings, und sie schlüpften hinein. Es war ein schöner Raum, und mehrere Sekretäre in Hemdärmeln und mit Revolvern an jeder Hüfte saßen an kleinen Tischen und tippten. Ein paar weitere junge Männer, schwer bewaffnet, lagen auf Sofas, lasen Zeitungen und rauchten Zigaretten. Der Präsident, ebenfalls in Hemdärmeln, mit Revolvern im Gürtel, stand da, die Daumen in den

Armlöchern seiner Weste. Er war groß und beleibt, eine schöne, würdevolle Erscheinung.

»*Que' tal?*« rief er jovial und ließ seine weißen Zähne blitzen. »Was führt Sie her, Señoras?«

»Wie gut Sie aussehen, Don Manuel«, sagte La Gorda. »Wirklich ein stattlicher Mann.«

Er schüttelte ihnen die Hände, und der Stab seiner Angestellten hielt in seiner angestrengten Tätigkeit inne und winkte den drei Damen freundschaftlich zu. Sie waren alte Bekannte, und die Begrüßung war warm, wenn auch vielleicht etwas ironisch. Ich sehe mich nun zu einer Enthüllung gezwungen. Es fiele mir zwar nicht schwer, sie in so diskreter Form zu bringen, daß ich mißverstanden werden könnte, aber wenn man etwas zu sagen hat, kann man ebensogut deutlich sein: die drei Damen waren die Madames der drei wichtigsten Bordelle der Hauptstadt jenes freien und unabhängigen Staates. La Gorda und Carmencita waren spanischen Ursprungs und sehr dezent in Schwarz gekleidet, mit schwarzen Seidenschals über den Köpfen, aber Madame Coralie war Französin und trug eine Toque. Sie waren alle reifen Alters und von bescheidenem Auftreten.

Der Präsident forderte sie zum Sitzen auf und bot ihnen Madeira und Zigaretten an, aber sie lehnten ab.

»Nein, danke, Don Manuel«, sagte Madame Coralie. »Wir sind gekommen, um eine geschäftliche Angelegenheit mit Ihnen zu besprechen.«

»Bitte. Was kann ich für Sie tun?«

La Gorda und Carmencita blickten Madame Coralie an, und Madame Coralie schaute zu La Gorda und Carmencita hinüber. Die beiden nickten, woraus Madame Coralie entnahm, daß man sie zur Sprecherin ausersehen hatte.

»Also, es ist folgendes, Don Manuel. Wir sind drei Frauen, die viele Jahre schwer gearbeitet und ihren Ruf stets rein gehalten haben. In ganz Amerika gibt es keine anständigeren drei Häuser als die unseren, und sie gereichen dieser schönen Stadt zur Zierde. Habe ich doch erst im vorigen Jahr fünfhundert Dollar ausgegeben, um meine ›sala principal‹ mit Spiegelwänden auszustatten. Wir sind immer ordentlich gewesen und haben regelmäßig unsere Steuern bezahlt. Es trifft uns schwer, daß uns nun die Frucht unserer Arbeit entrissen wird.

Ich sage es offen, daß ich es ungerecht finde, daß wir uns nach all den Jahren gewissenhaftesten und ehrlichsten Dienstes an unseren Kunden eine derartige Behandlung gefallen lassen müssen.«

Der Präsident war sprachlos.

»Aber meine liebste Coralie, was ist denn geschehen? Hat irgend jemand gewagt, Geld von Ihnen zu verlangen, das nicht vom Gesetz sanktioniert ist und von dem ich nichts weiß?«

Er blickte mißtrauisch zu seinen Sekretären hinüber. Sie bemühten sich, unschuldig auszusehen, aber obgleich sie es waren, wirkten ihre Mienen bloß verlegen.

»Wir sind gekommen, uns über das Gesetz zu beschweren. Der Ruin starrt uns ins Gesicht.«

»Der Ruin?«

»Solange dieses Scheidungsgesetz in Kraft bleibt, können wir keine Geschäfte mehr machen, und unsere schönen Häuser könnten ebensogut geschlossen bleiben.«

Hierauf erklärte Madame Coralie die Sache in so unverblümter Weise, daß ich es vorziehe, ihre Rede zu umschreiben. Infolge der Invasion von schönen Frauen aus fremdem Land waren die drei eleganten Häuser, für die sie und ihre beiden Freundinnen hohe Taxen und Steuern zahlten, völlig verlassen. Die jungen Herren der Stadt zogen es vor, ihre Abende im Grandhotel zu verbringen, wo sie für zärtliche Worte haben konnten, was sie in einem rechtmäßigen Etablissement bloß für klingende Münze bekamen.

»Das kann man ihnen eigentlich nicht verdenken«, sagte der Präsident.

»Ihnen mache ich ja auch keinen Vorwurf«, rief Madame Coralie. »Aber den Frauen. Sie haben kein Recht, uns das Brot vom Munde wegzunehmen. Don Manuel, Sie sind einer aus dem Volke, keiner von diesen Aristokraten; was wird das Land sagen, wenn Sie zugeben, daß wir durch Schwarzarbeiter aus unserem Beruf verdrängt werden? Ich frage Sie, ist das gerecht? Ist das ehrlich?«

»Aber was kann ich tun?« rief der Präsident. »Ich kann diese Geschöpfe doch nicht dreißig Tage lang in ihre Zimmer einsperren. Kann man mir einen Vorwurf daraus machen, daß diese Ausländerinnen nicht wissen, was sich gehört?«

»Ich sage nichts, wenn es sich um ein armes Mädchen handelt«, sagte La Gorda. »Jeder muß sehen, wie er durchkommt. Aber daß Frauen, die niemand dazu zwingt, so etwas tun, werde ich nie und nimmer verstehen.«

»Es ist ein schlechtes und sündhaftes Gesetz.«

Der Präsident sprang auf und warf die Arme auseinander.

»Wollen Sie etwa von mir verlangen, daß ich das Gesetz abschaffe, das diesem Land Frieden und Wohlstand gebracht hat? Ich bin aus dem Volke und vom Volke gewählt, und das Wohlergehen meines Vaterlandes liegt mir am Herzen. Ehescheidungen bilden unseren Hauptindustriezweig, und nur über meine Leiche kann das Gesetz widerrufen werden.«

»Oh, *Maria Santissima*, daß es so weit kommen mußte«, rief Carmencita. »Und ich, die ich zwei Töchter im Kloster von New Orleans habe! Oh, man hat genug Unannehmlichkeiten im Geschäft, aber ich habe mich immer damit getröstet, daß meine Töchter gut heiraten und eines Tages, wenn ich mich zur Ruhe setze, das Geschäft übernehmen werden. Glauben Sie, ich habe das Geld, sie für nichts und wieder nichts im Kloster zu lassen?«

»Und wer wird für meinen Sohn in Harvard sorgen, wenn ich mein Haus schließen muß, Don Manuel?« fragte La Gorda.

»Was mich anbelangt«, erklärte Madame Coralie, »so ist mir alles gleich. Ich werde nach Frankreich zurückfahren. Mein liebe Mutter ist siebenundachtzig Jahre alt und hat nicht lange zu leben. Es wird ihr ein Trost sein, mich in ihren letzten Lebensjahren bei sich zu haben. Was mich schmerzt, ist die Ungerechtigkeit, die wir erfahren. Sie haben viele glückliche Abende in meinem Hause verbracht, Don Manuel, und es kränkt mich, daß Sie uns nicht in Schutz nehmen. Haben Sie nicht selbst gesagt, es sei der stolzeste Tag Ihres Lebens gewesen, als Sie als Ehrengast das Haus betraten, in dem Sie einst Laufbursche gewesen waren?«

»Ich will es nicht leugnen. Ich habe Champagner auffahren lassen damals.« Don Manuel ging in dem großen Raum auf und ab, tief in Gedanken versunken, die Schultern zuckend und gestikulierend. »Ich bin aus dem Volk und vom Volke gewählt, und es ist nicht zu leugnen, daß jene Frauenzimmer wirklich Schwarzarbeiter sind.« Er wandte sich mit dramatischer Geste an seine Sekretäre. »Es ist ein Makel an meiner

Amtsführung. Es widerspricht meinen Prinzipien, daß ungeschulte fremde Kräfte ehrlichen und fleißigen Leuten das Brot vom Munde wegnehmen. Diese Frauen haben vollkommen recht, wenn sie zu mir kommen und mich um Schutz anflehen. Ich werde Schluß machen mit diesem Skandal.«

Es war eine scharfe und sehr effektvolle Rede, aber alle, die sie mit anhörten, wußten genau, daß sie nicht das geringste an der Angelegenheit ändern würde. Madame Coralie puderte ihre Nase, ein imposantes Organ, und warf einen raschen Blick in ihren Taschenspiegel.

»Ich kenne natürlich die menschliche Natur«, sagte sie, »und kann gut verstehen, daß diesen Geschöpfen die Zeit lang wird.«

»Wir könnten einen Golfplatz anlegen«, äußerte einer der Sekretäre. »Allerdings würde sie das bloß bei Tage beschäftigen.«

»Wenn sie Männer haben wollen, können sie sich doch welche mitbringen«, meinte La Gorda.

»*Caramba!*« rief der Präsident und blieb wie angewurzelt stehen. »Das ist die Lösung!«

Nie hätte er es zu einer so hervorragenden Stellung im Leben gebracht, wäre er nicht in besonderem Maße mit Verstand und Intelligenz ausgestattet gewesen. Er strahlte.

»Wir werden das Gesetz abändern. Männer sollen weiterhin ohne jedwede Formalität hereingelassen werden, aber Frauen nur in Begleitung ihrer Gatten oder mit deren schriftlicher Einwilligung.« Er sah den konsternierten Blick, den einer seiner Sekretäre ihm zuwarf, und machte eine beschwichtigende Geste. »Aber die Einwanderungsbehörden sollen Instruktion erhalten, dem Wort Gatte eine möglichst weitherzige Interpretation zu geben.«

»*Maria Santissima!*« rief Madame Coralie. »Die Freunde werden schon dafür sorgen, daß niemand sich an ihre Damen heranmacht; und unsere Kunden werden wieder zu uns zurückkehren, wo sie so lange gastfreundliche Aufnahme gefunden haben. Don Manuel, Sie sind ein großer Mann, und eines Tages wird man Ihnen ein Monument errichten.«

Manchmal werden durch die einfachsten Mittel die schwierigsten Lösungen zustande gebracht. Das Gesetz wurde abgeändert, nach den Gesichtspunkten Don Manuels, und während weiterhin der Segen des Wohlstandes auf die sonnige Hauptstadt des freien unabhängigen Staates herniederströmte, durfte Madame Coralie fortfahren, ihr nützliches Gewerbe gewinnbringend auszuüben, Carmencitas Töchter beendeten ihre kostspieligen Studien im Kloster von New Orleans, und La Gordas Sohn legte mit Erfolg seine Doktorprüfung in Harvard ab.

Der Bettler

Gott weiß, wie oft ich darüber geklagt hatte, daß ich nicht halb so viel Zeit hatte, als ich gebraucht hätte, um nur die Hälfte der Dinge zu tun, die mich lockten. Ich konnte mich nicht mehr erinnern, wann ich zum letztenmal einen Augenblick für mich selbst gehabt hatte. Oft unterhielt ich mich damit, mir eine Woche vollständigen Müßigganges auszumalen. Die meisten von uns sind, wenn sie nicht arbeiten, eifrig damit beschäftigt, sich zu unterhalten; man reitet, man spielt Tennis oder Golf, schwimmt oder spielt Poker oder Bridge; aber ich selbst wollte gar nichts tun. Den Morgen über wollte ich faulenzen, den Nachmittag vertrödeln, den Abend verbummeln. Mein Geist sollte eine Tafel sein und jede Stunde, die hinging, ein Schwamm, der das Gekritzel auslöschte, das die Welt hineingeritzt hatte. Die Zeit, weil sie so flüchtig, weil sie so unwiederbringlich ist, ist das kostbarste aller menschlichen Güter, und sie zu vergeuden, ist die raffinierteste Art von Verschwendung. Kleopatra löste eine Perle von unschätzbarem Wert in Wein auf, aber sie gab sie Antonius zu trinken; verschwendet man jedoch die kurzen goldenen Stunden, so nimmt man den Becher, in dem das Juwel zerschmolzen ist, und schüttet seinen Inhalt auf die Erde. Die Geste ist großartig und wie alle großartigen Gesten absurd. Dies, freilich, ist ihre Entschuldigung. In meiner freien Woche, so nahm ich mir vor, würde ich selbstverständlich lesen, denn dem gewohnheitsmäßigen Leser ist das Lesen ein Narkotikum, dem er verfallen ist; entzieht man ihm Gedrucktes, so wird er nervös, gereizt, ruhelos; und wie der Alkoholiker, wenn man ihm den Schnaps nimmt, Schellack oder Methylalkohol trinkt, so wird er sich mit dem Annoncenteil einer fünf Jahre alten Zeitung begnügen; er wird sich mit einem Telephonbuch abfinden. Doch der professionelle Schriftsteller ist selten ein desinteressierter Leser. Mir schwebte eine Art von Lektüre vor, die bloß eine andere Form von Müßiggang sein sollte. Und ich faßte einen Vorsatz: wenn je der glückliche Tag erscheinen sollte, an dem ich mich ungestörtem Nichtstun hingeben durfte, dann wollte ich ein Unternehmen zu Ende führen, das mich schon lange lockte, das ich jedoch –

dem Forschungsreisenden gleich, der kleine Erkundungsfahrten in ein noch zu entdeckendes Land unternimmt – erst ganz flüchtig in Angriff genommen hatte: ich wollte die gesamten Werke von Nick Carter lesen.

Aber ich hatte mir immer vorgestellt, daß ich mir den Moment würde aussuchen können, in einer Umgebung nach meinem Geschmack, nicht, daß er mir aufgezwungen werden würde; und als ich mich eines Tages unerwartet dem Müßiggang gegenübersah (wie einem Bekannten, den man auf einem Schiff, mitten in der Wüste des Pazifischen Ozeans eingeladen hat, einen in London zu besuchen, und der nun plötzlich unangemeldet mit seinem gesamten Gepäck vor der Tür steht), war ich nicht wenig betroffen. Ich war von Mexico City nach Vera Cruz gekommen, um eines der kühlen weißen Schiffe der Ward Company nach Yukatan zu erreichen, und erfuhr zu meiner Bestürzung, daß über Nacht ein Dockerstreik ausgebrochen war und mein Schiff nicht einlaufen würde. Ich war in Vera Cruz festgenagelt. Ich nahm ein Zimmer im Hotel Diligencias mit Aussicht auf die Plaza und verbrachte den Vormittag damit, mir die Sehenswürdigkeiten der Stadt anzusehen. Ich schlenderte durch schmale Gäßchen und guckte in wunderliche alte Höfe hinein. Ich besichtigte die Stadtkirche; sie ist pittoresk mit ihren Wasserspeiern und Strebepfeilern; Salzwind und Sonnenglut haben ihren massiven Mauern die milde Tönung des Alters gegeben; ihre Kuppel ist mit weißen und blauen Kacheln gedeckt. Dann fand ich, daß ich alles gesehen hatte, was es zu sehen gab, und setzte mich in der Kühle der Arkaden, die den Platz umgaben, hin und bestellte ein Getränk. Die Sonne brannte mit erbarmungsloser Glut auf die Plaza herab. Die Kokospalmen standen staubig und beschmutzt mit hängenden Blättern. Große schwarze Bussarde ließen sich unbeholfen für einen Augenblick auf ihnen nieder, stießen zu Boden, um ein Stück Abfall zu holen, und flogen mit schwerfälligem Flügelschlag hinauf auf den Kirchturm. Ich sah mir die Leute an, die über die Plaza gingen: Neger, Inder, Kreolen und Spanier, das bunte Volksgemisch des spanischen Mexiko, variierend in der Farbe von Ebenholzschwarz bis zu Elfenbeinweiß. Mit fortschreitender Stunde bevölkerten sich die Tische um mich her, hauptsächlich mit Männern, die vor der Mittagsstunde einen Aperitif nehmen wollten. Die meisten von ihnen hatten weiße Hosen an, aber einige trugen trotz der Hitze die dunkle Kleidung professioneller Ehrbarkeit. Eine kleine Musikkapelle, ein Gitarrenspieler, ein blinder Geiger und ein Harfenist spielten einen Ragtime, und nach jedem zweiten Stück ging der Gitarrenspieler mit einem Teller einsammeln. Ich hatte bereits das Lokalblatt gekauft und blieb den Zeitungsverkäufern gegenüber hart, die mir immer wieder die gleiche Nummer anboten. Ich wies, oh, zwanzigmal mindestens, die flehentlichen Angebote schmieriger Gassenjungen ab, die mir meine fleckenlosen Schuhe putzen wollten; und nachdem ich mit meinem Kleingeld zu Ende war, konnte ich bloß den Kopf schütteln, wenn mich die Bettler belästigten. Sie ließen einem keine Ruhe. Kleine Indianerinnen in formlosen Lumpen, jede mit einem in einen Schal eingebundenen Säugling auf dem Rücken, streckten ihre mageren Hände aus und leierten weinerlich eine trübselige Geschichte her; blinde Männer wurden von kleinen Jungen an meinen Tisch geführt; die Verstümmelten, die Lahmen, die Verkrüppelten stellten die Gebrechen und Ungeheuerlichkeiten zur Schau, mit denen die Natur oder ein Unfall sie geschlagen hatte; und halbnackte unterernährte Kinder wimmerten ohne Ende ihre Bitte um Geld, dabei hielten sie ihre Augen offen und spähten nach dem Polizisten aus, der jeden Augenblick auf sie losschießen und ihnen mit seinem Riemen einen scharfen Hieb über den Rücken oder den Kopf ziehen konnte. Dann nahmen sie Reißaus, um jedoch sofort wieder aufzutauchen, wenn er, von solchem Energieaufwand erschöpft, in Lethargie zurücksank.

Plötzlich aber richtete sich meine Aufmerksamkeit auf einen Bettler, der sich in auffallender Weise von den übrigen und auch von den Leuten, die dunkelhäutig und schwarzhaarig rings um mich herumsaßen, unterschied. Sein Haar und sein Bart waren von einem so grellen Rot, daß es verblüffend war. Der Bart war zottig, und der lange Haarschopf sah aus, als wäre er monatelang nicht mehr gebürstet worden. Er hatte bloß ein Paar Hosen und ein Baumwolleibchen an, beides in Fetzen, dreckige, halbverfaulte Lumpen, die kaum mehr zusammenhielten. Ich hatte nie einen so mageren Menschen gesehen; seine Beine, seine nackten Arme waren bloß Haut und Knochen, und durch die Risse des Leibchens sah man jede Rippe des zerstörten Körpers; man konnte die Knochen seiner staubbedeckten Füße zählen. Unter dieser verhungerten Schar war er sicherlich der Elendeste. Er war nicht alt, keinesfalls über Vierzig, und unwillkürlich mußte ich mich fragen, was ihn auf diese Stufe von Elend gebracht haben konnte. Es war schwer denkbar, daß er nicht gearbeitet hätte, wenn sich ihm Arbeit geboten hätte. Er war der einzige Bettler, der nicht sprach. Die übrigen leierten ihre Unglückslitaneien her, und wenn die Almosen ausblieben, um die sie baten, so setzten sie ihr Gejammer fort, bis ein ungeduldiges Wort sie verjagte. Er sagte nichts. Vermutlich wußte er, daß sein Aussehen deutlich genug redete. Er streckte nicht einmal die Hand aus, er schaute einen nur an, aber mit so unglücklichen Augen, solcher Verzweiflung in der Haltung, daß es herzzerreißend war; er stand und stand, still und reglos, mit flehendem Blick, und dann, wenn man ihm keine Beachtung schenkte, ging er langsam weiter, zum nächsten Tisch. Wenn er nichts bekam, zeigte er weder Enttäuschung noch Ärger. Hielt ihm jemand ein Geldstück hin, trat er ein wenig näher, streckte seine klauengleiche Hand aus, nahm die Münze ohne ein Wort des Dankes und ging dumpf seines Weges. Ich hatte nichts, was ich ihm hätte geben können, und um ihn nicht vergeblich warten zu lassen, schüttelte ich den Kopf.

»*Dispense Usted por Dios*«, sagte ich, mich der höflichen katalonischen Formel bedienend, mit der die Spanier einen Bettler abweisen.

Aber er achtete nicht auf das, was ich sagte. Er blieb vor mir stehen, so lange, wie er vor den anderen Tischen stehen blieb, und blickte mich mit tragischen Augen an. Ich habe nie ein solches Wrack von einem Menschen gesehen. Es war etwas Unheimliches in seiner Erscheinung. Er sah aus, als wenn er nicht ganz bei Verstand wäre. Endlich ging er weiter.

Es war ein Uhr, und ich aß zu Mittag. Als ich von meiner Siesta erwachte, war es immer noch sehr heiß; aber gegen Abend lockte mich ein Lufthauch, der durch die Fenster hereindrang, die ich endlich zu öffnen gewagt hatte, hinaus auf die Plaza. Ich setzte mich unter meine Arkaden und bestellte ein Getränk. Bald sickerten aus den umliegenden Gassen Leute in größerer Zahl auf den öffentlichen Platz hinaus, die Tische der Restaurants, die ihn umgaben, belebten sich, und in dem Pavillon in der Mitte fing die Musikkapelle zu spielen an.

Die Menschenmenge wurde dichter. Auf den freien Bänken saßen die Leute zusammengedrängt wie Trauben an ihrem Stengel. Es herrschte lebhaftes Stimmengewirr. Die großen schwarzen Bussarde flogen kreischend durch die Luft, um sofort niederzuschießen, wenn sie ein Stück Beute erblickten, und es im Notfall unter den Füßen der Spaziergänger hervorzuholen. Bei sinkender Dämmerung schwärmten sie, wie es schien, von allen Seiten der Stadt herbei, zum Kirchturm hin; sie umflogen ihn schwerfällig, ließen sich schließlich unter heiserem Gekrächze zankend und zeternd unbeholfen zur Nachtruhe nieder. Und wieder wurde ich von Schuhputzern angefleht, mir meine Schuhe putzen zu lassen, Zeitungsjungen wollten mir feuchte Zeitungen aufdrängen, Bettler wimmerten ihre klägliche Bitte um Almosen. Ich sah den merkwürdigen rotbärtigen Menschen wieder und beobachtete, wie er reglos, mit jammervoller, verstörter Miene vor den Tischen stand. Vor dem meinen blieb er nicht stehen. Vermutlich erinnerte er sich meiner noch vom Vormittag her und hielt es, da er nichts von mir bekommen hatte, für aussichtslos, es noch einmal zu versuchen. Man sieht nicht oft einen rothaarigen Mexikaner, und da mir einzig in Rußland Gestalten von ähnlicher Trostlosigkeit begegnet waren, fragte ich mich, ob er nicht vielleicht Russe wäre. Denn russischer Indolenz war es durchaus zuzutrauen, daß man sich zu einem derartigen Grad von Verkommenheit herabsinken ließ. Und doch hatte er kein russisches Gesicht; seine abgezehrten Züge waren klar geschnitten, und seine blauen Augen saßen nicht auf russische Art im Gesicht. War er vielleicht ein Matrose, ein englischer, skandinavischer oder amerikanischer Matrose, der von seinem Schiff desertiert und Stufe um Stufe zu diesem erbarmungswürdigen Zustand heruntergesunken war? Er verschwand. Da es nichts anderes zu tun gab, blieb ich, bis ich hungrig wurde, und kam, nachdem ich gegessen hatte, wieder zurück. Ich blieb sitzen, bis die sich lichtende Menge mich daran erinnerte, daß es Schlafenszeit war. Ich gestehe, daß mir der Tag lang erschienen war, und ich fragte mich, wie viele ähnliche Tage mir hier noch bevorstanden.

Aber nach einer kleinen Weile wachte ich auf und konnte nicht wieder einschlafen. Mein Zimmer war erstickend heiß. Ich öffnete die Fensterläden und sah auf die Kirche hinaus. Die hellen Sterne erleuchteten schwach ihre Umrisse. Die Bussarde saßen eng zusammengedrängt auf dem Kreuz über der Kuppel und an den Turmrändern, und hie und da bewegten sie sich. Die Wirkung war unheimlich. Und dann – ich habe keine Ahnung warum – kam mir jener rote Vogelschreck in den Sinn, und ich hatte plötzlich das merkwürdige Gefühl, ihn schon einmal gesehen zu haben. Das Gefühl war so lebhaft, daß es mir jede Möglichkeit, zu schlafen, vertrieb. Ich war sicher, ihm schon irgendwo begegnet zu sein, aber wann und wo, konnte ich nicht sagen. Ich versuchte, mir die Umgebung auszumalen, in der ich ihm einen Platz hätte zuweisen können, aber ich sah nichts als eine verschwommene Gestalt gegen einen Hintergrund von Nebel. Als die Dämmerung herannahte, wurde es kühler, und ich war imstande zu schlafen.

Ich verbrachte meinen zweiten Tag in Vera Cruz, wie ich den ersten verbracht hatte. Aber ich wartete auf das Erscheinen des rothaarigen Bettlers, und als er vor dem Tisch neben dem meinen stand, betrachtete ich ihn aufmerksam. Ich war nun ganz sicher, ihn schon irgendwo gesehen zu haben. Ich war sogar sicher, ihn gekannt und mit ihm gesprochen zu haben, nur an die näheren Umstände konnte ich mich immer noch nicht erinnern. Wieder ging er an meinem Tische vorüber, ohne stehenzubleiben, und als seine Augen den meinen begegneten, spähte ich in ihnen nach einem Zeichen des Erkennens aus. Nichts.

Ich überlegte, ob ich mich vielleicht irrte und bloß vermeinte, ihn gesehen zu haben, wie man manchmal, inmitten einer Handlung, infolge eines rätselhaften Gehirnvorganges plötzlich das Gefühl hat, das gleiche schon einmal in der Vergangenheit getan zu haben. Aber ich konnte den Eindruck, daß er zu irgendeiner Zeit in meinem Leben ein Rolle gespielt hatte, nicht loswerden. Ich zerbrach mir den Kopf. Ich war nun überzeugt, daß er weder Engländer noch Amerikaner war. Aber ich hatte eine Scheu, ihn anzusprechen. Ich ging im Geiste alle Möglichkeiten durch, wann ich ihm begegnet sein konnte. Es brachte mich zur Verzweiflung, ihn nicht placieren zu können, genauso, wie wenn man nach einem Namen sucht, der einem auf der Zunge liegt und sich doch nicht einfangen läßt. Der Tag schritt weiter.

Dann kam ein anderer Tag, ein anderer Morgen, ein anderer Abend. Es war Sonntag, und auf der Plaza drängten sich die

Menschen. Die Tische unter den Arkaden waren bis auf den letzten Platz besetzt. Wie gewöhnlich kam der rothaarige Bettler daher, eine erschreckende Gestalt in seiner Schweigsamkeit, seinen fadenscheinigen Lumpen und seinem erbarmungswürdigen Elend. Er stand vor einem Tisch, ganz nahe dem meinen, stumm flehend, aber ohne Gebärde. Dann sah ich, wie der Polizist, bemüht, das Publikum vor Belästigungen zu schützen, hinter einer Säule hervorgeschlichen kam und ihm einen schallenden Schlag mit dem Riemen versetzte. Sein magerer Körper zuckte zusammen, aber er gab kein Zeichen des Protestes oder der Auflehnung; er schien den Hieb als etwas Selbstverständliches hinzunehmen und verschwand mit seinen schleppend langsamen Schritten in der sinkenden Dunkelheit der Plaza. Aber der grausame Hieb hatte mein Gedächtnis aufgepeitscht, und mit einem Male wußte ich.

Nicht seinen Namen, der wollte sich immer noch nicht einstellen, aber alles andere. Er mußte mich erkannt haben, denn ich habe mich in zwanzig Jahren nicht sehr verändert, und das war der Grund, warum er nach jenem ersten Morgen nie mehr vor meinem Tische stehengeblieben war. Ja, es war zwanzig Jahre her, daß wir einander begegnet waren. Ich verbrachte damals einen Winter in Rom, und jeden Abend pflegte ich in einem Restaurant in der Via Sistina zu essen, wo man ausgezeichnete Makkaroni und eine gute Flasche Wein bekam. Das Lokal wurde von einer kleinen Gesellschaft englischer und amerikanischer Kunstschüler und ein paar Schriftstellern frequentiert; und wir blieben gewöhnlich bis spät in die Nacht beisammen, in endlose Diskussionen über Kunst und Literatur vertieft. Er kam immer mit einem jungen Maler, der sein Freund war. Er war damals noch ein halber Junge, kaum älter als einundzwanzig Jahre, und mit seinen blauen Augen, seiner geraden Nase und seinem roten Haar sah er sehr gut aus. Ich erinnere mich, daß er viel von Zentralamerika erzählte; er hatte eine Anstellung bei der American Fruit Company gehabt, sie aber aufgegeben, weil er Schriftsteller werden wollte. Er war nicht beliebt unter uns. Wir fanden ihn arrogant, und keiner unter uns war alt genug, die Anmaßung der Jugend mit Duldsamkeit hinzunehmen. Er hielt uns für arme Schafe und machte kein Geheimnis daraus. Er wollte uns seine Arbeiten nicht zeigen, weil ihm unser Lob nichts bedeutete und weil er unsere

Kritik verachtete. Seine Eitelkeit war ungeheuerlich. Sie reizte uns. Aber einige unter uns hatten das unbehagliche Gefühl, daß sie möglicherweise berechtigt war, denn konnte es sein, daß das intensive Größenbewußtsein, das ihn erfüllte, jeglicher Grundlage entbehrte? Er hatte dem Wunsche, Schriftsteller zu sein, alles geopfert. Er war seiner selbst so sicher, daß er einige seiner Freunde mit der eigenen Zuversicht ansteckte.

Ich erinnerte mich an seine Ausgelassenheit, seine Vitalität, sein Vertrauen in die Zukunft und an seine Uneigennützigkeit. Es war unmöglich, daß er der gleiche war, und doch täuschte ich mich nicht. Ich stand auf, bezahlte mein Getränk und ging auf die Plaza, um ihn zu suchen. Meine Gedanken waren in Aufruhr. Ich war außer mir. Ich hatte hin und wieder flüchtig an ihn gedacht und mich gefragt, was wohl aus ihm geworden sein mochte. Nie hätte ich mir vorstellen können, daß er zu solch schauerlichem Elend herabsinken würde. Es gibt Hunderte, Tausende von jungen Menschen, die mit übertriebenen Hoffnungen den dornenvollen Weg der Kunst beschreiten; aber die meisten von ihnen finden sich schließlich mit ihrer Mittelmäßigkeit ab und retten sich in irgendeinen Winkel des Lebens, wo sie vor der äußersten Not geschützt sind. Hier aber sah ich etwas Grauenhaftes. Was konnte geschehen sein? Was für unerfüllte Hoffnungen hatten diesen Geist zerbrochen? Was für Enttäuschungen ihn zerstört, was für verlorene Illusionen hatten ihn in den Staub gebeugt? Ich ging um den Platz herum. Er war nicht unter den Arkaden. Ich sah keine Hoffnung, ihn in dem Menschenhaufen zu finden, der sich um die Musikkapelle scharte. Es fing an zu dunkeln, und ich fürchtete, ihn verloren zu haben. Dann kam ich an der Kirche vorbei und sah ihn auf den Stufen sitzen. Ich kann nicht beschreiben, wie jammervoll er aussah. Das Leben hatte ihn gepackt, ihn auf seinen Folterbänken zermartert, ihm Glied um Glied ausgerissen und ihn dann, ein blutendes Wrack, auf die Steinstufen dieser Kirche geschleudert. Ich trat zu ihm.

Er rührte sich nicht. Er antwortete nicht. Er beachtete mich nicht mehr, als stünde ich überhaupt nicht da. Seine leeren blauen Augen waren auf die Vögel gerichtet, die sich schreiend und krächzend um irgendeinen Gegenstand am Fuß der Treppe zankten. Ich wußte nicht, was ich tun sollte. Ich nahm eine gelbe Banknote aus meiner Brieftasche und drückte sie ihm in die Hand. Er schenkte ihr keinen Blick. Nur seine Hand bewegte sich, die mageren, klauengleichen Finger schlossen sich um den Schein und knüllten ihn zusammen; er ballte ihn zu einer kleinen Kugel und schnellte sie dann mit dem Daumen in die Luft, so daß sie unter die zeternden Vögel fiel. Ich wandte instinktiv den Kopf und sah, wie einer von ihnen sie mit dem Schnabel packte und davonflog, zwei andere kreischend hinterher. Als ich mich wieder umschaute, war der Mann verschwunden.

Ich blieb noch drei weitere Tage in Vera Cruz. Ich habe ihn nie wieder gesehen.

Der Traum

Im August 1917 mußte ich mich in Zusammenhang mit meiner damaligen Tätigkeit von New York nach Petrograd begeben. Aus Sicherheitsgründen sollte ich dabei den Weg über Wladiwostok nehmen. Ich landete am Morgen und verbrachte den Tag in der Stadt, so gut ich konnte. Der Transsibirien-Expreß sollte, wenn ich mich recht erinnere, erst abends um neun Uhr gehen. Zum Abendessen suchte ich das Bahnhofsrestaurant auf. Es war voll, und ich mußte einen kleinen Tisch mit einem Mann teilen, dessen Erscheinung mich amüsierte. Es war ein Russe. Er war groß und sehr beleibt. Sein Bauch war so dick, daß er sich nicht nah an den Tisch heransetzen konnte. Seine Hände, an sich klein für seine Größe, verschwanden unter Fettpolstern. Das dunkle, lange, eher dünne Haar war sorgfältig verteilt, um eine Glatze zu verdecken. Das Gesicht mit dem enormen, sauber rasierten Doppelkinn war groß und flach und wirkte irgendwie unanständig nackt. Die Nase war klein, ein winziger komischer Knopf in einer gewaltigen Fleischmasse, und auch die glänzenden schwarzen Augen waren klein. Dagegen war der Mund groß, rot und sinnlich. Der schwarze Anzug, in dem er recht anständig aussah, war nicht abgetragen, aber etwas unsauber, so als wäre er, seit er ihn besaß, nie gebügelt oder ausgebürstet worden.

Die Bedienung war schlecht. Es war fast unmöglich, die Aufmerksamkeit eines Kellners auf sich zu lenken. Ich kam mit dem Russen bald ins Gespräch. Er sprach ein gutes, fließendes Englisch, mit einem starken russischen, aber nicht unangenehmen Akzent. Er fragte viel, was mich und meine Pläne betraf. Da meine Tätigkeit mich zur Vorsicht zwang, gab ich Antworten, die wahrscheinlich klangen, aber nicht der Wahrheit entsprachen. Ich sagte, ich sei Journalist. Er fragte, ob ich auch Erzählungen schriebe, und als ich erwiderte, in müßigen Stunden sei das manchmal der Fall, begann er über moderne russische Literatur zu sprechen. Was er sagte, war intelligent. Offensichtlich hatte ich es mit einem gebildeten Manne zu tun.

Mit der Zeit konnten wir den Kellner dazu bringen, uns wenigstens eine Kohlsuppe zu servieren, und mein neuer Bekannter zog eine kleine Flasche mit Wodka aus der Tasche, zu der er mich einlud. Ich weiß nicht ob es am Wodka lag, oder ob die natürliche Redseligkeit seines Volkes ihn so mitteilsam machte, jedenfalls fing er an, von sich selbst zu erzählen. Er deutete an, daß er adliger Herkunft sei, war von Beruf Rechtsanwalt und stand politisch links. Schwierigkeiten mit den Behörden hatten ihn dazu bewogen, sich viel im Ausland aufzuhalten. Im Augenblick befand er sich auf der Heimreise. Er hielt sich in Wladiwostok beruflich auf und hoffte, in einer Woche nach Moskau weiterreisen zu können. Wenn ich auch nach Moskau käme, würde er sich freuen, mich da wiederzusehen.

»Sind Sie verheiratet?« fragte er.

Ich sah nicht recht ein, weshalb ihn das interessierte. Ich bejahte, und er seufzte.

»Ich bin Witwer«, setzte er fort. »Meine Frau war Schweizerin, aus Genf. Eine sehr kultivierte Frau. Sie sprach perfekt Englisch, Deutsch und Italienisch und natürlich Französisch, das ihre Muttersprache war. Ihr Russisch war sehr viel besser als das der meisten Ausländer, fast akzentfrei.«

Er winkte den Kellner heran, der gerade mit einem vollbeladenen Tablett vorüberkam, und fragte, wie ich vermutete – ich selbst konnte kaum ein Wort Russisch –, wie lange wir noch auf den nächsten Gang warten sollten. Nach einem kurzen, aber offenbar nicht sehr überzeugenden Ausruf lief der Kellner weiter, und mein Freund seufzte.

»Seit dem Kriege ist das Warten auf Bedienung eine Katastrophe.«

Er zündete sich die zwanzigste Zigarette an. Ich sah auf die Uhr und fragte mich, ob ich vor Abgang des Zuges außer der Kohlsuppe noch etwas zu essen bekommen würde.

»Meine Frau war eine ungewöhnliche Frau«, begann er von neuem. »Sie gab Fremdsprachenunterricht in einer der besten Schulen für adlige junge Mädchen in Petrograd. Unsere Ehe war lange Jahre hindurch harmonisch. Sie war nur sehr eifersüchtig und liebte mich leider bis zur Raserei.«

Mir fiel es schwer, ernst zu bleiben. Er war einer der häßlichsten Männer, die ich je gesehen hatte. Dicke, behäbige, joviale Männer besitzen oft einen gewissen Charme. Aber dieser melancholische Fettkloß war einfach widerwärtig.

»Ich will nicht behaupten, daß ich ihr immer treu gewesen bin. Als wir heirateten, war sie nicht mehr jung, und zehn Jahre waren wir verheiratet. Sie war klein und unansehnlich und hatte eine scharfe Zunge und eine unreine Haut. Sie war eine Frau, die an dem Wahn litt, ich gehörte ihr mit Haut und Haar. Sie konnte es nicht ertragen, daß ich mich noch mit etwas anderem beschäftigte außer mit ihr. Sie war nicht etwa nur auf die Frauen eifersüchtig, die ich kannte, nein, auch auf meine Freunde, auf die Katze, auf meine Bücher. Einmal verschenkte sie in meiner Abwesenheit einen Anzug, nur weil ich ihn lieber trug als die andern. Ich besitze ein gutmütiges, ausgeglichenes Naturell. Ich will nicht bestreiten, daß es mich auf die Dauer langweilte, aber ich nahm ihre unglückliche Veranlagung hin wie etwas von Gott Gesandtes, es kam mir nicht in den Sinn, mich dagegen aufzulehnen, sowenig wie gegen schlechtes Wetter oder einen Stockschnupfen. Ihren Vorwürfen begegnete ich mit Leugnen, solange es ging, und wenn das nicht mehr möglich war, begnügte ich mich damit, die Achseln zu zukken und eine Zigarette zu rauchen.

Die fortwährenden Szenen, die sie mir machte, berührten mich schließlich kaum noch. Ich lebte mein Leben für mich. Manchmal fragte ich mich allerdings, ob das, was sie für mich empfand, wirklich leidenschaftliche Liebe war oder leidenschaftlicher Haß. Ich glaube, daß Liebe und Haß sehr eng miteinander verwandt sind.

Vermutlich wäre es so immer weiter gegangen, wenn nicht eines Nachts etwas Sonderbares passiert wäre. Ich wurde durch einen furchtbaren Schrei meiner Frau geweckt. Erschrocken fragte ich, was sie hätte. Sie sagte, sie habe einen schrecklichen Traum gehabt. Sie hatte geträumt, ich hätte versucht, sie umzubringen. Wir wohnten damals im obersten Stockwerk eines großen Miethauses, in dem die Treppen um einen weiten offenen Schacht angelegt waren, und sie hatte geträumt, daß ich in dem Augenblick, als wir auf unserem Stockwerk angekommen waren, versucht hätte, sie zu packen und über das Geländer in die Tiefe zu stürzen. Bis zu dem Steinboden im Erdgeschoß waren es sechs Stockwerke, und es wäre ihr sicherer Tod gewesen.

Sie war völlig aufgelöst. Ich tat alles, um sie zu beruhigen. Aber am nächsten Morgen und die folgenden zwei oder drei

Tage kam sie immer wieder auf den Traum zurück, auch wenn ich sie auslachte. Er hatte sich, wie ich merkte, in ihrem Kopf festgesetzt. Mir ging es übrigens ähnlich, denn ihr Traum zeigte mir etwas, was ich nie vermutet hatte. Sie bildete sich ein, ich haßte sie, und glaubte, daß ich froh sein würde, sie loszuwerden. Natürlich wußte sie, daß sie unausstehlich war, und irgendwann muß ihr der Gedanke gekommen sein, ich wäre imstande, sie zu ermorden. Gedanken sind bekanntlich unkontrollierbar. Ideen tauchen in uns auf, die zu gestehen wir uns schämen würden. Ich hatte mir tatsächlich manchmal gewünscht, sie würde mit einem Liebhaber durchbrennen oder sie würde unversehens und schmerzlos sterben und ich wäre wieder frei. Aber nie, nie habe ich daran gedacht, mich vorsätzlich von dieser Last zu befreien, so unerträglich sie war.

Der Traum hinterließ in uns beiden einen tiefen Eindruck. Meiner Frau war der Schreck so in die Glieder gefahren, daß sie eine Zeitlang weniger gehässig und sogar freundlich zu mir war. Und ich mußte, wenn ich die Treppen zu unserer Wohnung hinaufstieg, immer wie unter einem Zwang über das Geländer in die Tiefe hinuntersehen und denken, wie leicht es wäre, das auszuführen, was sie geträumt hatte. Der Gedanke ließ mich nicht mehr los. Das Geländer war gefährlich niedrig. Ein einziges schnelles Zupacken, und es war geschehen.

Nach ein paar Monaten weckte meine Frau mich mitten in der Nacht auf. Ich war todmüde und sehr ungehalten über die Störung. Ihr Gesicht war leichenblaß, und sie zitterte am ganzen Leibe. Sie hatte wieder denselben Traum gehabt. Schluchzend fragte sie mich, ob ich sie haßte. Ich schwor bei allen Heiligen des russischen Kalenders, daß ich sie liebte. Mehr konnte ich nicht tun. Schließlich schlief sie wieder ein. Ich lag wach. Ich sah sie den Treppenschacht hinabstürzen, hörte sie schreien und dann, wie ihr Körper dumpf auf dem Steinboden unten aufschlug. Mich überlief es eiskalt.«

Der Russe hielt inne, und ich sah, daß seine Stirn mit Schweißperlen bedeckt war. Er hatte die Geschichte so gut und fließend erzählt, daß ich gespannt zugehört hatte. Er schenkte sich den Rest, der noch in der Wodkaflasche war, ein und trank ihn mit einem Zuge aus.

»Und wie ist Ihre Frau dann wirklich gestorben?« fragte ich nach einer Weile.

Er zog ein schmutziges Taschentuch hervor und wischte sich die Stirn.

»Man fand sie mit gebrochenem Genick auf dem Boden des Treppenschachts, eines Nachts, ganz zufällig.«

»Wer fand sie?«

»Ein Mieter, der kurz nach der Katastrophe das Haus betrat.«

»Und wo waren Sie?«

Ich kann den Blick nicht beschreiben, mit dem er mich ansah. Seine schwarzen Augen funkelten geradezu vor Bosheit und Hinterlist.

»Ich hatte den ganzen Abend bei Freunden zugebracht. Ich kam erst eine Stunde später nach Hause.«

In diesem Augenblick brachte der Kellner das Hauptgericht, das wir bestellt hatten, und der Russe machte sich mit größtem Appetit darüber her. Er schaufelte sich förmlich das Essen in gewaltigen Portionen in den Mund. Es verschlug mir den Atem. Hatte er mir wirklich, kaum verhehlt, gestanden, seine Frau umgebracht zu haben? Der schwerfällige, dicke Mann sah nicht wie ein Mörder aus. Ich konnte mir nicht vorstellen, daß er den Mut zu einer solchen Tat aufgebracht hatte. Oder hatte er sich einen makaberen Spaß mit mir machen wollen?

Mir blieben nur wenige Minuten, um zum Bahnsteig hinüberzugehen und rechtzeitig am Zuge zu sein. Ich verabschiedete mich von ihm und habe ihn nicht wiedergesehen. Ich bin nie dahintergekommen, ob seine Geschichte eine Erfindung oder ein Geständnis war.

Die Unvergleichliche

Richard Harenger war ein glücklicher Mann. Allen Pessimisten seit Ekklesiastes zum Trotz kommt das in unserer unglücklichen Welt gar nicht so selten vor; aber Richard Harenger wußte es, und das kommt wirklich sehr selten vor. Die im Altertum so hochgepriesene goldene Mitte ist nicht mehr modern, und wer sie sich zum Ideal setzt, wird von allen fein verspottet, denen Genügsamkeit nichts gilt und gesunder Menschenverstand keine Tugend bedeutet. Höflich belustigt hob Richard Harenger die Schultern. Sollten die anderen gefährlich leben, sollten sie sich in loderndem Feuer verzehren, ihr Schicksal mit einer Karte verwetten, auf hohem Seil der Ehre oder dem Grab entgegenbalancieren, sollten sie ihr Leben für ein hehres Ziel, für eine Leidenschaft oder ein Abenteuer wagen – er beneidete sie weder um den Ruhm ihrer Heldentaten, noch verschwendete er sein Mitleid an sie, wenn ihr Unternehmen fehlschlug. Aber man darf daraus nicht schließen, Richard Harenger sei egoistisch oder gar gefühllos. Keineswegs! Er war rücksichtsvoll und großmütig, stets bereit, einem Freund beizuspringen, und er verfügte über genügend Geld, sich dieses Vergnügen zu leisten. Er besaß etwas Kapital, und seine Stellung im Home Office wurde angemessen bezahlt. Seine Arbeit gefiel ihm, sie war gleichmäßig, verantwortungsvoll und angenehm. Jeden Tag ging er nach Dienstschluß in seinen Klub und spielte ein paar Stunden Bridge, samstags und sonntags spielte er Golf. Seine Ferien verbrachte er im Ausland, dann wohnte er in guten Hotels und besuchte Kirchen, Galerien und Museen. Theaterpremieren ließ er fast nie aus. Zum Essen war er häufig eingeladen. Seine Freunde mochten ihn, man konnte so gut mit ihm reden. Er war belesen, gebildet und unterhaltend, dazu von stattlichem Äußeren: nicht auffällig schön, aber groß, schlank und sehr aufrecht, dazu ein hageres, kluges Gesicht. Allmählich lichteten sich seine Haare, denn er näherte sich den Fünfzigern, doch die braunen Augen hatten ihr Lächeln nicht verloren, und er besaß noch alle seine Zähne. Von Natur aus war er kerngesund, und er hatte auch seit jeher auf sich achtgegeben. Auf der ganzen lieben Welt hinderte ihn nichts daran, glücklich zu sein, und wenn er nur im mindesten zu Selbstgefälligkeit neigte, hätte er vielleicht das Verdienst sich selbst zugeschrieben.

Mit Glück umsegelte er auch die gefährlichen und sturmumtosten Klippen der Ehe, an denen so viele weise und tüchtige Männer Schiffbruch erlitten haben. Seine Frau und er – sie hatten Anfang Zwanzig aus Liebe geheiratet – trieben nach ein paar Jahren beinah vollkommener Seligkeit langsam auseinander. Da beide sich nicht wieder verheiraten wollten, sprachen sie nicht von Scheidung – schon wegen seiner Stellung im Staatsdienst –, sondern arrangierten zu ihrer größeren Annehmlichkeit mit Hilfe des Anwalts eine Trennung, um frei und ungestört vom anderen ihr Leben nach den eigenen Wünschen einzurichten. Sie schieden unter wechselseitigen Versicherungen, wie sehr sie einander voll Wohlwollen schätzten. Richard Harenger verkaufte sein Haus in St. John's Wood und bezog eine Wohnung, von der aus er Whitehall bequem zu Fuß erreichen konnte. Das Wohnzimmer füllte er mit seinen Büchern, in das Eßzimmer paßten seine Chippendale-Möbel gerade hinein, das Herrenschlafzimmer war angenehm groß, und hinter der Küche gehörten noch ein paar Dienstbotenräume dazu. Er brachte die Köchin, ein bewährtes Faktotum, von St. John's Wood mit, entließ die übrigen Angestellten, da er für so viel Personal keine Verwendung mehr hatte, und wandte sich auf der Suche nach einer Wirtschafterin an eine Stellenvermittlung. Er wußte genau, was er wollte, und beschrieb der Leiterin dieses Büros seine Wünsche haarklein: die Wirtschafterin durfte nicht zu jung sein, denn erstens hätten junge Frauen ihren Kopf nie bei der Sache, und zweitens geriete er, obwohl ein reifer Mann mit Grundsätzen, ins Gerede, zumindest beim Hausmeister und den Lieferanten. Um also seinen eigenen Ruf wie den der in Frage kommenden Person zu schonen, halte er ein gesetztes Alter für eine unerläßliche Bedingung. Zudem mußte sie sich aufs Silberputzen verstehen. Er liebte altes Silber von klein auf und forderte nicht mehr als billig, wenn die Gabeln und Löffel, die eine Dame von Stand zur Zeit der Königin Anna benutzt hatte, sanft und achtungsvoll behandelt werden sollten. Von Natur aus gesellig, lud er gerne einmal in der Woche zum Abendessen Gäste ein, nicht weniger als vier, nicht mehr als acht. Er konnte sich darauf verlassen, daß die Köchin ein Essen zubereitete, das seine Gäste mit Vergnügen verspeisten, von seiner Wirtschafterin verlangte er adrettes und schnelles Servieren. Dann mußte sie sich als tadelloser Kammerdiener bewähren. Er kleidete sich gut, seinem Alter und seiner Stellung entsprechend, und wünschte seine Garderobe tipptopp instand gehalten. Die gesuchte Person mußte Hosen und auch Krawatten bügeln können und – worauf er großen Wert legte – seine Schuhe blitzblank putzen. An seine kleinen Füße ließ er sich nur ausgezeichnet sitzende Schuhe anmessen, deren er eine beträchtliche Anzahl besaß, und selbstverständlich waren die Spanner hineinzuschieben, sobald er sie ausgezogen hatte. Zu guter Letzt mußte die Wohnung saubergemacht und aufgeräumt werden. Wer sich um diese Stellung bewarb, sollte ein angenehmes Äußeres und einen einwandfreien, besonnenen, ehrlichen und zuverlässigen Charakter aufweisen. Dafür war er bereit, guten Lohn, angemessene Selbständigkeit und reichlich Freizeit zu bieten. Die Stellenvermittlerin hörte ihm zu, ohne mit der Wimper zu zucken, und versicherte, sie finde gewiß das Richtige, woraufhin sie eine Reihe von Bewerberinnen zu ihm schickte, die ihm nur bestätigten, daß sie bei seinen Wünschen überhaupt nicht aufgepaßt hatte. Er sah sich alle an: einige taugten offensichtlich nichts, einige wirkten leichtlebig, einige waren zu alt, andere zu jung, einigen fehlten die nötigen Manieren. Es gab nicht eine, die er auch nur auf Probe nehmen mochte. Er war zuvorkommend und höflich und lehnte ihre Dienste mit einem Lächeln und einem freundlichen Bedauern ab. Nie wurde er ungeduldig, er hatte sich darauf eingestellt, so lange Wirtschafterinnen zu begutachten, bis er der richtigen begegnete.

Nun geht es ja im Leben merkwürdig zu: wenn man sich darauf versteift, nur das Beste zu bekommen, dann bekommt man auch oft das Beste; wenn man entschlossen ablehnt, sich mit dem zu begnügen, was man bekommen kann, dann bekommt man so oder so das, was man will – als ob Fortuna sagte: Dieser Mann, der Vollkommenheit sucht, ist ein vollkommener Dummkopf, und mit weiblicher Willkür ihm die Erfüllung seines Wunsches doch in den Schoß wirft. Eines Tages fragte der Hausverwalter Richard Harenger: »Sie suchen doch eine Wirtschafterin? Ich kenne da jemand, der frei ist und vielleicht für Sie in Frage kommt.«

»Können Sie sie mir empfehlen?«
Richard Harenger glaubte nämlich fest daran, daß die Empfehlung eines Angestellten durch einen Kollegen viel schwerer wog als die des Arbeitgebers.
»Ich kann für ihren Ruf einstehen. Sie war in ein paar sehr guten Stellungen.«
»Gegen sieben werde ich mich hier umziehen. Wenn es ihr recht ist, könnte ich sie um diese Zeit sprechen.«
»Gerne. Ich werd's ihr ausrichten lassen.«
Bereits fünf Minuten nach seiner Heimkehr meldete ihm die Köchin, die auf ein Klingeln hin die Wohnungstür geöffnet hatte, daß die vom Hausverwalter empfohlene Frau gekommen sei.
Er drehte mehr Licht an, um sich die Bewerberin genau anzusehen, und stellte sich mit dem Rücken zum Kamin. Eine Frau trat ein, die bei der Tür in respektvoller Haltung stehenblieb.
»Guten Abend«, sagte er, »wie heißen Sie?«
»Pritchard, Sir.«
»Und wie alt sind Sie?«
»Fünfunddreißig.«
»Ein vernünftiges Alter.«
Er zog an seiner Zigarette und schaute sie nachdenklich an. Sie war groß, beinahe so groß wie er, aber er schob das ihren hohen Absätzen zu. Sie trug ein zu ihrer Stellung passendes schwarzes Kleid und hielt sich gerade. Ihr Gesicht mit den angenehmen Zügen zeigte eine blühende Farbe.
»Könnten Sie Ihren Hut abnehmen?« fragte er.
Sie nahm ihn ab, und er musterte ihr hellbraunes, geschmackvoll und kleidsam frisiertes Haar. Sie wirkte kräftig und gesund, weder dick noch dünn, und würde in Latzschürze und Häubchen sehr gut aussehen. Sie war nicht aufregend hübsch, doch ganz gewiß anmutig und würde in einer anderen Gesellschaftsschicht wohl fast als eine Schönheit gelten. Er befragte sie weiterhin und erhielt befriedigende Antwort. Sie hatte ihre letzte Stelle aus einem triftigen Grund verlassen, sie hatte unter einem Butler gelernt und schien mit ihren Pflichten vertraut; in ihrer letzten Stelle war sie als Hauptwirtschafterin drei Dienstmädchen vorgestanden, aber es machte ihr nichts aus, die Wohnung allein zu besorgen. Sie hatte schon früher sich

um Kleidung und Wäsche eines Gentleman gekümmert, der sie bei einem Schneider das Anzugbügeln lernen ließ. Sie antwortete ein bißchen schüchtern, aber keineswegs ängstlich oder befangen. Richard erkundigte sich liebenswürdig und geruhsam, wie es seine Art war, und sie gab bescheiden Auskunft. Da er einen ausgezeichneten Eindruck von ihr gewann, bat er sie um ihre Referenzen, die ihn außerordentlich befriedigten.

»Sehen Sie«, sagte er, »ich bin durchaus geneigt, Sie zu engagieren. Aber ich kann Wechsel nicht leiden; meine Köchin ist schon zwölf Jahre bei mir. Sollten Sie mir gefallen und die Stellung Ihnen, so hoffe ich, Sie bleiben auch. Nicht daß Sie mir in drei oder vier Monaten kündigen, um zu heiraten.«

»Da brauchen Sie nichts zu fürchten, Sir, ich bin Witwe. Heiraten bringt unsereins nicht viel ein. Mein Mann hat vom Tage unserer Hochzeit bis zu seinem Tod keinen Streich gearbeitet, und ich mußte ihn aushalten. Jetzt wünsche ich mir ein gutes Heim.«

»Ich möchte Ihnen zustimmen«, sagte er und lächelte, »nichts gegen das Heiraten, aber man sollte keine Gewohnheit daraus machen.«

Sie schwieg, ganz wie es sich schickte, und wartete auf seine Entscheidung. Sie wirkte nicht unruhig und wußte bestimmt genau, daß sie bei ihrer Tüchtigkeit ohne weiteres eine Stelle finden würde. Er erwähnte das Gehalt, das er ihr bot, und sie schien damit einverstanden. Als er die notwendigen Erläuterungen zu ihrem Posten aufzählte, gab sie ihm zu verstehen, daß sie bereits im Bilde war, und er erhielt den Eindruck, sie habe vor ihrer Bewerbung über ihn Erkundigungen eingezogen, was ihn mehr erheiterte als störte. Es zeugte von Vorsicht und gesundem Menschenverstand.

»Wann könnten Sie denn kommen? Im Augenblick habe ich niemanden, und die Köchin behilft sich mit einer Putzfrau. Aber ich möchte gern so schnell wie möglich geordnete Verhältnisse.«

»Eigentlich wollte ich eine Woche Ferien machen, aber ich kann es auch bleibenlassen, um Ihnen einen Gefallen zu tun. Ich kann morgen anfangen, wenn das recht ist.«

Richard Harenger lächelte ihr gewinnend zu.

»Ich möchte nicht, daß Sie auf Ihre Ferien verzichten, auf die Sie sich gewiß gefreut haben. Eine Woche kann ich noch gut so weiter wursteln. Genießen Sie Ihre Ferien, und kommen Sie nachher zu mir.«

»Vielen Dank, Sir. Paßt es Ihnen, wenn ich morgen in einer Woche anfange?«

»Sehr gut!«

Als sie ging, war Richard Harenger überzeugt, er habe einen guten Fischzug und idealen Fang getan. Er klingelte der Köchin und teilte ihr mit, endlich sei eine Wirtschafterin engagiert.

»Sie wird Ihnen gefallen«, meinte sie. »Sie ist heute nachmittag angerückt und hat mit mir geschwatzt. Ich hab gleich gemerkt, daß sie etwas kann. Die hat ihren Kopf bei der Sache.«

»Versuchen wir's, Mrs. Jeddy. Hoffentlich haben Sie mir ein gutes Zeugnis ausgestellt.«

»Ich hab gesagt, daß Sie ein sehr penibler Herr sind, der alles tipptopp haben will.«

»Das gebe ich gerne zu.«

»Sie sagte, daß ihr das nichts ausmacht, und sie hat gern einen Gentleman, der genau ist. Sie sagte, es befriedigt sie nicht, alles sauberzuhalten, wenn niemand etwas davon merkt. Sicher ist sie gewaltig stolz auf ihre Arbeit.«

»Das soll sie auch. Ich glaube, wir hätten es schlechter treffen können.«

»Da ist was dran, Sir. Und probieren geht über studieren. Aber wenn Sie meine Meinung wissen wollen, so kann ich nur sagen, sie ist eine Perle.«

Und genau das war Mrs. Pritchard: kein Mann wurde je besser bedient als Richard Harenger. Seine Schuhe glänzten wundervoll, und wenn die Sonne schien, eilte er beschwingteren Schrittes auf sein Büro, weil man sich fast darin spiegeln konnte. Seine Garderobe hielt sie mit solcher Sorgfalt instand, daß seine Kollegen ihn bereits aufzogen, er sei der bestangezogene Mann im Staatsdienst. Als er eines Tages unerwartet nach Hause kam, fand er im Badezimmer eine Wäscheleine vor, an der Socken und Taschentücher zum Trocknen hingen. Er klingelte Mrs. Pritchard.

»Waschen Sie meine Socken und Taschentücher etwa selber? Ich nahm an, daß Sie auch ohne das genug zu tun haben.«

»In der Wäscherei werden sie so strapaziert, daß ich sie lieber zu Hause besorge, wenn Sie nichts dagegen haben.«

Sie war genau im Bild, was man bei jedem Anlaß trug, und wußte ohne zu fragen, ob sie ihm für den Abend seinen Smoking mit schwarzem oder den Frack mit weißem Binder herauslegen sollte. Ging er zu einem Empfang, an dem Orden erwünscht waren, so fand er automatisch die elegante schmale Reihe seiner Auszeichnungen an den Rockaufschlag geheftet. Er ließ es bald bleiben, jeden Morgen selber eine Krawatte auszuwählen, denn die Erfahrung lehrte ihn, daß sie unfehlbar die richtige für ihn bereitlegte. Sie besaß einen hervorragenden Geschmack. Wahrscheinlich las sie seine Briefe, denn sie wußte über seinen Tagesablauf Bescheid, und wenn er vergessen hatte, um welche Zeit er verabredet war, so brauchte er gar nicht in seinem Notizbuch nachzusehen, Mrs. Pritchard konnte ihm helfen. Am Telephon traf sie jedesmal den richtigen Ton: sie war immer höflich – ausgenommen bei Geschäftsleuten, die sie gerne kurz abfertigte –, aber sie unterschied deutlich zwischen einem literarischen Freund von Mr. Harenger und einer Frau Minister. Eine innere Stimme sagte ihr, wen er sprechen wollte und wen nicht. Vom Wohnzimmer aus hörte er sie manchmal mit gelassener Offenheit versichern, er sei ausgegangen, dann kam sie zu ihm herein und bestellte Mrs. Soundsos Anruf, dessentwegen sie ihn aber nicht habe stören mögen.

»Ganz recht«, meinte er lächelnd.

»Sie wollte Sie ja doch nur mit diesem Konzert belästigen«, erläuterte Mrs. Pritchard.

Seine Freunde verabredeten mit ihr, wann sie ihn treffen wollten, und sie berichtete darüber, wenn er abends heimkehrte.

»Mrs. Soames hat angerufen und fragte, ob Sie am Donnerstag, dem achten, zum Abendessen kommen könnten. Ich sagte, es tue Ihnen sehr leid, aber Sie seien bei Lady Versinder eingeladen. Mr. Oakley hat angerufen, ob Sie am nächsten Dienstag um sechs zu der Cocktail-Party im Savoy gingen. Ich sagte, möglicherweise, aber vielleicht müßten Sie zum Zahnarzt.«

»Ganz recht.«

»Ich dachte, Sie könnten sich dann immer noch entscheiden.«

Die Wohnung hielt sie blitzblank. Als sie erst kurz in seinen Diensten stand, holte sich Richard nach den Ferien ein Buch aus dem Regal und bemerkte sofort, daß es abgestaubt worden war. Er klingelte.

»Vor meiner Abreise vergaß ich zu erwähnen, daß Sie unter keinen Umständen meine Bücher anrühren sollen. Sobald die Bücher zum Abstauben herausgenommen werden, ist die ganze Ordnung dahin. Meinetwegen dürfen sie ruhig schmutzig sein, aber ich hasse es, wenn ich nichts finde.«

»Verzeihen Sie bitte«, sagte Mrs. Pritchard, »ich weiß, daß einige Herren in dieser Beziehung sehr eigen sind, und deshalb habe ich die Bücher sorgfältig auf ihren alten Platz zurückgestellt.«

Richard Harenger warf einen Blick auf seine Bibliothek. Soviel er sehen konnte, stand jedes Buch am gewohnten Ort. Er lächelte. »Ich muß mich entschuldigen, Mrs. Pritchard.«

»Es sah fürchterlich aus, Sir. Sie konnten ja kein Buch öffnen, ohne rabenschwarze Finger zu bekommen.«

Sein Silber blinkte wie nie zuvor, so daß er sich zu einem besonderen Lob aufgerufen fühlte. »Die meisten Sachen stammen aus der Zeit von Königin Anne und George I.«, erklärte er ihr.

»Ja, ich weiß. Wenn man etwas so Schönes zu pflegen hat, ist's ein Vergnügen, es in ordentlichem Zustand zu halten.«

»Sie sind sehr geschickt darin. Ich kenne keinen Butler, der das Silber so gut putzt wie Sie.«

»Männer sind eben nicht so geduldig wie Frauen«, entgegnete sie bescheiden.

Sobald Mrs. Pritchard sich eingewöhnt hatte, begann er wieder einmal in der Woche seine geliebten kleinen Abendgesellschaften zu geben. Er hatte bereits herausgefunden, daß sie bei Tisch aufwarten konnte, doch durchströmte ihn warmes Behagen, als er feststellte, wie kunstvoll sie eine Einladung bewältigte. Sie war gewandt, geräuschlos und aufmerksam. Kaum spürte ein Gast, daß ihm etwas fehlte, stand Mrs. Pritchard neben ihm und bot das Gewünschte an. Sie merkte sich schnell die Gewohnheiten seiner engeren Freunde und dachte daran, daß der eine seinen Whisky lieber mit Wasser als mit Soda mischte und ein anderer für das Wadenstück einer Lammkeule schwärmte. Sie wußte, wie man einen Weißwein kalt stellte, um die Blume nicht zu beeinträchtigen, und wie lange Rotwein zur Entfaltung seines Bouquets im Zimmer sein sollte. Es war ein Genuß, ihr beim Einschenken eines Burgunders zuzusehen, wobei sie vermied, den Bodensatz aufzuwirbeln. Einmal servierte sie abends nicht den von Richard ausgesuchten Wein. Ziemlich scharf wies er sie darauf hin.

»Als ich die Flasche öffnete, schmeckte der Wein leicht nach dem Korken. So nahm ich den Chambertin, ich hielt's für sicherer.«

»Ganz recht.«

Nach kurzer Zeit überließ er ihr den Keller; sie hatte sich nämlich gut gemerkt, welche Weine seine Gäste bevorzugten. Ohne Auftrag schleppte sie das Beste herbei und grub seinen ältesten Cognac aus, wenn sie der Meinung war, die Eingeladenen wüßten es verständnisvoll zu schätzen. Frauen traute sie nichts zu, und waren sie mit von der Gesellschaft, tischte Mrs. Pritchard gerne solchen Champagner auf, den man trinken mußte, solange er noch heftig perlte. Mit dem einem englischen Dienstboten eingeborenen Instinkt erkannte sie gesellschaftliche Rangnuancen, und weder Stellung noch Geld täuschten sie darüber hinweg, daß einer kein Gentleman war. Unter seinen Freunden standen ein paar hoch in ihrer Gunst, und wenn einer ihrer Lieblinge zum Abendessen kam, schenkte sie ihm mit der Miene einer Katze, die einen Kanarienvogel verschlungen hat, einen Wein ein, den Harenger für besondere Gelegenheiten reserviert hatte. Das erheiterte ihn.

»Du hat dich aber gut gestellt mit Mrs. Pritchard, Alter«, rief er aus. »Nicht viele Leute beehrt sie mit diesem Tropfen.« Mrs. Pritchard wurde eine Institution und hieß sehr bald ›die Unvergleichliche‹. Man beneidete Harenger um ihren Besitz wie um nichts sonst. Sie war ihr Gewicht in Gold wert, ihr Preis nicht mit Rubinen aufzuwiegen. Bei ihrem Lob strahlte Richard Harenger vor Selbstgefälligkeit.

»Wie der Herr, so der Knecht«, bemerkte er heiter.

Als er eines Abends mit Freunden beim Portwein saß und sie das Zimmer verließ, wandte sich das Gespräch ihr zu.

»Das ist ein Schlag für dich, wenn sie einmal kündigt.«

»Warum sollte sie? Ein oder zwei Leute wollten sie mir abwerben, aber sie ist nicht darauf eingegangen. Sie weiß, wo sie's gut hat.«

»Sie wird eines Tages heiraten.«

»Ich glaube nicht, daß sie eine von denen ist.«

»Sie ist hübsch.«

»Sicher, eine ganz angenehme Erscheinung.«

»Was heißt das schon! Sie sieht phantastisch aus. Wenn sie zur guten Gesellschaft gehörte, wäre sie eine Schönheit, deren Photo in allen Zeitungen erschiene.«

In diesem Augenblick kam Mrs. Pritchard mit dem Kaffee herein. Richard Harenger schaute sie an. Obwohl er sie seit vier Jahren Tag für Tag vor Augen hatte – mein Gott, wie die Zeit verfliegt –, wußte er wahrhaftig nicht, wie sie aussah. Sie schien sich nicht sehr verändert zu haben seit jenem Abend, als sie sich vorstellte. Sie war nicht voller als damals, ihre Backen waren noch genauso rot, die regelmäßigen Züge zeigten denselben zugleich aufmerksamen und leeren Ausdruck. Das schwarze Kleid, das sie zum Servieren trug, stand ihr gut zu Gesicht.

»Sie ist zweifellos unvergleichlich.«

»Ich weiß«, antwortete Harenger, »sie ist die Vollkommenheit selber, ohne sie wäre ich verloren. Doch es ist ganz merkwürdig – ich kann mit ihr nicht viel anfangen.«

»Und warum nicht?«

»Sie langweilt mich ein bißchen, sie hat nämlich keine Konversation. Ich habe oft versucht, mich mit ihr zu unterhalten, doch sie antwortet nur auf meine Fragen – mehr nicht. In vier Jahren hat sie nie von sich aus eine persönliche Bemerkung gewagt. Ich weiß überhaupt nichts von ihr, nicht einmal, ob sie mich mag oder nicht. Sie ist der reinste Roboter. Ich schätze und achte sie und schenke ihr mein Vertrauen. Sie besitzt alle Vorzüge der Welt, und ich habe mich oft gewundert, warum ich ihr gegenüber trotzdem so eiskalt bleibe. Es liegt wohl daran, daß sie nicht den geringsten Charme ausstrahlt.« Man ließ es dabei bewenden.

Zwei oder drei Tage danach aß Richard Harenger abends allein in seinem Klub, da Mrs. Pritchard Ausgang hatte und er nichts unternehmen mochte. Ein Page meldete ihm, daß man soeben aus seiner Wohnung angerufen habe, er sei ohne Schlüssel weggegangen und ob man sie ihm in einer Taxe bringen solle. Harenger fuhr mit der Hand in die Tasche. Tatsächlich, durch einen seltenen Zufall hatte er vergessen, sie wieder einzustecken, als er vor dem Essen zu Haus den Anzug wechselte. Eigentlich hatte er Bridge spielen wollen, aber der Klub war leer, seine Hoffnung auf eine anständige Partie schwand, und ihm fiel ein, daß sich jetzt eine gute Gelegenheit bot, den viel-

diskutierten Film anzusehen. So ließ er dem Pagen ausrichten, daß er in einer halben Stunde die Schlüssel selber hole.
Er klingelte an seiner Wohnungstür, und Mrs. Pritchard machte auf. Sie hielt die Schlüssel in der Hand.
»Sie sind hier, Mrs. Pritchard?« fragte er. »Sie haben doch heute frei, oder nicht?«
»Ja, Sir. Aber ich hatte keine Lust, etwas zu unternehmen. Darum sagte ich Mrs. Jeddy, sie könne meinetwegen gerne ausgehen.«
»Sie sollten aber die Nase hinausstecken, wenn Sie die Möglichkeit haben«, meinte er mit der ihm eigenen Fürsorge, »das tut nicht gut, sich die ganze Zeit in der Wohnung einzusperren.«
»Ich komme beim Einkaufen ein bißchen an die Luft, und abends bin ich schon seit vier Wochen nicht mehr weggewesen.«
»Um Himmels willen! Warum denn nicht?«
»Ach, allein ausgehen macht mir keinen Spaß, und im Augenblick kenne ich niemand, mit dem ich das Ausgehen besonders nett fände.«
»Sie sollten sich ab und zu amüsieren, das heitert Sie auf.«
»Das bin ich schon lange nicht mehr gewohnt.«
»Hören Sie mal, ich gehe jetzt ins Kino, wollen Sie nicht mitkommen?«
Er fragte freundlich, einer plötzlichen Eingebung folgend, doch kaum waren ihm die Worte entschlüpft, bereute er sie bereits halb.
»Ja, gerne.«
»Dann machen Sie sich schnell fertig.«
»Ich bin gleich soweit.«
Sie verschwand, und Richard Harenger zündete sich im Wohnzimmer eine Zigarette an. Seine Einladung vergnügte und erquickte ihn. Wohlig durchrieselte es ihn bei dem Gedanken, jemand ohne große Mühe eine Freude zu machen. Es war typisch Mrs. Pritchard, weder Überraschung noch Unschlüssigkeit zu zeigen. Er mußte ungefähr fünf Minuten warten, und als sie eintrat, fiel ihm auf, daß sie sich umgezogen hatte: sie trug ein blaues Kleid, vermutlich aus Kunstseide, einen kleinen schwarzen Hut mit blauer Nadel und um den Hals einen Fuchspelz. Er atmete auf, als sie weder schäbig noch aufge-

donnert vor ihm stand. Niemand würde je auf die Idee kommen, daß hier ein hoher Beamter des Home Office seine Hausangestellte ins Kino schleppte.

»Entschuldigen Sie, daß ich Sie warten ließ.«

»Bitte, bitte«, sagte er großzügig.

Er hielt ihr die Tür auf, und sie schritt vor ihm hinaus, was ihn an die berühmte Anekdote von Ludwig XIV. und dem Höfling erinnerte. Auch gefiel ihm, daß sie ohne Zögern den Vortritt genommen hatte. Das Kino lag nahe Mr. Harengers Wohnung, so gingen sie zu Fuß dorthin. Er sprach über das Wetter, den Straßenzustand und Politik, und Mrs. Pritchard gab die passenden Antworten. Sie kamen gerade recht für den Mickymausfilm, der sie beide in die munterste Stimmung versetzte. Während der vier Jahre, die sie bei ihm in Stellung war, hatte Richard Harenger Mrs. Pritchard kaum je lächeln sehen, darum belustigte es ihn herzlich, sie ein um das andre Mal fröhlich auflachen zu hören, und er freute sich an ihrem Vergnügen. Dann lief der Hauptfilm, und da er gut war, folgten sie ihm mit atemloser Spannung. Als er sein Zigarettenetui hervorholte, bot er es ohne nachzudenken Mrs. Pritchard an.

Sie sagte: »Danke, Sir« und nahm eine.

Er gab ihr Feuer. Sie hielt den Blick auf die Leinwand gerichtet und merkte kaum etwas davon. Sobald der Film zu Ende war, strömte das Publikum auf die Straße. Unter einem sternklaren Himmel schlenderten sie heimwärts.

»Gefiel es Ihnen?« fragte er.

»Und wie! Ich habe es so genossen!«

Da fiel ihm ein: »Haben Sie zu Abend gegessen?«

»Nein, mir blieb keine Zeit dazu.«

»Kommen Sie nicht um vor Hunger?«

»Ich mache mir zu Hause ein Käsebrot und trinke eine Tasse Kakao.«

»Das klingt ja schrecklich!« Die Luft prickelte vor Fröhlichkeit, die Passanten, die sich an ihnen vorbeischoben, schienen angeregt und heiter. Wer A sagt, muß auch B sagen – er gab sich einen Ruck. »Hören Sie, Mrs. Pritchard, würden Sie nicht mit mir irgendwo eine Kleinigkeit essen?«

»Wie Sie wollen, Sir.«

»Gut.«

Als echter Menschenfreund – keineswegs zu seinem Mißvergnügen – winkte er ein Taxi herbei. Er nannte dem Fahrer ein gepflegtes Restaurant in der Oxford Street, wo er sicher sein konnte, keine Bekannten zu treffen: eine Kapelle spielte dort, man tanzte, das würde Mrs. Pritchard Spaß machen. Kaum hatten sie Platz genommen, reichte ihnen ein Ober die Karte.

»Wir könnten das Menü wählen«, schlug er vor, um sicher ihren Geschmack zu treffen. »Sollen wir? Und was möchten Sie trinken? Einen kleinen Weißwein?«

»Am liebsten ein Glas Bier«, erklärte sie.

Richard Harenger bestellte sich einen Whisky mit Soda. Sie aß mit gutem Appetit, und obwohl er keinen Hunger verspürte, langte auch er zu, um keine Befangenheit aufkommen zu lassen. Der eben gesehene Film bot genügend Unterhaltungsstoff. Worüber sie letzthin beim Portwein gesprochen hatten, stimmte wirklich: Mrs. Pritchard war keineswegs häßlich, und es würde ihn nicht weiter stören, falls ein Bekannter sie zusammen anträfe. Und für seine Freunde würde es eine aparte Geschichte abgeben, wenn er ihnen schilderte, wie er seine unvergleichliche Wirtschafterin ins Kino und dann noch zum Essen eingeladen hatte. Mrs. Pritchard betrachtete mit einem leichten Lächeln auf den Lippen die tanzenden Paare.

»Tanzen Sie gerne?« fragte er.

»Als junges Mädchen war ich ganz versessen darauf. Aber verheiratet habe ich nicht viel getanzt. Mein Mann war etwas kleiner als ich, und ich finde, das sieht nicht gut aus; Sie verstehen doch, wie ich es meine. Und bald werde ich sowieso zu alt dafür sein.«

Richard überragte seine Wirtschafterin um ein weniges, sie würden also zusammenpassen, er tanzte sehr gut und gern – dennoch schwankte er, weil er Mrs. Pritchard mit seiner Aufforderung nicht in Verlegenheit setzen wollte. Und man sollte sich nicht auf zuviel einlassen. Doch was spielte das für eine Rolle? Ihr Alltag war grau, und zudem besaß sie die Vernunft, mit einer stichhaltigen Entschuldigung abzulehnen, wenn sie es unpassend fand.

»Möchten Sie einen Versuch wagen, Mrs. Pritchard?« fragte er, als die Kapelle von neuem einsetzte.

»Ich bin schrecklich aus der Übung.«

»Was macht das schon aus?«

»Wie Sie meinen«, entgegnete sie ruhig und stand auf. Sie war nicht im mindesten befangen, nur etwas ängstlich, ob sie seinen Figuren folgen könne. Hintereinander schlängelten sie sich zum Parkett durch, und er stellte fest, daß sie sehr gut tanzte.
»Ausgezeichnet, Mrs. Pritchard«, sagte er.
»Es kommt mir jetzt wieder.«
Trotz ihrer Größe bewegte sie sich leicht und schwerelos im Rhythmus. Er fand es angenehm, sie im Arm zu halten. Als er einen Blick auf die Spiegel warf, welche die Wände säumten, mußte er zugeben, daß sie zusammen ein schönes Paar bildeten. Ihre Augen begegneten einander im Spiegel, und er fragte sich, ob sie dasselbe denke. Nach zwei weiteren Tänzen schien es Richard Harenger an der Zeit, aufzubrechen. Er bezahlte die Rechnung, und sie schritten zum Ausgang, wobei ihm wieder auffiel, wie gelassen sie sich ihren Weg durch die Leute bahnte. Sie erwischten ein Taxi und waren in zehn Minuten zu Hause.
»Ich gehe durch den Dienstboteneingang nach oben«, sagte Mrs. Pritchard.
»Warum denn? Kommen Sie ruhig mit mir zum Lift.«
Er ließ sie einsteigen, den Hausverwalter mit einem eisigen Blick bändigend, damit der Mann nicht die späte Heimkehr mit seiner Wirtschafterin bekrittle, und schloß ihr mit seinem Schlüssel die Wohnungstür auf.
»Gute Nacht«, verabschiedete sie sich, »und vielen Dank, ich fand es herrlich.«
»Ich danke Ihnen, Mrs. Pritchard, allein hätte ich einen recht langweiligen Abend vertrödelt. Hoffentlich machte es Ihnen ein bißchen Spaß.«
»Und wie.«
Der erfolgreiche Abend stimmte Richard Harenger höchst selbstzufrieden. Er hatte sich gütig gezeigt – wie wohl tat es ihm, jemandem eine große Freude bereitet zu haben. In seinem Hochgefühl packte ihn eine grenzenlose, allumfassende Nächstenliebe.
»Gute Nacht, Mrs. Pritchard«, sagte er, und weil ihm so froh und menschenfreundlich zumut war, legte er den Arm um ihre Hüften und küßte sie. Ihre Lippen waren sehr weich und gaben seinen Kuß mit sanftem Druck zurück, eine blühende

Frau in den besten Jahren antwortete ihm. Er fand das sehr angenehm und zog sie enger an sich. Da umarmte auch sie ihn.

Er pflegte gewöhnlich erst aufzuwachen, wenn Mrs. Pritchard mit der Post eintrat, aber am nächsten Morgen schlug er schon um halb acht die Augen auf. Ihn plagte ein seltsames Gefühl, das er sich nicht erklären konnte. Plötzlich merkte er, daß er nur auf einem Kopfkissen geschlafen hatte statt auf zweien, wie es seine Gewohnheit war, und dann erinnerte er sich. Er schaute erschrocken zur Seite: das zweite Kopfkissen lag neben dem seinen. Gott sei Dank ruhte kein schlafender Kopf darauf, aber offensichtlich hatte einer dort gelegen. Ein zentnerschwerer Stein legte sich ihm aufs Herz, und der Schweiß brach ihm aus allen Poren.

»Ich Esel!« sagte er laut vor sich hin.

Wie konnte er sich nur so danebenbenehmen? Was in aller Welt hatte ihn so benebelt? Er war doch der letzte, der mit einer Angestellten bandelte. Was für eine Schande, in seinem Alter und seiner Stellung. Mrs. Pritchard hatte sich unhörbar weggeschlichen – er mußte eingeschlafen sein. Dabei mochte er sie nicht einmal besonders, sie war absolut nicht sein Typ. Und was er beim Portwein gesagt hatte, stimmte auch: sie langweilte ihn enorm. Er hatte sogar jetzt keine blasse Ahnung von ihrem Vornamen. Einfach verrückt! Und was sollte er jetzt tun? Er hatte sich in eine unmögliche Situation hineinmanövriert: er konnte sie doch nicht behalten. Aber es schien ihm wiederum schrecklich unfair, ihr zu kündigen, denn seine Schuld wog ebenso schwer wie die ihre. Es war eine Oberdummheit, die beste Wirtschafterin, die ein Mann je gehabt hatte, für das Blendwerk einer Stunde herzugeben.

»Ich mit meinem verflixten weichen Herz«, seufzte er.

Nie wieder würde er jemand finden, der seine Anzüge so hervorragend pflegte oder so ausgezeichnet Silber putzte. Sie wußte die Telephonnummern aller seiner Freunde auswendig, sie verstand etwas von Weinen – und dennoch würde er sie wegschicken. Sie mußte einsehen, daß nach der letzten Nacht nicht mehr alles beim alten bleiben konnte. Er wollte ihr eine ansehnliche Summe in die Hand drücken und ein vorzügliches Zeugnis schreiben. Jede Sekunde konnte sie hereinkommen. Wie würde sie sich benehmen? Kokett? Plump vertraulich? Von oben herab? Vielleicht würde sie sich auch gar nicht herbemühen mit seiner Post. Wie peinlich, wenn er klingeln mußte und Mrs. Jeddy ihm ausrichtete: »Mrs. Pritchard ist noch nicht aufgestanden, Sir. Sie ruht sich aus von den Strapazen von gestern abend.«

»Ich Esel! Ich elender Schuft!«

Da klopfte es an die Tür. Ihm wurde schlecht vor Angst.

»Herein.«

Richard Harenger war jetzt todunglücklich.

Mrs. Pritchard kam mit dem Glockenschlag, sie trug wie stets für die morgendliche Hausarbeit ihr Baumwollkleid.

»Guten Morgen«, sagte sie.

»Guten Morgen.«

Sie zog die Vorhänge auf und reichte ihm mit heiterem Gesicht seine Post und die Zeitungen. Sie sah genauso aus wie immer, sie bewegte sich so sicher und gewandt wie immer, und ihre Augen suchten weder Richards Blick noch mieden sie ihn.

»Tragen Sie heute den grauen Anzug? Der Schneider hat ihn wieder gebracht.«

»Ja.«

Er schien in seine Briefe vertieft, aber er beobachtete sie unter den gesenkten Lidern hervor. Sie hatte ihm den Rücken zugedreht und holte Leibchen und Unterhose, um sie sauber gefaltet über einen Stuhlrücken zu hängen. Dann entfernte sie die Manschettenknöpfe aus dem Hemd von gestern und knöpfte sie in das frische ein. Sie legte frische Socken auf den Stuhl, nahm den grauen Anzug heraus, befestigte die Hosenträger hinten am Bund, öffnete den Kleiderschrank und wählte mit Überlegung die passende Krawatte. Schließlich warf sie den getragenen Anzug über den Arm und hob seine Schuhe auf.

»Möchten Sie jetzt das Frühstück oder erst das Bad?«

»Das Frühstück, bitte.«

»Gerne.«

Still und gemessen verließ sie das Zimmer mit dem gewohnten leeren Blick gesammelter Ehrerbietigkeit.

Dieses Abenteuer hätte ebensogut ein Traum sein können: in Mrs. Pritchards Benehmen deutete nichts darauf hin, daß sie auch nur die leiseste Erinnerung an die vergangene Nacht bewegte.

Er seufzte erleichtert auf. Alles hatte sich eingerenkt. Sie mußte nicht weg, sie mußte nicht weg, die Unvergleichliche. Jetzt wußte er, daß seine Wirtschafterin mit keinem Wort und keiner Geste je darauf anspielen würde, daß sie einen Augenblick aus der Rolle von Herr und Magd gefallen waren. Richard Harenger strahlte vor Glück.

Des Obersten Lady

All dies geschah zwei oder drei Jahre vor dem Ausbruch des Krieges. Die Peregrines saßen beim Frühstück. Obwohl sie allein waren und der Tisch lang, saßen sie sich schräg gegenüber. Von den Wänden blickten George Peregrines Vorfahren, von beliebten Künstlern ihrer Zeit gemalt, auf sie herab. Der Diener brachte die Frühpost. Es waren mehrere Briefe für den Oberst, Geschäftsbriefe, die *Times* und ein kleines Paket für seine Frau Evie. Er sah auf die Briefe, öffnete sodann die *Times* und begann darin zu lesen. Sie beendeten das Frühstück und erhoben sich. Er bemerkte, daß seine Frau ihr Paket nicht geöffnet hatte.

»Was ist das?« fragte er.
»Nur ein paar Bücher.«
»Soll ich's für dich öffnen?«
»Wenn du willst.«

Er zerschnitt nicht gerne Schnüre und löste daher mit einiger Mühe die Knoten.

»Aber das ist ja alles dasselbe«, rief er, nachdem er das Paket ausgepackt hatte. »Wozu brauchst du denn sechs Exemplare des gleichen Buches?«

Er öffnete eines. Gedichte. Dann sah er auf das Titelblatt. ›Wenn Pyramiden verfallen‹ las er, von E. K. Hamilton. Eva Katherine Hamilton: das war der Mädchenname seiner Frau. Er blickte sie erstaunt lächelnd an. »Hast du ein Buch geschrieben, Evie? Du bist ein Schlauberger.«

»Ich dachte, es würde dich nicht besonders interessieren. Möchtest du einen Band haben?«

»Nun, Gedichte sind nicht gerade mein Gebiet, aber – doch, ich hätte gern einen Band. Ich werde ihn lesen. Ich nehme ihn in mein Arbeitszimmer mit. Ich habe heute früh viel zu tun.«

Er nahm die *Times*, seine Briefe und das Buch an sich und ging fort. Sein Arbeitszimmer war geräumig und gemütlich, mit einem großen Schreibtisch und Ledersesseln; an den Wänden hingen ›Trophäen der Jagd‹, wie er das nannte. In den Bücherregalen standen Nachschlagewerke, Bücher über Landwirtschaft, Gartenbau, Fischerei und Jagd; sowie über den letzten Krieg, in welchem er mit zwei Orden ausgezeichnet worden war. Vor der Ehe war er Waliser Gardeoffizier gewesen. Am Ende des Krieges hatte er sich zurückgezogen und zum Dasein eines Landedelmannes in dem weitläufigen Hause niedergelassen, das, einige zwanzig Meilen von Sheffield entfernt, von einem seiner Ahnen unter der Regierung Georges des Dritten erbaut worden war. George Peregrine hatte einen Besitz, den er umsichtig bewirtschaftete; er war Friedensrichter und übte seine Pflichten gewissenhaft aus. Wenn es die rechte Zeit dafür war, ging er zweimal wöchentlich auf die Jagd. Er war ein guter Schütze, spielte Golf und konnte, obschon nun ein wenig über Fünfzig, mit einer schweren Tennispartie noch fertig werden. Er durfte sich mit Recht einen vielseitigen Sportsmann nennen.

Seit kurzem hatte er an Gewicht zugenommen, besaß aber noch eine gute Figur; er war groß, hatte graues, lockiges Haar, das erst am Scheitel etwas dünn zu werden begann, freimütige blaue Augen, gutgeschnittene Züge und eine lebhafte Gesichtsfarbe. Er war ein gemeinnützig gesonnener Mann, Vorsitzender einer Anzahl örtlicher Vereine und, wie es seiner Klasse und seinem Stande entsprach, ein treues Mitglied der konservativen Partei. Er sah es für seine Pflicht an, sich um das Wohlergehen der Leute auf seinem Besitze zu kümmern, und zu seiner Befriedigung konnte er sich darauf verlassen, daß Evie für die Kranken sorgte und die Armen unterstützte. Er hatte ein Arbeiter-Krankenhaus in den Außenbezirken des Dorfes errichten lassen und bezahlte das Gehalt für eine Krankenschwester aus seiner eigenen Tasche. Alles, was er von den Empfängern seiner Wohltätigkeit verlangte, war, daß sie bei den Wahlen, ob Parlaments- oder Grafschaftswahlan, für seinen Kandidaten stimmen sollten. Er war ein freundlicher Mann, leutselig mit den Untergebenen, rücksichtsvoll mit seinen Pächtern und beliebt bei den nachbarlichen Grundbesitzern. Es hätte ihm gefallen, ihn zugleich aber leicht verwirrt, wenn irgendwer ihm gesagt hätte, er sei ein guter Kerl. Das war, was er sein wollte. Er begehrte kein höheres Lob.

Es war bedauerlich, daß er keine Kinder besaß. Er wäre ein ausgezeichneter Vater gewesen, freundlich, aber streng, und hätte seine Söhne so erzogen, wie die Söhne eines Gentlemans erzogen werden sollten: er hätte sie nach Eton zur Schule geschickt und sie angeln, jagen und reiten gelehrt. So aber war der zukünftige Erbe ein Neffe, Sohn seines bei einem Autounfall getöteten Bruders; zwar kein schlechter Junge, aber leider auch keineswegs vom alten Schlag, und ob einer es glaube oder nicht, seine törichte Mutter schickte ihn auf eine Gemeinschaftsschule. Evie war eine traurige Enttäuschung für ihn gewesen. Gewiß, sie war eine Dame; und sie besaß eigenes Geld; sie führte den Haushalt ungewöhnlich gut und war eine gewandte Gastgeberin. Die Leute im Dorfe beteten sie an. Als er sie geheiratet hatte, war sie ein hübsches kleines Ding gewesen, mit schöner Haut, hellbraunem Haar und einer guten Figur, auch gesund und keine schlechte Tennisspielerin; er verstand nicht, warum sie keine Kinder bekam; jetzt war sie freilich verwelkt, sie mußte bald fünfundvierzig Jahre zählen; ihre Haut war gelblich, ihr Haar hatte den Glanz verloren, und sie war so dünn wie ein Stock. Sie war stets nett und passend gekleidet, aber sie schien sich nicht mehr um ihr Aussehen zu kümmern; sie schminkte sich nicht und verzichtete sogar auf den Lippenstift; mitunter, wenn sie sich abends für eine Gesellschaft zurechtmachte, konnte man sehen, daß sie einst ganz anziehend gewesen war; aber im allgemeinen war sie – nun, die Art Frau, die niemand beachtet. Eine nette Frau, gewiß, eine gute Ehefrau, und sie konnte nichts dafür, daß sie unfruchtbar war; doch es war ein hartes Schicksal für einen Mann, der einen Sohn seiner eigenen Lenden wünschte. Sie hatte keine wahre Lebenskraft; das war's, was ihr fehlte. Er nahm an, daß er verliebt gewesen war, als er sie bat, ihn zu heiraten, zumindest hinlänglich verliebt für einen Mann, der heiraten und seßhaft werden wollte; aber mit der Zeit entdeckte er, daß sie wenig Gemeinsames hatten. Sie machte sich nichts aus der Jagd, und Angeln langweilte sie. So entfremdeten sie sich natürlich. Er mußte ihr gerechterweise einräumen, daß sie ihn nie behelligt hatte. Auftritte waren nicht vorgefallen. Sie hatten keinerlei Streit. Sie schien es für selbstverständlich zu halten, daß er seine eigenen Wege gehe. Wenn er, hie und da, nach London reiste, so wünschte sie ihn nie zu begleiten. Er hatte ein Mädchen dort, eigentlich nicht ein Mädchen, denn sie war mindestens ihre fünfunddreißig Jahre alt, aber sie war blond und köstlich, und er brauchte ihr nur die Zeit zu telegraphieren, dann aßen sie zusammen, besuchten ein Theater und verbrachten die Nacht miteinander. Ein Mann, ein gesunder, normaler Mann mußte sein Vergnügen haben. Es kam ihm der Einfall, daß Evie, wenn sie nicht eine so gute Frau gewesen wäre, eine bessere Ehefrau abgegeben hätte; doch diese Art von Gedanken war ihm unangenehm, und er schob ihn weg.

George Peregrine beendete das Lesen der *Times*, und weil er ein aufmerksamer Mann war, läutete er und befahl dem Diener, die Zeitung Evie zu bringen. Dann sah er auf die Uhr. Es war halb elf, und um elf lag eine Verabredung mit einem seiner Pächter vor. Er hatte eine halbe Stunde freie Zeit.

»Ich sollte mir wohl Evies Buch anschauen«, sagte er zu sich selbst.

Er nahm es mit einem Lächeln in die Hand. Evie hatte eine große Anzahl hochtrabender Bücher in ihrem Wohnzimmer; nicht die Art von Büchern, die ihn interessierten, aber wenn sie ihr gefielen, hatte er nichts dagegen, daß sie derlei las. Der Band, den er in der Hand hielt, umfaßte nicht mehr als neunzig Seiten. Um so besser. Er teilte Edgar Allan Poes Ansicht, daß Gedichte kurz sein sollten. Aber im Durchblättern bemerkte er, daß mehrere von Evies Gedichten lange Zeilen von unregelmäßiger Länge hatten und sich nicht reimten. Das gefiel ihm nicht. In seiner ersten Schule, als kleiner Junge, hatte er ein Gedicht lesen müssen, das begann: »*Der Knabe stand auf brennendem Deck*«, und später, in Eton, eines, das anfing: »*Verderben packe dich, ruchloser König*«; und dann gab es Heinrich v.; den hatten sie zur Hälfte zu lesen. Er starrte bestürzt auf Evies Seiten.

»Das nenne ich nicht Gedichte«, sagte er.

Glücklicherweise war nicht alles so. Zwischen jenen, die so seltsam aussahen, Zeilen mit drei oder vier Worten und dann einer Zeile mit zehn oder fünfzehn, standen kleine Gedichte, die sich, Gott sei Dank, auf Zeilen gleicher Länge reimten. Einige Seiten trugen die Überschrift: ›Sonett‹, und aus Neugier zählte er die Zeilen; es waren vierzehn. Er las sie. Sie schienen in Ordnung zu sein, aber er wußte nicht recht, was sie eigentlich behandelten.

Er sagte wieder vor sich hin: »*Verderben packe dich, ruchloser König.*«

»Arme Evie«, seufzte er.

In diesem Augenblick wurde der Pächter, den er erwartete,

in das Arbeitszimmer geführt; er begrüßte ihn und legte das Buch nieder. Sie sprachen über ihre Geschäfte.

»Ich habe dein Buch gelesen, Evie«, sagte er, als sie sich mittags zu Tisch setzten. »Wirklich gut. Hat's dich viel gekostet, es drucken zu lassen?«

»Nein, ich habe Glück gehabt. Ich schickte es einem Verleger, und der nahm es gleich.«

»Dichterei bringt nicht viel Geld ein«, sagte er in seiner gutmütigen, offenen Art.

»Nein, das glaube ich auch nicht. Warum wollte Bannock dich heute früh sprechen?«

Bannock war der Pächter, der ihn beim Lesen von Evies Gedichten unterbrochen hatte.

»Er wollte Vorschuß für einen Zuchtstier mit Stammbaum haben, den er kaufen möchte. Er ist ein tüchtiger Mann, ich bin halbwegs bereit, zuzustimmen.«

George Peregrine merkte, daß Evie nicht über ihr Buch sprechen wollte, und ihm tat es nicht leid, das Thema zu wechseln. Er war froh, daß sie ihren Mädchennamen auf das Titelblatt gesetzt hatte; wahrscheinlich würde zwar niemand etwas von dem Buche erfahren, aber er war auf seinen ungewöhnlichen Namen stolz und hätte ungern gesehen, daß sich irgendein Zeilenschinder in einer Zeitung über Evies Bemühungen lustig machte.

Während der folgenden Wochen hielt er es für taktvoll, keine Fragen über ihr dichterisches Unternehmen an Evie zu richten, und sie selbst erwähnte es nicht. Es schien, als wäre es ein schimpflicher Zwischenfall gewesen, den sie in stillschweigendem Einverständnis übergingen.

Aber dann geschah etwas Seltsames. Er mußte in einer Geschäftssache nach London fahren und ging mit Daphne zum Abendessen aus. Das war der Name des Mädchens, mit dem er ein paar angenehme Stunden zu verbringen pflegte, wann immer er in die Stadt kam.

»George«, sagte sie, »ist das deine Frau, die ein Buch geschrieben hat, von dem alle reden?«

»Was in aller Welt meinst du?«

»Ach, ich habe einen Bekannten, der Kritiker ist. Er lud mich letzthin zum Essen ein und hatte ein Buch bei sich. ›Etwas für mich?‹ fragte ich. ›Was ist es?‹ ›Es ist wohl kaum nach deinem Geschmack‹, sagte er, ›es sind Gedichte.‹ ›Danke für Gedichte‹, sagte ich. ›Es ist vielleicht das wildeste Zeug, das ich je gelesen habe. Wird gekauft wie heiße Semmeln. Und es ist verdammt gut.‹«

»Von wem ist das Buch?« fragte George.

»Von einer Frau namens Hamilton. Mein Freund sagte mir, das sei nicht ihr wahrer Name. Er sagte, sie heiße eigentlich Peregrine. ›Komisch‹, rief ich, ›ich kenne einen, der auch Peregrine heißt.‹ ›Oberst in der Armee‹, sagte er, ›lebt in der Nähe von Sheffield.‹«

»Es wäre mir lieber, wenn du nicht über mich mit deinen Freunden sprechen würdest«, sagte George mit verdrießlichem Stirnrunzeln.

»Fahr nicht aus der Jacke, Süßer. Für wen hältst du mich? Ich sagte einfach: ›Das ist nicht derselbe.‹« Daphne kicherte. »Mein Freund sagte: ›Er soll ein rechter Kommißhengst sein.‹«

George hatte einen starken Sinn für Humor.

»Du könntest deine Freunde eines besseren belehren«, lachte er. »Wenn meine Frau ein Buch geschrieben hätte, so wäre ich wohl der erste, der es wüßte, nicht wahr?«

»Wahrscheinlich.«

Die Sache interessierte sie nicht, und als der Oberst über anderes zu sprechen begann, vergaß sie das Buch. Er verjagte die Angelegenheit auch aus den eigenen Gedanken. Es war sicher nichts daran, entschied er, und dieser Narr, der Kritiker, hatte sich nur über Daphne lustig machen wollen. Die Vorstellung belustigte ihn, wie sie mit dem Buche fertig werde, zudem ihm doch gesagt worden war, es sei tolles Zeug, um dann zu entdecken, es enthalte nur eine Masse Unsinn in ungleichen Zeilen.

Er war Mitglied mehrerer Klubs, und am nächsten Tage wollte er in einem von ihnen, in der St. James Street, zu Mittag essen. Am frühen Nachmittag ging sein Zug nach Sheffield. Er saß in einem bequemen Lehnstuhl und trank ein Glas Sherry, ehe er in den Speisesaal ging, als ein alter Freund auf ihn zukam.

»Nun, wie sieht das Leben aus?« fragte er. »Wie gefällt's dir, der Ehemann einer Berühmtheit zu sein?«

George Peregrine sah seinen Freund an. Er meinte, ein belustigtes Zwinkern in dessen Augen zu gewahren.

»Ich weiß nicht, wovon du redest«, antwortete er.
»Hör auf, George. Jeder weiß, daß E. K. Hamilton deine Frau ist. Nicht oft hat ein Gedichtband solchen Erfolg. Henry Dashwood ißt jetzt mit mir. Er würde dich gerne kennenlernen.«
»Wer zum Teufel ist Henry Dashwood, und warum sollte er mich treffen wollen?«
»Oh, mein lieber Freund, du lebst wohl hinter dem Mond! Henry ist vielleicht der beste Kritiker, den wir haben. Er hat eine wunderbare Besprechung von Evies Buch geschrieben. Willst du behaupten, daß sie dir nichts davon gesagt hat?«
Ehe George antworten konnte, hatte sein Freund einen Mann herbeigerufen. Einen großen, dünnen Mann mit hoher Stirn, einem Bart, langer Nase und von krummer Haltung, genau wie die Art Mann, die George schon beim ersten Blick nicht leiden konnte. Sie wurden vorgestellt, Henry Dashwood setzte sich.
»Ist Mrs. Peregrine zufällig in London? Ich würde sie sehr gern treffen«, sagte er.
»Nein, meine Frau hat nichts für London übrig. Sie zieht das Land vor«, sagte George steif.
»Sie hat mir einen sehr netten Brief über meine Besprechung geschrieben. Es war mir sehr angenehm. Wir Kritiker bekommen ja meist mehr Püffe als Geld. Ich war überwältigt von ihrem Buch. Es ist so frisch und selbständig, sehr modern, ohne unverständlich zu sein. Sie scheint mit freien Versen ebenso vertraut wie mit dem klassischen Silbenmaß.« Dann glaubte er, als Kritiker Einwände haben zu müssen.
»Mitunter irrt sich ihr Ohr ein bißchen, aber das können Sie auch von Emily Dickinson sagen. Einige ihrer kurzen Gedichte könnten von Landor geschrieben sein.«
Das alles klang für George Peregrine wie Kauderwelsch. Der Mann war nichts als ein widerlicher Intellektueller. Aber der Oberst hatte gute Manieren und gab eine höfliche Antwort. Henry Dashwood sprach jedoch weiter, als ob George nichts gesagt hätte.
»Was aber das Buch so hervorragend macht, das ist die Leidenschaft, die in jeder Zeile pulsiert. So viele dieser jungen Dichter sind blutarm, kalt, langweilig intellektuell, aber hier haben Sie wirklich nackte, irdische Leidenschaft – ah, mein lie-

ber Oberst, wie recht Heine hatte, als er sagte, aus seinem großen Leiden schaffe der Dichter seine kleinen Lieder. Wissen Sie, hie und da, als ich diese erschütternden Seiten wieder und wieder las, dachte ich an Sappho.«

Das war zuviel für George Peregrine; er stand auf.

»Nun, es ist wirklich liebenswürdig von Ihnen, so hübsche Sachen über das kleine Buch meiner Frau zu sagen. Sie wird sicher begeistert sein. Aber ich muß eilen, ich muß den Zug erreichen und möchte zuvor noch etwas essen.«

›Verdammter Narr!‹ sagte er gereizt zu sich selbst, als er die Treppe zum Speisesaal hinaufging.

Er kam rechtzeitig zum Abendessen heim, und nachdem Evie zu Bett gegangen war, suchte er in seinem Arbeitszimmer ihr Buch. Er wollte noch einmal darin blättern, um selbst zu sehen, worüber sie so ein Getue anstellten, aber er konnte es nicht finden. Evie mußte es weggenommen haben.

»Dumm!« brummte er.

Er hatte ihr gesagt, er finde es wirklich gut. Was sonst konnte man erwarten, daß ein Mann sage? Nun, es war gleichgültig. Er zündete seine Pfeife an und las *The Field,* bis er sich schläfrig fühlte.

Eine Woche etwa danach aber geschah es, daß er für einen Tag nach Sheffield zu gehen hatte. Er aß dort in seinem Klub. Er war nahezu fertig, als der Herzog von Haverel eintrat. Er war der große örtliche Magnat, und der Oberst kannte ihn natürlich, doch nur so weit, um ihn zu begrüßen; und er war überrascht, als der Herzog an seinem Tische stehenblieb.

»Es tut uns so leid, daß Ihre Gattin dieses Wochenende nicht zu uns kommen konnte«, sagte er mit einer scheuen Herzlichkeit. »Wir erwarten einige nette Leute.«

George war verblüfft. Er mutmaßte, daß die Haverels ihn und Evie für das Wochenende gebeten hatten und Evie, ohne ihm ein Wort zu sagen, abgelehnt hatte. Er besaß die Geistesgegenwart, zu sagen, auch ihm tue es leid.

»Mehr Glück nächstes Mal«, sagte der Herzog freundlich und ging weiter.

Oberst Peregrine war sehr verärgert; und als er heimkam, sagte er zu seiner Frau: »Hör mal, was ist das mit unserer Einladung bei den Haverels? Warum in aller Welt hast du gesagt, wir könnten nicht kommen? Wir sind noch nie gebeten worden, und es ist das beste Jagdrevier in der Grafschaft.«

»Daran habe ich nicht gedacht. Ich meinte, es würde dich nur langweilen.«

»Zum Teufel, du hättest mich mindestens fragen können, ob ich gehen wolle.«

»Es tut mir leid.«

Er sah sie genau an. Es war etwas in ihrem Gesichtsausdruck, das er nicht ganz verstand. Er runzelte die Stirn.

»Ich nehme an, *ich* war gebeten?« bellte er.

»Nun, um die Wahrheit zu sagen, du warst nicht gebeten worden.«

»Ich nenne es verflucht unhöflich von denen, dich einzuladen, ohne mich zu bitten.«

»Ich nehme an, sie dachten, es sei nicht die Art von Gesellschaft, die du magst. Die Herzogin ist von Schriftstellern und derlei Leuten ziemlich angetan, weißt du. Sie wird Henry Dashwood, den Kritiker, bei sich sehen, und aus irgendeinem Grunde wünschte er mich zu sprechen.«

»Es war verdammt nett von dir, abzusagen, Evie.«

»Das ist das mindeste, was ich tun konnte«, lächelte sie. Sie zögerte einen Augenblick. »George, mein Verleger will eines Tages, gegen Ende des Monats, eine kleine Gesellschaft für mich geben, und selbstverständlich wollen sie, daß du auch kommst.«

»Oh, ich glaube, daran liegt mir nicht viel. Ich werde mit nach London kommen, wenn du magst. Ich finde schon einen, der mit mir ißt.«

Daphne.

»Ich nehme an, es wird sehr langweilig sein, aber sie bestehen darauf. Und den Tag danach gibt der amerikanische Verleger, der mein Buch angenommen hat, im Claridge eine Cocktailparty. Ich würde dich gern dabeihaben, wenn es dir recht ist.«

»Es klingt furchtbar langweilig, aber wenn du wirklich willst, daß ich komme, so werde ich kommen.«

»Es wäre sehr lieb von dir.«

George Peregrine war von der Cocktailparty benommen. Eine Menge Leute waren da. Einige von ihnen sahen nicht so übel aus, ein paar Frauen waren nett zurechtgemacht, doch die Männer fand er ziemlich grauenhaft. Er wurde jedem als

»Oberst Peregrine, E. K. Hamiltons Gatte« vorgestellt. Die Männer schienen nicht mit ihm reden zu können, aber die Frauen schwärmten.

»Sie *müssen* stolz auf Ihre Frau sein. Ist sie nicht wunderbar? Wissen Sie, ich las es glatt durch, mit einem Male, ich konnte einfach nicht aufhören, und als ich es beendet hatte, fing ich wieder beim Anfang an und las es ganz durch: ein zweites Mal. Ich war geradezu überwältigt.«

Der englische Verleger sagte zu ihm: »Einen Erfolg wie diesen haben wir mit einem Gedichtband seit zwanzig Jahren nicht gehabt. Niemals habe ich solche Besprechungen gesehen.«

Der amerikanische Verleger sagte: »Es ist toll. Es wird wild einschlagen in Amerika. Warten Sie nur ab.«

Der amerikanische Verleger hatte Evie einen großen Strauß Orchideen gesandt. ›Verdammt lächerlich‹, dachte George. Als sie eintraten, wurden die Leute Evie vorgestellt, und es war offensichtlich, daß sie ihr Schmeichelhaftes sagten, was sie mit einem liebenswürdigen Lächeln und ein paar Worten des Dankes aufnahm. Sie war von der Aufregung ein bißchen erhitzt, schien aber ganz ungeniert zu sein. Obwohl er die ganze Sache für Geschwätz und Unsinn hielt, stellte George mit Genugtuung fest, daß seine Frau sich genau richtig benahm.

›Nun‹, sagte er zu sich selbst, ›sie ist eine Dame, und das ist verdammt viel mehr, als du von irgendwem sonst hier sagen könntest.‹

Er trank ziemlich viele Cocktails. Aber etwas quälte ihn. Es schien ihm, daß einige der Leute, denen er vorgestellt wurde, ihn merkwürdig ansahen. Er konnte sich nicht genau erklären, was es bedeutete. Einmal, als er an zwei Frauen vorbeikam, die zusammen auf einem Sofa saßen, hatte er den Eindruck, daß sie über ihn redeten; und als er weiterging, schien es ihm nahezu sicher, daß sie kicherten. Er war sehr froh, als die Gesellschaft zu Ende war.

Im Taxi, auf der Rückfahrt ins Hotel, sagte Evie zu ihm: »Du warst wunderbar, mein Lieber. Du warst ein richtiger Treffer, die Mädchen schwärmten geradezu für dich. Sie fanden dich so gut aussehend.«

»Mädchen!« sagte er bitter. »Alte Hexen.«

»Hast du dich gelangweilt, Liebster?«

»Enorm.«
Sie drückte als ein Zeichen des Mitgefühls seine Hand.
»Ich hoffe, es stört dich nicht, wenn wir warten und den Zug am Nachmittag nehmen. Ich habe am Vormittag einiges zu erledigen.«
»Nein, mir ist's recht. Einkäufe?«
»Ich will etwas besorgen, und ich muß mich photographieren lassen. Ich hasse es, aber sie meinen, ich müßte. Für Amerika, verstehst du.«
Er sagte nichts, aber er überlegte. Er dachte, es werde ein Schlag für die amerikanischen Leser sein, wenn sie das Bild der anspruchslosen, trockenen kleinen Frau sahen, die sein Weib war. Er war stets der Ansicht gewesen, daß man in Amerika das Blendende liebe.
Er dachte weiterhin nach und ging am nächsten Morgen, als Evie ausgegangen war, in seinen Klub, zur Bibliothek hinauf. Dort sah er die letzten Nummern des *Times Literary Supplement*, des *New Statesman* und des *Spectator* durch. Er fand Besprechungen über Evies Buch. Er las sie nicht sehr genau, doch hinreichend, um zu verstehen, daß sie außerordentlich günstig waren. Dann ging er zu dem Buchhändler in Piccadilly, bei dem er gelegentlich Bücher kaufte. Er war zu der Überzeugung gekommen, daß er dieses verdammte Zeug von Evie ordentlich zu lesen habe; aber er wollte sie nicht fragen, was sie mit dem Exemplar, das sie ihm geschenkt, getan hatte. Er würde sich selbst eines kaufen. Ehe er eintrat, blickte er in das Fenster, und das erste, was er sah, war eine Auslage von ›Wenn Pyramiden verfallen‹. Verflucht alberner Titel! Er ging hinein. Ein junger Mann kam und fragte, ob er ihm helfen dürfe.
»Nein, ich will mich nur ein wenig umsehen.« Es machte ihn verlegen, nach Evies Buch zu fragen. Aber er konnte es nirgends sehen, und endlich, als der junge Mann in der Nähe war, sagte er in betont nebensächlichem Ton: »Übrigens, haben Sie ein Buch, das ›Wenn Pyramiden verfallen‹ heißt?«
»Die Exemplare der neuen Auflage sind heute früh eingetroffen. Ich bringe Ihnen eines.«
Der junge Mann kam sofort mit dem Buch zurück. Er war ein kleiner, ziemlich dicker junger Mann mit einer Masse unordentlichem fuchsigem Haar und einer Brille. George Peregrine, groß, von sehr militärischer Haltung, überragte ihn.

»Ist das eine neue Auflage?« fragte er.
»Jawohl. Die fünfte. Es wird gekauft wie ein Roman.«
George Peregrine zögerte einen Augenblick.
»Warum ist es so ein Erfolg? Man hat mir stets erzählt, kein Mensch läse Gedichte.«
»Nun, es ist gut. Ich habe es selbst gelesen.« Der junge Mann, obwohl gut erzogen, sprach leicht im Londoner Dialekt, und George nahm unwillkürlich eine gönnerhafte Haltung an. »Der Inhalt gefällt. Erotisch und tragisch.«
George krauste die Stirn. Er kam zu dem Schluß, daß der junge Mensch ziemlich frech war. Keiner hatte ihm gesagt, daß eine Geschichte in dem verdammten Buche stecke, und den Besprechungen, die er gelesen, hatte er dies nicht entnommen. Der junge Mann redete weiter:
»Natürlich, es ist nur wie ein Blitz, wenn Sie verstehen, was ich meine. Ich glaube, sie war von einem Erlebnis entflammt, wie Housman mit seinem ›*Shropshire Lad*‹. Sie wird nie wieder etwas anderes schreiben.«
»Wieviel kostet das Buch?« fragte George kühl, um das Geschwätz zu beenden. »Sie brauchen es nicht einzupacken, ich tue es in meine Tasche.«
Der Novembermorgen war rauh, und George trug einen Wintermantel.
Auf dem Bahnhof kaufte er Abendblätter und Zeitschriften, und er und Evie machten es sich auf ihren Eckplätzen eines Erster-Klasse-Wagens bequem und lasen. Um fünf gingen sie in den Speisewagen, um Tee zu trinken, und plauderten ein wenig. Sie kamen an. Sie fuhren mit dem Auto, das auf sie wartete, heim. Sie badeten, zogen sich zum Abendessen um, und dann ging Evie, die sagte, daß sie müde sei, zu Bett. Sie küßte ihn, wie es ihre Gewohnheit war, auf die Stirn. Er ging in den Flur, nahm Evies Buch aus seinem Mantel und begann, es in seinem Arbeitszimmer zu lesen. Er nahm Verse nicht mit großer Leichtigkeit auf, und obschon er aufmerksam las, Wort für Wort, war der Eindruck, den er empfing, von Klarheit weit entfernt. Danach begann er erneut und ein zweites Mal; mit zunehmendem Unbehagen; aber er war kein Dummkopf, und als er die Lektüre beendet hatte, verstand er durchaus, um was es ging. Ein Teil des Buches war in freien Versen, ein anderer im herkömmlichen Versmaß, doch die Geschichte, die es

enthielt, war zusammenhängend und dem geringsten Verstande faßbar. Es war die Erzählung einer leidenschaftlichen Liebe einer älteren verheirateten Frau und eines jungen Mannes. George Peregrine folgte den einzelnen Schritten so leicht, als ob er eine einfache Rechenaufgabe zu lösen hätte.

In der Ich-Form erzählt, begann es mit dem bebenden Erstaunen einer Frau, deren Jugend vorbei war und die begriff, daß der junge Mann in sie verliebt sei. Sie zögerte, es zu glauben. Sie meinte, sie betrüge sich selbst. Und sie war entsetzt, als sie plötzlich entdeckte, daß sie leidenschaftlich in ihn verliebt war. Sie sagte sich, es sei lächerlich; bei dem Altersunterschied konnte nichts als Unglück sie befallen, wenn sie sich ihrem Gefühl überließ. Sie wollte ihn hindern zu sprechen, doch der Tag kam, an dem er ihr sagte, daß er sie liebe, und sie zwang, ihm zu sagen, daß sie ihn liebe. Er bat sie, mit ihm davonzulaufen. Sie konnte nicht ihren Mann, nicht ihr Heim in Stich lassen; und welchem Leben konnte sie entgegensehen: sie, eine alternde Frau; er, so jung. Wie konnte sie erwarten, daß seine Liebe beständig bleibe? Sie bat ihn, Mitleid mit ihr zu haben. Aber seine Liebe war ungestüm. Er wollte sie, er wollte sie durchaus und endlich, zitternd, furchtsam, begierig, ergab sie sich. Dann folgte eine Zeit verzückten Glückes. Die Welt, die langweilige, fade Welt des Alltags, leuchtete in Seligkeit. Liebesgesänge flossen aus ihrer Feder. Die Frau betete den jungen, mannhaften Körper ihres Liebhabers an.

George errötete tief, wenn sie seine breite Brust und schlanken Flanken pries; die Schönheit seiner Beine und die Ebenheit seines Leibes.

Es gab da traurige kleine Szenen, in denen sie die Leere ihres Lebens bedauerte, nachdem er, wie es geschehen mußte, sie verlassen haben würde, aber sie endeten mit einem Aufschrei, daß alles, was sie zu ertragen haben werde, in Anbetracht des Segens, der ihr geworden war, das Leid wert sei. Sie schrieb von den langen, bebenden Nächten, die sie zusammen verbrachten, und der Schlaffheit, die sie in den Schlaf lullte, einer in des anderen Arm. Sie schrieb von der Entrückung der kurzen, gestohlenen Augenblicke, wenn sie sich, aller Gefahren trotzend, dem Ruf ihrer Leidenschaft ergaben.

Sie dachte, es werde die Angelegenheit einiger Wochen sein; aber wunderbarerweise währte sie. Eines der Gedichte bezog sich auf drei Jahre, die vergangen waren, ohne die Liebe ihrer Herzen zu vermindern. Es schien, als ob er weiterhin in sie drang, mit ihm davonzugehen, weit fort, in eine Hügelstadt Italiens, auf eine griechische Insel, eine vermauerte Stadt Tunesiens, damit sie ständig zusammen sein könnten, denn in einem anderen Gedicht flehte sie ihn an, nichts an ihrer Lage zu ändern. Ihre Glückseligkeit war bedroht. Vielleicht war es eine Folge der Schwierigkeiten, die sie bestehen mußten, und dem seltenen Beieinander, daß ihre Liebe so lange den ersten zauberhaften Glanz beibehalten hatte. Dann starb der junge Mann ganz plötzlich. Wie, wann oder wo konnte George nicht entdecken. Ein langer, betrübter Aufschrei tiefer Trauer folgte, einer Trauer, der sie sich nicht hingeben konnte; eines Kummers, der verborgen werden mußte. Sie hatte fröhlich zu sein, Gesellschaften zu geben und Gesellschaften zu besuchen; sich zu benehmen, wie sie sich stets benommen, obschon das Licht ihres Lebens gelöscht und sie von Seelenpein niedergedrückt war. Das letzte aller Gedichte war eine Einheit von vier kurzen Strophen, in denen die Schreibende, in ihren Verlust betrübt ergeben, den dunklen Mächten, die des Menschen Geschick leiten, dafür dankte, daß ihr wenigstens eine Weile gewährt worden war, das größte Glück zu genießen, das wir armen Menschen je zu kennen hoffen dürfen.

Es war drei Uhr morgens, als George Peregrine das Buch endlich weglegte. Es war ihm, als hätte er Evies Stimme in jeder Zeile gehört; wieder und immer wieder fand er Ausdrücke, die er von ihr vernommen hatte; Einzelheiten waren ihm so vertraut wie ihr; kein Zweifel, es war ihre eigene Geschichte, die sie erzählt hatte, und es war so klar, wie etwas sein konnte, daß sie einen Liebhaber gehabt hatte und daß er gestorben war. George empfand nicht so sehr Zorn, Entsetzen oder Bestürzung, obwohl er bestürzt und entsetzt war, als Erstaunen. Es war so unvorstellbar, daß Evie ein Liebeserlebnis gehabt haben sollte, und noch obendrein ein wildes, leidenschaftliches, wie daß die Forelle in einem Glasbehälter auf dem Kaminsims in seinem Arbeitszimmer – die beste Forelle, die er je gefangen hatte – plötzlich mit dem Schwanze wackeln sollte. Jetzt verstand er die Bedeutung des belustigten Blickes, den er in den Augen jenes Mannes gesehen, mit dem er im Klub gesprochen hatte; er verstand, warum Daphne, als sie über das

Buch redete, dies als einen Witz genossen; und warum jene zwei Frauen bei der Cocktailparty gekichert hatten, als er an ihnen vorübergegangen war.

Es wurde ihm heiß. Dann ward er plötzlich von Wut gepackt und sprang auf, um Evie zu wecken und scharf um eine Erklärung zu bitten. Aber an der Türe hielt er inne. Welche Beweise hatte er? Ein Buch. Er entsann sich, daß er Evie erzählt hatte, er fände es wahrlich gut. Gewiß, er hatte es damals nicht gelesen, doch so getan, als hätte er es gelesen. Er würde einem Narren gleichen, wenn er das zugeben mußte.

»Ich muß meine Schritte bedenken«, murmelte er.

Er beschloß, zwei, drei Tage zu warten und alles zu überlegen. Dann würde er entscheiden, was zu tun sei. Er ging ins Bett, fand aber lange Zeit keinen Schlaf.

›Evie‹, sagte er ständig zu sich, ›gerade Evie.‹

Sie sahen sich am nächsten Morgen beim Frühstück wie üblich. Evie war wie stets: still, gesetzt und gefaßt, eine Frau mittleren Alters, die sich nicht bemühte, jünger auszusehen, als sie war; eine Frau, die nichts von dem hatte, was er das ›gewisse Etwas‹ nannte. Er sah sie an, wie er sie seit Jahren nicht betrachtet hatte. Sie zeigte ihre übliche milde Gelassenheit. Ihre blaßblauen Augen waren nicht verwirrt. Es war kein Zeichen von Schuld auf ihrem ehrlichen Gesicht. Sie äußerte die gleichen kleinen beiläufigen Bemerkungen wie stets.

»Es ist hübsch, nach diesen zwei Tagen in London aufs Land zurückzukommen. Was wirst du heute früh tun?«

Es war unbegreiflich.

Drei Tage später suchte er seinen Anwalt auf. Harry Blane war sowohl Georges alter Freund als auch sein Rechtsberater. Er war nicht weit entfernt von den Peregrines ansässig, und seit vielen Jahren hatten sie in benachbartem Gehege gejagt. Zwei Tage in der Woche war er ein Landedelmann und an den übrigen fünf Tagen ein beschäftigter Anwalt in Sheffield. Er war ein großer, kräftiger Mensch, von ungestümem Benehmen, der heiter lachte, was alles darauf schließen ließ, daß er vor allem als Sportsmann und guter Kerl betrachtet werden wollte und nur nebenher als Anwalt. Aber er war schlau und weltklug.

»Nun, George, was hat dich heute hergebracht?« brummte er, als der Oberst in sein Büro geführt worden war. »Nette

Zeit in London gehabt? Nächste Woche nehme ich meine bessere Hälfte für ein paar Tage dorthin. Wie geht's Evie?«

»Ihretwegen bin ich hier«, sagte Peregrine und sah Harry mißtrauisch an. »Hast du ihr Buch gelesen?«

Seine Empfindlichkeit war durch das beunruhigte Denken der letzten Tage geschärft worden, und er gewahrte einen kleinen Wandel im Ausdruck des Anwaltes. Es schien, als ob jener sich plötzlich vorsehe.

»Ja, ich habe es gelesen. Großer Erfolg, nicht wahr? Seltsam, plötzlich Dichterin. Wunder hören niemals auf.«

George Peregrine war geneigt aufzubrausen.

»Es hat mich zu einem verdammten Narren gemacht.«

»Ach, welcher Unsinn, George. Nichts Arges, daß Evie ein Buch geschrieben hat. Du solltest richtig stolz auf sie sein.«

»Rede nicht solchen Blödsinn. Es ist ihr eigenes Erlebnis. Das weißt du, und jeder andere weiß es auch. Ich nehme an, ich bin der einzige, der nicht weiß, wer ihr Liebhaber war.«

»Es gibt so etwas wie Einbildungskraft, mein Junge. Kein Grund, anzunehmen, das Ganze sei nicht einfach erfunden.«

»Hör mal, Harry, wir haben uns unser ganzes Leben gekannt. Wir hatten alle möglichen guten Zeiten miteinander. Sei ehrlich mit mir. Kannst du mir gerade ins Gesicht sehen und behaupten, du glaubest, das sei eine erfundene Geschichte?«

Harry Blane bewegte sich unbehaglich in seinem Stuhl. Er war durch den Kummer in der Stimme des alten George verstört.

»Du bist nicht berechtigt, mir solche Fragen vorzulegen. Frage Evie.«

»Ich trau mich nicht«, erwiderte George nach einer beängstigenden Pause. »Ich fürchte, sie könne mir die Wahrheit sagen.«

Es entstand ein ungemütliches Schweigen.

»Wer war der Kerl?«

Harry Blane sah George frei in die Augen.

»Ich weiß es nicht, und wenn ich es wüßte, würde ich es dir nicht sagen.«

»Du Schwein. Begreifst du denn nicht, in welcher Lage ich bin? Glaubst du, es sei angenehm, völlig lächerlich gemacht zu werden?«

Der Anwalt zündete sich eine Zigarette an, und eine kleine Weile paffte er schweigsam.

»Ich sehe nicht, was ich für dich tun kann«, sagte er endlich.
»Du hast Privatdetektive, nehme ich an. Ich will, daß du sie einstellst und alles herausfinden läßt.«
»Es ist nicht gerade nett, seine Frau durch Detektive bewachen zu lassen, mein alter Junge; und zudem, für einen Augenblick mal angenommen, Evie hatte ein Abenteuer, so läge es ja viele Jahre zurück, und ich glaube nicht, daß es möglich wäre, das Geringste ausfindig zu machen. Sie scheinen ihre Spuren recht vorsichtig verwischt zu haben.«
»Mir gleichgültig. Du stellst die Detektive ein. Ich will die Wahrheit wissen.«
»Ich tu's nicht, George. Wenn du dazu entschlossen bist, dann sprich besser mit einem anderen. Und höre, selbst wenn du Beweise bekämst, daß Evie dir untreu gewesen ist, was wolltest du damit beginnen? Du würdest ziemlich töricht dastehen, wenn du dich von deiner Frau scheiden ließest, weil sie vor zehn Jahren die Ehe gebrochen hat.«
»Auf alle Fälle könnte ich's mit ihr ins reine bringen.«
»Das kannst du auch so, aber du weißt genausogut wie ich, daß, wenn du das tust, sie dich verlassen wird. Möchtest du das?«
George blickte ihn unglücklich an.
»Ich weiß nicht. Ich habe stets gedacht, daß sie mir eine verdammt gute Ehefrau gewesen ist. Sie führt das Haus großartig, wir hatten niemals irgendeinen Ärger mit Angestellten, sie hat Wunder im Garten bewirkt und steht sich glänzend mit allen Leuten im Dorf. Aber, zum Teufel, ich habe an meine Selbstachtung zu denken. Wie kann ich fernerhin mit ihr leben, wenn ich weiß, daß sie mir grauenhaft untreu gewesen war?«
»Bist du ihr stets treu gewesen?«
»Mehr oder minder. Wir sind immerhin vierundzwanzig Jahre verheiratet, und Evie war niemals so recht für das Bett.«
Der Anwalt bewegte ein wenig seine Augenbrauen, aber George war zu sehr mit dem beschäftigt, was er sagen wollte, um es zu bemerken.
»Ich leugne nicht, daß ich hie und da eine kleine Abwechslung hatte. Ein Mann braucht das. Frauen sind anders.«
»Das wissen wir nur auf Grund von Männeraussagen«, meinte Harry Blane mit einem kleinen Lächeln.
»Evie ist wirklich die letzte Frau, die ich in Verdacht gehabt

hätte, über die Stränge zu schlagen. Ich meine, sie ist eine sehr wählerische, schweigsame Frau. Was bloß trieb sie dazu, das verflixte Buch zu schreiben?«

»Ich nehme an, vielleicht war es eine sehr schmerzende Erfahrung, und vielleicht eine Erleichterung für sie, ihre Seele davon zu befreien.«

»Nun, wenn sie es schreiben mußte, warum, zum Teufel, schrieb sie es nicht unter einem fremden Namen?«

»Sie benutzte ihren Mädchennamen. Ich denke mir, sie glaubte, das genüge, und so wäre es auch gewesen, wenn das Buch nicht diesen erstaunlichen Erfolg gehabt hätte.«

George und der Anwalt saßen sich, vom Schreibtisch getrennt, gegenüber. George, den Ellbogen auf dem Tisch, das Kinn in der Hand, runzelte nachdenklich die Stirn.

»Es ist so abscheulich, nicht zu wissen, was für ein Kerl das war. Man kann nicht einmal ahnen, ob er ein Gentleman war. Ich meine, soweit ich weiß, mag er ein Knecht oder ein Angestellter in einem Anwaltsbüro gewesen sein.«

Harry Blane erlaubte sich nicht zu lächeln, und als er erwiderte, da war in seinen Augen ein freundlicher, duldsamer Blick.

»Da ich Evie gut kenne, so glaube ich, daß er in Ordnung war. Auf alle Fälle war er kein Angestellter bei mir.«

»Es ist so ein Schlag für mich gewesen«, seufzte der Oberst. »Ich dachte, sie hätte mich gern. Sie kann aber das Buch nicht geschrieben haben, ohne mich zu hassen.«

»Oh, das glaube ich nicht. Ich glaube nicht, daß sie hassen kann.«

»Du willst doch nicht etwa behaupten, daß sie mich liebt?«
»Nein.«
»Nun eben, was empfindet sie für mich?«

Harry Blane lehnte sich in seinem Drehsessel zurück und sah George nachdenklich an.

»Gleichgültigkeit, würde ich denken.«

Der Oberst zuckte ein bißchen zusammen und errötete.

»Du bist ja schließlich nicht in sie verliebt, nicht wahr?«

George Peregrine war vorsichtig.

»Es ist ein großer Schlag für mich gewesen, keine Kinder zu haben, aber ich ließ es sie nie merken, daß ich denke, sie hat mich im Stich gelassen. Ich bin stets gut zu ihr gewesen. Innerhalb vernünftiger Grenzen habe ich versucht, meine Pflicht ihr gegenüber zu erfüllen.«

Der Anwalt legte seine große Hand auf den Mund, um das Lächeln zu verbergen.

»Es ist so ein schrecklicher Schlag für mich gewesen«, fuhr Peregrine fort. »Verdammt noch mal, selbst vor zehn Jahren war Evie kein Küken und, weiß Gott, nichts Besonderes. Es ist so häßlich.« Er seufzte tief. »Was würdest du an meiner Stelle tun?«

»Nichts.«

George Peregrine setzte sich kerzengerade in seinem Stuhl auf und sah Harry mit strengem Ausdruck an, den er gezeigt haben mochte, wenn er sein Regiment besichtigt hatte.

»Ich kann so etwas einfach nicht übersehen. Ich bin lächerlich gemacht worden. Ich kann meinen Kopf nie wieder aufrecht tragen.«

»Unfug«, sagte der Anwalt scharf, und dann, in einer angenehmen, freundlichen Art: »Höre, alter Junge: der Mann ist tot, all das ist vor langer Zeit geschehen. Vergiß es. Sprich mit den Leuten über Evies Buch, schwärme davon, sag ihnen, wie stolz du auf sie wärest. Benimm dich, als ob du so viel Vertrauen in sie hättest, um zu wissen, sie könne dir niemals untreu gewesen sein. Die Welt geht schnell weiter, und das Gedächtnis der Leute ist so kurz. Sie werden vergessen.«

»Ich werde nicht vergessen.«

»Ihr seid beide Leute in vorgeschrittenem Alter. Sie tut wahrscheinlich viel mehr für dich, als du ahnst, und du würdest schrecklich allein ohne sie sein. Ich finde, es tut nichts, wenn du nicht vergißt. Es wäre nur zum Guten, wenn du in deinen Dickschädel hämmern könntest, daß in Evie viel mehr ist, als du jemals Grütze hattest zu begreifen.«

»Verflucht, du redest, als wenn ich zu tadeln wäre.«

»Nein, ich behaupte nicht, du seiest zu tadeln, aber ich bin auch nicht so sicher, ob Evie zu tadeln ist. Ich glaube nicht, sie wollte sich in den Jungen verlieben. Entsinnst du dich des Endes ihres Gedichtes? Man meint, daß, obwohl sie durch seinen Tod zerschmettert war, sie ihn in seltsamer Art willkommen hieß. All die Zeit war sie der Zerbrechlichkeit des Bandes inne gewesen, das sie verbunden hielt. Er starb im vollen Rausch seiner ersten Liebe und hatte nie erfahren, daß Liebe so selten anhält; er hatte nur ihren Segen und ihre Schönheit kennengelernt. In ihrem eigenen bitteren Schmerz fand sie Trost in dem Gedanken, daß ihm aller Kummer erspart geblieben war.«

»Das ist ein bißchen zu hoch für mich. Ich verstehe mehr oder minder, was du meinst.«

George Peregrine starrte unglücklich auf das Schreibzeug des Tisches. Er war schweigsam, und der Anwalt sah ihn aus neugierigen, doch teilnehmenden Augen an.

»Ermißt du, welchen Mut sie gehabt haben muß, niemand zu zeigen, wie furchtbar unglücklich sie war?« sagte er sanft.

Oberst Peregrine seufzte.

»Fertig. Ich nehme an, du hast recht. Es ist sinnlos, über verschüttete Milch zu weinen, und es würde nur alles verschlimmern, wenn ich viel Aufhebens machte.«

»Nun denn?«

George Peregrine lächelte ein wenig bemitleidenswert.

»Ich nehme deinen Rat an. Ich tue nichts. Sollen sie denken, ich sei ein verdammter Narr, und zur Hölle mit ihnen. Die Wahrheit ist, ich weiß nicht, was ich ohne Evie beginnen sollte. Aber eines sag ich dir: bis zu meiner Sterbestunde werde ich nicht begreifen: was in des Himmels Namen hat der Kerl an ihr bloß gefunden?«

Lord Mountdrago

Dr. Audlin schaute auf seine Schreibtischuhr: zwanzig vor sechs. Er wunderte sich, daß sein Patient zu spät kam, denn Lord Mountdrago pflegte sich auf seine Pünktlichkeit etwas zugute zu tun. In seinem pointierten Stil wurde eine ganz alltägliche Bemerkung zu einem Aphorismus, und er konnte sagen: Pünktlichkeit ist ein Kompliment für den Geist und ein Tadel für die Dummheit. Lord Mountdrago war auf halb sechs bestellt gewesen.

Dr. Audlins Erscheinung lenkte keineswegs die Aufmerksamkeit auf sich. Er war groß und schlank, leicht gebeugt, mit schmalen Schultern und grauem, gelichtetem Haar, sein langes, bleiches Gesicht durchzogen tiefe Falten. Er sah älter aus als fünfzig. Die ziemlich großen blaßblauen Augen blickten müde. Nach geraumer Zeit fiel einem auf, daß sie sich kaum bewegten, sondern auf dem Gesicht ihres Gegenübers hafteten, aber so ausdruckslos, daß es nicht störte. Nur selten leuchteten sie auf, und sie verrieten weder Dr. Audlins Gedanken, noch paßten sie sich seinen Worten an. Einem guten Beobachter mochte auffallen, daß er viel weniger blinzelte als die meisten anderen Leute. Sein langen Hände mit den spitzen Fingern waren weich, doch fest, und kühl, doch nicht feucht. Was Dr. Audlin trug, wußte man nie, wenn man nicht eigens sein Augenmerk darauf gerichtet hatte. Er wählte stets dunkle Anzüge mit einer schwarzen Krawatte, so daß sein bleiches, zerfurchtes Gesicht noch blasser wirkte und seine verblichenen blauen Augen noch farbloser. Er erweckte den Eindruck eines Schwerkranken.

Dr. Audlin war Psychiater; zufällig in diesen Beruf hineingerutscht, übte er ihn ständig von Zweifeln geplagt aus. Bei Kriegsausbruch hatte er sein medizinisches Staatsexamen eben erst bestanden und absolvierte gerade sein Praktikum an mehreren Spitälern. Als Freiwilliger wurde er dann nach Frankreich geschickt, und dort entdeckte er seine besondere Gabe. Er konnte nämlich Schmerzen lindern, indem er seine weiche, kühle Hand auflegte, oder durch Zureden schlaflosen Patienten zum Schlaf verhelfen. Er sprach dazu langsam, mit unbeteiligter, eintöniger Stimme, melodisch, sanft und einlullend. Er sagte seinen Patienten, sie sollten sich entspannen, sie sollten sich nicht aufregen, sie sollten schlafen. Und Ruhe senkte sich auf ihre matten Glieder, Stille schob ihre Sorgen beiseite, einem Manne gleich, der auf einer übervollen Bank sich Platz schafft, und ihre müden Lider erquickte der Schlummer wie ein leichter Frühlingsregen die frisch gepflügte Erde. Dr. Audlin stellte fest, daß seine leise, monotone Stimme, der Blick seiner blassen, stillen Augen und die Berührung seiner schmalen, festen Hände die müde Stirn des Kranken entwölkte; er besänftigte alle Wirren, löste quälende Konflikte und vertrieb die Ängste, die das Leben zur Hölle machen. Manchmal bewirkte er wahre Wunderheilungen. So gewann durch ihn ein Soldat seine Sprache zurück, die er, von einer krepierenden Granate lebendig begraben, verloren hatte, und einem anderen, der beim Absturz seines Flugzeugs gelähmt worden war, schenkte er den Gebrauch seiner Glieder wieder.

Er begriff diese Kräfte nicht, und als Skeptiker gelang es ihm nie ganz, an sie zu glauben, obwohl das angeblich die Grundbedingung des Heilens ist; allein die Ergebnisse seiner Behandlung, die auch der ungläubige Beobachter nicht bestreiten konnte, zwangen ihn zu dem Eingeständnis, daß er eine geheimnisvolle und zweifelhafte Gabe unbekannten Ursprungs besitze, mit deren Hilfe er Unerklärliches zustande bringe. Nach dem Krieg studierte er noch in Wien, dann in Zürich und machte schließlich in London eine Praxis auf, um seine so sonderbar erworbene Kunst auszuüben. Er praktizierte schon seit fünfzehn Jahren und hatte auf seinem Gebiet einen hervorragenden Ruf. Seine verblüffenden Heilungen gingen von Mund zu Mund, und trotz des hohen Honorars drängten sich zu ihm mehr als genug Patienten. Dr. Audlin wußte, daß er einige außerordentliche Erfolge vorzeigen konnte: Selbstmörder hatte er dem Leben zurückgewonnen, andere vor dem Irrenhaus bewahrt, bitteren Schmerz hatte er gelindert, der ein nützliches Dasein trübte, unglückliche Ehen in glückliche verwandelt, anomale Triebe ausgerottet und so manchen von einer verhaßten Fessel befreit, seelische Leiden geheilt, das alles hatte er getan, und dennoch regte sich in seinem tiefsten Innern der Verdacht, er sei eben doch nur ein Quacksalber. Ihm ging es gegen den Strich, eine Macht auszustrahlen, die er nicht ergründen konnte, und es kränkte sein Ehrgefühl, von dem Vertrauen seiner

Patienten zu leben, wenn er zu sich selbst kein Vertrauen aufbrachte. Er war reich genug, um nicht auf seinen Beruf angewiesen zu sein, und da sein Beruf ihn anstrengte, wollte er ihn schon ein dutzendmal an den Nagel hängen. Er hatte sämtliche Schriften von Freud und Jung und all ihren Jüngern gelesen, nur konnten sie ihn nicht befriedigen. In seinem Herzen war er fest davon überzeugt, diese ganzen Theorien seien Hokuspokus – doch dem widersprachen die unbegreiflichen, aber augenfälligen Erfolge. Und wie gründlich hatte er die Menschen kennengelernt, seit ihn die ersten Patienten vor fünfzehn Jahren in seinem schäbigen Hinterzimmer in Wimpole Street aufsuchten! Was man ihm da, manchmal verschämt, zurückhaltend oder zornig, manchmal nur allzu bereitwillig, anvertraute, überraschte ihn schon lange nicht mehr. Ihn erschütterte nichts: er wußte nachgerade, daß der Mensch ein Lügner und seine Eitelkeit grenzenlos war, er wußte noch bedeutend Schlimmeres, aber er wußte auch, daß er nicht zu richten oder zu verdammen bestellt war. Doch als Jahr um Jahr diese gräßlichen Intimitäten vor ihm ausgebreitet wurden, erhielt sein Gesicht einen immer graueren Ton und tiefere Falten, seine Augen einen müden Blick. Er lachte selten, er lächelte höchstens gelegentlich, wenn er zu seiner Entspannung einen Roman las. Hielten die Autoren ihre Figuren wirklich für Menschen aus Fleisch und Blut? Wenn sie ahnten, wieviel komplizierter und unberechenbarer eine Seele ist, was für unversöhnliche Elemente da nebeneinander wohnen, was für dunkle und böse Kämpfe sie austragen muß!

Viertel vor sechs! Lord Mountdrago war doch der sonderbarste Fall, dem er bei seinen absonderlichen Patienten je begegnet war, allein schon wegen seiner Persönlichkeit. Ein hochbegabter und verdienter Mann, mit noch nicht vierzig Jahren bereits Außenminister, hatte Lord Mountdrago nach drei Jahren Amtszeit seine Politik erfolgreich durchgesetzt. Er war unbestritten der fähigste Kopf der Konservativen, und wenn er nicht nach dem Tod seines Vaters, eines hohen Adligen, seinen Sitz im Unterhaus hätte aufgeben müssen, hätte er ehrgeizig mit dem Posten des Premierministers geliebäugelt. Zwar darf in diesen demokratischen Zeiten ein englischer Premierminister nicht aus dem Oberhaus stammen, aber nichts hinderte Lord Mountdrago daran, jedem konservativen Kabinett als Außenminister anzugehören und über lange Jahre hin die Außenpolitik seines Landes zu bestimmen.

Lord Mountdrago besaß viele Vorzüge: Fleiß und Intelligenz, Mut, Scharfblick und Entschlußkraft. Er war weitgereist und beherrschte mehrere Sprachen. Von Jugend auf hatte er sich für Außenpolitik interessiert und gründliche Kenntnisse der innenpolitischen und wirtschaftlichen Verhältnisse anderer Länder erworben. Im Parlament und in Wahlversammlungen drückte er sich als guter Redner verständlich, genau und oft witzig aus, bei den Debatten brillierte er leicht, und seine Schlagfertigkeit war berühmt. Dazu sah er noch gut aus: er war ein großer, stattlicher Mann, allerdings mit stark gelichtetem Haar und zu betonter Korpulenz, was jedoch den erwünschten Eindruck von Gediegenheit und Reife verstärkte. Als Student war er sogar ein guter Sportler gewesen und hatte im Oxford-Achter gegen Cambridge gerudert, auch genoß er den Ruf eines hervorragenden Schützen. Mit vierundzwanzig hatte er ein achtzehnjähriges Mädchen, Tochter eines Herzogs und einer amerikanischen Erbin, geheiratet, in der sich Reichtum mit Adel verband. Sie hatte ihm zwei Söhne geboren. Seit mehreren Jahren lebten sie heimlich getrennt, aber vor der Öffentlichkeit zeigten sie sich zusammen, um den Schein zu wahren; und beide hatten den Klatschmäulern keine Gelegenheit geboten, über irgendeine außereheliche Beziehung zu lästern. Lord Mountdrago war zu ehrgeizig, zu fleißig, ja patriotisch, um sich auf karrierehindernde Weise zu amüsieren. Kurz und gut, alle seine Tugenden stempelten ihn zu einem erfolgreichen, allgemein beliebten Mann. Leider besaß er auch große Fehler. Er war ein fürchterlicher Snob. Niemand stößt sich daran, wenn erst der Vater den Titel erhalten hat. Der Sohn eines geadelten Anwalts, Fabrikanten oder Whiskybrenners nimmt natürlich seinen Rang überaus wichtig. Doch schon Charles II. hatte Lord Mountdragos Ahnherrn die Grafenwürde verliehen, und seit dem Krieg der beiden Rosen lag der Besitz in den Händen der Familie. Seit dreihundert Jahren hatten sich die Namensträger durch Heirat mit den vornehmsten Familien von England verbunden, und dennoch war Lord Mountdrago auf seine Geburt so stolz wie ein neureicher Prolet auf sein Geld. Er nutzte jede Gelegenheit, damit Eindruck zu schinden. Er besaß die besten Manieren der Welt, falls er sich dazu aufschwang, was allerdings nur bei den

Leuten geschah, die er als ebenbürtig betrachtete. Kaltschnäuzig fertigte er das sozial unter ihm stehende Volk ab, seine Hausangestellten behandelte er grob und seine Sekretäre von oben herab. Die ihm untergeordneten Beamten in den Ministerien, denen er nacheinander angehörte, haßten und fürchteten ihn. Und er war schrecklich arrogant. Er wußte eben, daß er die meisten Leute in die Tasche steckte, und verfehlte nicht, ihnen das unter die Nase zu reiben. Menschliche Schwäche machte ihn bloß ungeduldig. Er sah sich als den geborenen Führer, deshalb ärgerte er sich über jeden, der ihm Argumente vortrug oder um Angabe der Gründe für die getroffene Entscheidung bat. In seiner maßlosen Selbstsucht nahm er jeden Dienst ohne Dankbarkeit hin als natürlichen Tribut an seine Geburt und Intelligenz. Ihm kam überhaupt nicht in den Sinn, daß er auch für andere etwas tun könnte. Seine zahlreichen Feinde verachtete er – Freunde besaß er keine. Niemandem gönnte er seine Hilfe, seine Sympathie oder sein Mitleid. Seine Vorgesetzten mißtrauten seiner Aufrichtigkeit, seine Partei stieß sich an seiner anmaßenden Unhöflichkeit, und dennoch mußten sich alle wegen seiner besonderen Verdienste, seiner unbestrittenen Vaterlandsliebe, wegen seiner fundierten Kenntnisse und glänzenden Politik mit ihm abfinden. Und man konnte es, denn gelegentlich war er einfach bezaubernd: wenn er sich in adäquater Gesellschaft befand, bei ausländischen Würdenträgern oder Damen von Rang, und jemand für sich gewinnen wollte, entfaltete er Witz, Anmut und Humor, und man erinnerte sich, daß in seinen Adern auch das Blut von Lord Chesterfield floß. Er legte eine Geschichte kunstvoll auf die Pointe hin an, er gab sich natürlich, klug, ja sogar tief, kurzum, sein umfangreiches Wissen und sein feiner Geschmack setzten dann jeden in Erstaunen. Man genoß seinen Umgang und vergaß, daß man am Tag zuvor von ihm eine Beleidigung eingesteckt hatte und am nächsten Tag mit einem Fußtritt rechnen mußte.

Beinahe hätte Lord Mountdrago auf eine Behandlung durch Dr. Audlin verzichtet. Sein Sekretär rief den Arzt an: Lord Mountdrago wünsche ihn zu konsultieren und bitte ihn für den nächsten Tag um zehn Uhr zu sich. Dr. Audlin antwortete, das sei leider nicht möglich, Lord Mountdrago möchte ihn doch am übernächsten Tag um fünf Uhr in seiner Praxis aufsuchen. Der Sekretär legte auf, um gleich wieder anzuläuten mit der

Nachricht, Lord Mountdrago bestehe darauf, den Arzt in seinem eigenen Haus zu sehen, Dr. Audlin dürfe jedes beliebige Honorar festsetzen. Dr. Audlin lehnte ab: er empfange Patienten stets in seiner Praxis, und wenn Lord Mountdrago nicht kommen wolle, sei er außerstande, ihn zu behandeln. Nach einer Viertelstunde erhielt er ein Billet, in dem sich Seine Lordschaft schon für den nächsten Tag um fünf Uhr anmeldete.

Als Lord Mountdrago ins Sprechzimmer geführt wurde, blieb er unter der Tür stehen und musterte den Arzt unverschämten Blicks von oben bis unten. Dr. Audlin spürte, daß er fuchsteufelswild war, und sah ihn schweigend mit stillen Augen an. Ein großer, schwerer Mann stand vor ihm, dessen spärliches graues Haar die hohe Stirn freigab und ihren Adel betonte; das runde Gesicht, die kühnen, regelmäßigen Züge, der hochmütige Ausdruck erinnerten an einen Bourbonenkönig.

»Offenbar ist es genauso schwierig, zu Ihnen vorzudringen, Herr Dr. Audlin, wie zum Premierminister. Ich bin nämlich mit Arbeit überlastet.«

»Möchten Sie sich nicht setzen?«

Mit unbewegtem Gesicht hatte sich der Arzt Lord Mountdragos Bemerkung angehört. Dr. Audlin saß an seinem Schreibtisch, Lord Mountdrago stand immer noch, sein Blick verfinsterte sich.

»Nehmen Sie bitte zur Kenntnis: ich bin der Außenminister Seiner Majestät«, sagte er scharf.

»Möchten Sie sich nicht setzen?«

Lord Mountdrago machte eine Bewegung, als wollte er sich auf dem Absatz umdrehen und stolz das Zimmer verlassen, aber dann besann er sich offensichtlich eines Besseren und setzte sich. Dr. Audlin öffnete ein großes Buch und langte nach seiner Füllfeder. Er schrieb, ohne zu seinem Patienten aufzublicken.

»Wie alt sind Sie?«
»Zweiundvierzig.«
»Verheiratet?«
»Ja.«
»Wie lange?«
»Achtzehn Jahre.«
»Kinder?«
»Ich habe zwei Söhne.«

Dr. Audlin notierte sich die Personalien nach Lord Mountdragos schroffen Antworten. Dann lehnte sich der Arzt in seinen Stuhl zurück und schaute ihn wortlos mit seinen bleichen reglosen Augen an.

»Warum kommen Sie zu mir?« fragte er endlich.

»Sie sind mir empfohlen worden. Lady Canute ist eine Patientin von Ihnen, soviel ich weiß. Sie sagte mir, Sie hätten ihr viel geholfen.«

Dr. Audlin gab keine Antwort. Sein Blick war immer noch auf das Gesicht seines Gegenübers gerichtet, aber so ausdrucksleer, daß er es gar nicht zu sehen schien.

»Ich vollbringe keine Wunder«, bemerkte er nach einer langen Pause, und der Schatten eines Lächelns flackerte in seinen Augen auf. »Das königliche Kollegium der Ärzte würde es auch gar nicht gutheißen.«

Lord Mountdrago schmunzelte. Offenbar war das Eis gebrochen. Er erwiderte etwas liebenswürdiger:

»Sie haben einen hervorragenden Ruf. Die Leute schwören auf Sie.«

»Warum kommen Sie zu mir?« wiederholte der Arzt. Jetzt schwieg Lord Mountdrago, denn die Antwort fiel ihm schwer. Nach langem Besinnen nahm er einen Anlauf und sprach.

»Ich bin kerngesund. Nur zur Kontrolle hat mich mein Arzt – Sir Augustus Fitzherbert, von dem Sie wohl schon gehört haben – vor ein paar Tagen untersucht, und er hat mir gesagt, ich sei so robust wie ein Dreißigjähriger. Mein großes Arbeitspensum macht mir Freude und ermüdet mich nicht. Ich rauche kaum und trinke wenig. Ich habe genügend Bewegung und führe ein regelmäßiges Leben. Sie finden es höchstwahrscheinlich dumm und kindisch, wenn ein vollkommen gesunder, normaler, vernünftiger Mensch Sie aufsucht.«

Dr. Audlin kam ihm zu Hilfe.

»Ich weiß nicht, ob ich irgend etwas für Sie tun kann. Ich will's versuchen. Sind Sie unglücklich?«

Lord Mountdrago runzelte die Stirn.

»Meine Arbeit ist sehr wichtig, denn die Entscheidungen, die sie mir abverlangt, können das Wohl unseres Landes, ja sogar den Weltfrieden bestimmen. Deshalb muß ich meinen kühlen Kopf und klaren Verstand behalten. Es ist meine Pflicht, jede Unruhe auszuräumen, die meiner Nützlichkeit schaden könnte.«

Dr. Audlin hatte seinen Blick nicht von ihm gewendet, und er hatte sehr viel gesehen: hinter dem hochtrabenden Auftreten und der stolzen Arroganz verbarg sich eine Angst, die der Patient nicht zu unterdrücken vermochte.

»Ich bat Sie, sich hierher zu bemühen, weil ich aus Erfahrung weiß, daß man in dem schäbigen Sprechzimmer eines Arztes leichter aus sich herausgeht als in der gewohnten Umgebung.«

»Ihr Sprechzimmer ist allerdings schäbig«, bemerkte Lord Mountdrago schneidend. Dann schwieg er. Offenbar war dieser so selbstgewisse Mann mit seiner raschen, zupackenden Vernunft, der sich allem gewachsen fühlte, in diesem Augenblick verlegen. Er lächelte dem Arzt zu, um ihm zu zeigen, wie behaglich ihm zumute war, doch seine Augen verrieten seine Qual. Schließlich sagte er mit unnatürlicher Wärme: »Es handelt sich um eine solche Kleinigkeit, daß ich Sie nur höchst ungern damit belästige. Sie werden mir sicher raten, Ihre kostbare Zeit nicht sinnlos zu verschwenden.«

»Auch Kleinigkeiten haben ihr Gewicht. Sie sind oft das Symptom einer seelischen Störung. Und meine Zeit steht Ihnen ganz zur Verfügung.«

Dr. Audlin sprach leise und ernst. Der monotone Klang wirkte seltsam beruhigend. Endlich entschloß sich Lord Mountdrago zur Offenheit.

»Ich hatte in der letzten Zeit ein paar sehr unerquickliche Träume. Ich weiß, man sollte sie nicht ernst nehmen, doch – um die Wahrheit zu gestehen – sie bringen mich ganz durcheinander.«

»Können Sie mir irgendeinen von diesen Träumen erzählen?«

Lord Mountdrago verzog die Lippen, doch sein unbeschwertes Lächeln mißriet ihm kläglich.

»Sie sind so idiotisch, daß ich es kaum vermag.«

»Das spielt keine Rolle.«

»Vor ungefähr einem Monat also träumte ich, daß ich zu einer offiziellen Einladung von Lord Connemara ging, an der auch der König und die Königin teilnehmen sollten, und natürlich waren Orden vorgeschrieben. Auch ich trug Schulterband und Stern. Ich gab meinen Mantel in der besonderen Garderobe ab. Zu meiner Überraschung stand neben mir ein mickriges Männchen, Owen Griffiths, ein ziemlich ordinärer Parlamenta-

rier aus Wales. Ich sagte zu mir: ›Lydia Connemara geht wirklich zu weit. Wen wird sie als nächstes einladen?‹ Ich fand, er starrte mich auffällig an, aber ich beachtete ihn nicht, ja ich schnitt diesen unbedeutenden Plebejer und stieg die Treppe hinauf. Sie waren wohl noch nie dort?«
»Nein.«
»Ja, in diesen Häusern werden Sie kaum verkehren. Es ist ausgesprochen stillos, hat aber ein schönes Marmortreppenhaus; oben standen die Connemaras und empfingen ihre Gäste. Lady Connemara betrachtete mich verblüfft, als sie mir die Hand gab, und kicherte; ich achtete nicht darauf, denn dieses dumme, ungezogene Frauenzimmer benimmt sich so schlecht wie ihre Ahnin, die Charles II. zur Herzogin machte. Die Salons im Haus der Connemaras sind wirklich imponierend. Ich schritt durch die Säle und begrüßte durch Zunicken oder mit Handschlag eine Menge Leute; dann entdeckte ich den deutschen Botschafter, der sich mit einem österreichischen Erzherzog unterhielt. Da ich ihn dringend sprechen wollte, trat ich hinzu und reichte ihm die Hand. Sobald mich der Erzherzog sah, wieherte er vor Lachen. Ich war tödlich beleidigt und musterte ihn streng von oben bis unten, aber er lachte nur um so schallender. Ich wollte ihn gerade scharf zurechtweisen, als ein plötzliches Raunen durch den Saal ging: der König und die Königin waren gekommen. Ich drehte dem Erzherzog den Rücken zu, trat etwas nach vorn und bemerkte mit einemmal, daß ich keine Hosen anhatte. Ich trug nur kurze seidene Unterhosen und rote Sockenhalter. Kein Wunder, daß Lady Connemara kicherte und der Erzherzog herausplatzte! Ich kann Ihnen nicht beschreiben, wie mir zumute war; vor Scham hätte ich in den Erdboden versinken mögen. In kaltem Schweiß gebadet wachte ich auf. Welch eine Erleichterung, als ich feststellte, daß alles nur ein Traum war.«
»Solche Träume sind nicht ungewöhnlich«, sagte Dr. Audlin.
»Wahrscheinlich nicht. Aber am nächsten Tag passierte etwas Seltsames. Ich stand in einer Wandelhalle des Unterhauses, als dieser Kerl Griffiths langsam an mir vorbeischritt. Er sah absichtlich auf meine Beine, dann blickte er mir direkt ins Gesicht, und ich war fast sicher, daß er zwinkerte. Da kam mir eine lächerliche Idee: er war am Abend vorher dabeigewesen, als ich mich greulich bloßgestellt hatte, und genoß jetzt den Spaß.

Natürlich wußte ich, das konnte nicht sein, denn es war ja bloß ein Traum. Ich schoß ihm einen eisigen Blick zu, und er ging weiter. Aber er grinste von einem Ohr zum anderen.«

Lord Mountdrago zog sein Taschentuch heraus und wischte sich die Handflächen ab. Er suchte nicht länger, seine Verwirrung zu verbergen. Dr. Audlin ließ die Augen nicht von ihm.

»Erzählen Sie mir noch einen Traum.«

»In der folgenden Nacht träumte ich noch verrückter. Im Parlament war eine außenpolitische Debatte angesetzt, der nicht bloß das Land, sondern die ganze Weltöffentlichkeit mit größter Spannung entgegensah. Die Regierung hatte einen Kurswechsel beschlossen, und die Zukunft des Empire stand auf dem Spiel. Es war ein historischer Augenblick. Das Haus barst vor Zuhörern: alle Botschafter waren anwesend, auf den Galerien drängten sich die Leute. Ich hatte die entscheidende Erklärung abzugeben und war sorgfältig vorbereitet. Ein Mann wie ich hat Feinde, denn viele neiden mir diese Stellung, die ich in einem Alter erreicht habe, da auch die geschicktesten Karrieremacher noch relativ anonym tätig sind, und deshalb sollte meine Rede sowohl dem Anlaß entsprechen wie auch meine Gegner zum Schweigen bringen. Der Gedanke, daß die ganze Welt an meinen Lippen hing, befeuerte mich. Ich stand auf. Wenn Sie je im Parlament waren, wissen Sie, wie die Abgeordneten während einer Debatte schwatzen, mit Papieren rascheln und Akten umblättern. Als ich ansetzte, herrschte Totenstille. Plötzlich entdeckte ich den Waliser Abgeordneten Griffiths, diesen häßlichen Knirps, auf einer der gegenüberliegenden Bänke; er streckte mir die Zunge heraus. Vielleicht kennen Sie den billigen Schlager ›Ein Fahrrad für zwei‹; er war vor vielen Jahren Mode. Um Griffiths meine ganze Verachtung auszudrücken, stimmte ich ihn an. Die erste Strophe sang ich in einem Zug durch. Einen Augenblick saßen alle überrascht da, doch als ich fertig war, rief die Opposition ›Hört, Hört!‹ Ich verschaffte mir durch eine Handbewegung Ruhe und begann die zweite Strophe. Das Parlament lauschte mir in eisigem Schweigen, und ich merkte, daß mein Gesang nicht recht ankam. Ich ärgerte mich, denn ich besitze einen hübschen Bariton und wollte unbedingt gerecht gewürdigt werden. Sobald ich die dritte Strophe intonierte, lachten die Abgeordneten, und sofort sprang das Gelächter auf die Botschafter, auf die

Galerien mit den geladenen Gästen, die Damengalerie und die Pressegalerie über: alle schüttelten sich, alle wieherten vor Lachen, alle hielten sich den Bauch und rollten auf ihren Plätzen vor und zurück. Alle waren von Fröhlichkeit übermannt, ausgenommen die Minister in der vordersten Bank direkt hinter meinem Rücken. Steinern saßen sie inmitten dieses unglaublichen, einmaligen Aufruhrs. Ich schaute sie an, und blitzartig ging mir auf, was ich angerichtet hatte. Ich war zum Gespött der ganzen Welt geworden. Traurig gestand ich mir ein, daß ich zurücktreten mußte. Ich erwachte und merkte, daß alles nur ein Traum war.«

Lord Mountdragos großartige Allüre war während seines Berichts verflogen, bleich und zitternd saß er da. Mit Mühe raffte er sich zusammen und zwang sich zu einem armseligen Lächeln.

»Die ganze Geschichte ist so abwegig, daß ich mich bloß darüber amüsieren konnte. Ich dachte auch nicht weiter daran, und als ich am folgenden Nachmittag ins Parlament ging, fühlte ich mich in guter Form. Die Debatte war müde, aber ich mußte eben da sein und las einige Aufzeichnungen, die mich fesselten. Ganz zufällig blickte ich einmal auf: Griffiths sprach, dieser gräßliche Mensch mit seinem unangenehmen Waliser Akzent. Da sich sicher nicht lohnte, ihm zuzuhören, wollte ich mich wieder meinen Papieren zuwenden, als er zwei Zeilen aus ›Ein Fahrrad für zwei‹ zitierte. Ich starrte ihn an: er sah auf mich, in seinen Augen blitzte bitterer Spott. Matt zuckte ich mit den Schultern; was hatte mich ein kümmerlicher Waliser Abgeordneter so zu mustern! Es war ein merkwürdiger Zufall, daß er gerade zwei Zeilen jenes katastrophalen Schlagers anführte, den ich in meinem Traum von Anfang bis Ende vorgesungen hatte. Ich vertiefte mich von neuem in meine Akten, aber in meiner Verwirrung fiel es mir schwer, mich darauf zu konzentrieren. Owen Griffiths war in meinem ersten Traum von der Einladung bei den Connemaras schon aufgetreten, und ich fühlte nachher deutlich, daß ihm meine traurige Rolle völlig klar war. Konnte man es noch Zufall nennen, daß er gerade jene zwei Zeilen erwähnt hatte? Ich fragte mich, ob wir beide möglicherweise die gleichen Träume träumten. Eine absurde Idee natürlich, und ich wollte keinen weiteren Gedanken daran verschwenden.«

Eine Zeitlang herrschte Schweigen. Dr. Audlin betrachtete Lord Mountdrago, und Lord Mountdrago betrachtete Dr. Audlin.

»Anderer Leute Träume sind entsetzlich fade. Meine Frau träumte gelegentlich und erzählte mir am nächsten Morgen weitschweifig davon. Es langweilte mich irrsinnig.«

Dr. Audlin lächelte schwach.

»Sie langweilen mich nicht.«

»Ich werde Ihnen noch einen Traum bieten, den ich einige Tage später hatte. Ich betrat in Limehouse eine Schenke. Obwohl ich noch nie in Limehouse war und seit meiner Oxforder Studentenzeit wohl kein Wirtshaus mehr aufgesucht habe, sehe ich die Straße und das Lokal so deutlich vor mir, als wäre ich dort zu Hause. Ich ging hinein; in der Bar, so heißt das doch, war ein Kamin, daneben ein großer Ledersessel und ein kleines Sofa; durch die ganze Länge des Raums zog sich eine Theke, über die man in den allgemeinen Schankraum sah. Neben der Tür stand ein runder Marmortisch mit zwei Lehnstühlen. Es war Samstag abend, und die Leute drängten sich in den hell erleuchteten Räumen; doch der Rauch war so dick, daß mir die Augen brannten. Mit einer Mütze auf dem Kopf und einem Taschentuch um den Hals glich ich einem richtigen Schläger. Die meisten Gäste schienen betrunken, das gefiel mir. Das Radio oder ein Grammophon lief, und vor dem Kamin führten zwei Frauen einen grotesken Tanz auf, umgeben von einem lachenden, schreienden, grölenden Kreis. Als ich mich dazustellen wollte, fragte mich ein Mann: ›Nimmst du einen, Bill?‹ Auf dem Tisch standen Gläser mit einer braunen Flüssigkeit, es war wohl dunkles Bier. Der Mann reichte mir ein Glas, und um nicht aufzufallen, leerte ich es. Da machte sich die eine der tanzenden Frauen los und langte nach dem Glas. ›Du, was fällt dir ein?‹ schrie sie. ›Das ist mein Bier, das du säufst.‹ ›Oh, es tut mir leid‹, sagte ich, ›dieser Herr bot es mir an, und da dachte ich natürlich, es gehöre ihm.‹ ›Macht nichts, Kamerad‹, antwortete sie, ›ich bin nicht so. Komm, wir legen einen aufs Parkett.‹ Und bevor ich etwas erwidern konnte, packte sie mich und wir tanzten. Dann saßen wir plötzlich in dem Lehnstuhl, sie auf meinem Schoß, und tranken zusammen ein Glas Bier. Ich muß Ihnen sagen, daß Sex in meinem Leben nie einen wichtigen Platz einnahm. Ich heiratete jung, weil es in meiner Situation wünschenswert ist, verheiratet zu sein, und weil die sexuellen Probleme damit ein für allemal geregelt waren. Wie geplant, wurden mir zwei Söhne geboren, und dann schloß ich das Kapitel ab. Ich war immer zu beschäftigt, um mich viel mit diesen Sachen abzugeben, und da ich derart im Rampenlicht stehe, kann ich mir keinen Skandal leisten. Das größte Plus eines Politikers ist ein untadeliger Ruf in allem, was Frauen anlangt, und ich habe kein Mitleid, sondern bloß Verachtung für die Männer, die ihre Karriere einer Frau zuliebe ruinieren. Die Frau auf meinen Knien war weder hübsch noch jung, im Gegenteil, eine betrunkene alte Schlampe, vor der mir grauste. Aber trotz ihres nach Bier stinkenden Atems, trotz ihrer faulen Zähne, trotz des Ekels, der mich überlief, wenn sie mich küßte, begehrte ich sie wild. Plötzlich hörte ich eine Stimme: ›Hallo, alter Freund, amüsier dich schön.‹ Ich sah auf: es war Owen Griffiths. Ich versuchte aufzuspringen, aber das Weib hielt mich zurück. ›Laß doch den alten Schnüffler‹, sagte sie. ›Nur zu‹, fuhr er fort, ›ich weiß bei Molly Bescheid. Sie ist ihr Geld wert.‹ Verstehen Sie, mich verdroß weniger, daß er mich in dieser scheußlichen Situation ertappte, als daß er mich mit ›alter Freund‹ anredete. Ich stieß die Frau zur Seite, sprang auf und herrschte ihn an. ›Ich kenne Sie nicht und will Sie auch nicht kennenlernen‹, sagte ich. ›Aber ich kenne Sie‹, erwiderte er. ›Und dir, Molly, rate ich, paß auf, daß du zu deinem Geld kommst, er prellt dich womöglich.‹ Auf dem Tisch nebendran stand eine Bierflasche. Wortlos packte ich sie am Hals und schlug sie ihm mit aller Kraft über den Schädel. Die Bewegung war so heftig, daß ich davon erwachte.«

»Solch ein Traum ist nicht unbegreiflich«, sagte Dr. Audlin. »So rächt sich die Natur an einem untadeligen Charakter.«

»Eine verrückte Geschichte. Ich hab sie nicht um ihrer selbst willen erzählt, sondern wegen der Ereignisse des folgenden Tags. Ich mußte rasch etwas nachschlagen, ging in die Parlamentsbibliothek, holte mir den Band und las. Ich hatte nicht bemerkt, daß im Stuhl neben mir Griffiths saß. Ein anderer Labourabgeordneter trat ein und begrüßte ihn: ›Guten Tag, Owen, Sie sehen heute ziemlich angeschlagen aus.‹ ›Ich habe rasendes Kopfweh‹, antwortete dieser, ›als hätte man mir eine Flasche auf dem Kopf zertrümmert.‹«

Lord Mountdragos Gesicht war aschfahl vor Angst.
»Dies bewies mir, daß meine ursprüngliche Idee, die ich als unsinnig abgetan hatte, stimmte. Dies bewies mir, daß Griffiths meine Träume träumte und daß er sich so genau an sie erinnerte wie ich.«
»Es mag wieder ein Zufall gewesen sein.«
»Aber er sprach nicht zu seinem Freund, sondern eindeutig zu mir und schaute mich entrüstet an.«
»Können Sie mir erklären, warum dieser Mann in Ihren Träumen auftritt?«
»Nein.«
Dr. Audlin, der das Gesicht seines Patienten nicht aus den Augen gelassen hatte, durchschaute die Lüge. Mit einem Bleistift kritzelte er ein oder zwei Linien auf sein Löschblatt. Es brauchte oft lange, bis die Leute mit der Wahrheit herausrückten, obwohl sie wußten, daß er ihnen erst dann helfen konnte.
»Dieser letzte Traum liegt über drei Wochen zurück. Haben Sie seither wieder geträumt?«
»Ja, jede Nacht.«
»Und taucht dieser Mann Griffiths immer auf?«
»Ja.«
Der Arzt zog noch einige Linien auf sein Löschpapier. Er hoffte, daß die Ruhe, die Trostlosigkeit und das trübe Licht des kleinen Sprechzimmers auf Lord Mountdrago wirkten. Dieser ließ sich in seinem Stuhl nach hinten fallen und wandte den Kopf zur Seite, damit er nicht in Dr. Audlins ernste Augen blickte.
»Dr. Audlin, Sie müssen etwas für mich tun, ich bin am Ende meiner Kraft, und ich schnappe über, wenn das so weitergeht. Ich fürchte mich vor dem Schlafen. Zwei oder drei Nächte tat ich kein Auge zu, ich blieb auf und las, und sobald ich einduseln wollte, nahm ich meinen Mantel und wanderte bis zur Erschöpfung herum. Aber ich brauche Schlaf. Bei meinen Aufgaben muß ich topfit sein und meine fünf Sinne beieinander haben. Ich brauche Ruhe, und Schlaf verschafft sie mir nicht. Sobald ich einschlummere, beginne ich zu träumen, und immer erscheint dieser ordinäre Wicht, grinst mich an, schmäht mich und lästert. Es ist fürchterlich. Ich versichere Ihnen, Herr Doktor, ich bin nicht so, wie mich meine Träume zeigen, man

darf mich nicht nach ihnen beurteilen. Fragen Sie, wen Sie wollen. Ich bin ein ehrenwerter, aufrechter, anständiger Mann. Niemand kann meine berufliche oder private Integrität anzweifeln. Ich habe nur einen einzigen Ehrgeiz: meinem Land zu dienen und seiner Größe. Da ich Geld und hohen gesellschaftlichen Rang besitze, bin ich im Gegensatz zu Leuten niedrigeren Stands weniger Versuchungen ausgesetzt, und es bedeutet nichts, daß ich unbestechlich bin; aber das nehme ich in Anspruch, daß keine Ehrung, kein persönlicher Vorteil, kein selbstsüchtiger Gedanke mich um Haaresbreite von meiner Pflicht abbringen können. Alles habe ich geopfert, um der Mann zu werden, der ich bin. Macht ist mein Ziel, Macht steht mir zu Gebot – und ich verliere die Nerven. Ich bin nicht so heimtückisch, hassenswert, feig, niederträchtig, wie dieser häßliche Zwerg glaubt. Ich habe Ihnen drei Träume berichtet, aber das ist noch gar nichts; dieser Mann sah mich so grausam, schrecklich, schändlich handeln, daß ich lieber sterbe, als davon zu erzählen. Und er erinnert sich daran. Ich ertrage kaum die spöttische Verachtung in seinen Augen und traue mich kaum, im Parlament zu reden, denn er muß meine Worte als reinen Unsinn betrachten. Er war dabei, als ich Dinge tat, die kein Mann mit einer Spur Selbstachtung tut, Dinge, die einen Mann aus der menschlichen Gesellschaft ausschließen und für lange Jahre ins Zuchthaus bringen; er hörte, wie ich hinterhältig log; er sah mich nicht bloß als lächerlichen Tropf, sondern auch als abstoßendes Ekel. Er verabscheut mich und macht keinen Hehl mehr daraus. Wenn Sie mir nicht helfen können, werde ich mich oder ihn umbringen.«

»Ihn würde ich an Ihrer Stelle nicht umbringen«, sagte Dr. Audlin kühl; seine Stimme klang wie immer besänftigend. »In diesem Land zeitigt es herbe Konsequenzen, wenn man einen Mitmenschen tötet.«

»Man wird mich deswegen nicht hängen, wenn Sie es so meinen. Wer wüßte, daß ich ihn ermordete? Mein Traum zeigte mir, wie ich's anstellen muß. Ich sagte Ihnen ja, am Tag, nachdem ich ihm die Bierflasche über den Kopf geschlagen hatte, konnte er vor Kopfweh kaum noch sehen; er erwähnte es selbst. Das beweist aber, daß er im Wachen empfindet, was ihm schlafend widerfährt. Das nächstemal werde ich ihn nicht mit einer Flasche niederhauen. Einmal werde ich im Traum ein Messer oder eine Pistole in der Hand halten; es muß so sein, denn ich will es unbedingt; und dann werde ich die Gelegenheit beim Schopf packen und ihn abstechen wie ein Schwein oder niederknallen wie einen Hund. Ins Herz. Und dann werde ich von seiner teuflischen Verfolgung erlöst sein.«

Manche Leute hätten Lord Mountdrago für verrückt gehalten; Dr. Audlin aber wußte nach jahrelanger Beschäftigung mit labilen Seelen, welch feine Linie den angeblich Gesunden von dem angeblich Kranken trennt. Er wußte, daß man bei scheinbar normalen, völlig nüchternen Menschen, die ihre täglichen Pflichten ehrenvoll und nutzbringend erfüllten, auf entsetzliche Verwirrungen stieß, sobald man ihr Vertrauen gewann und ihnen die Maske wegriß, die sie vor der Welt trugen. Da fanden sich so seltsame Brüche, so phantastische seelische Überspanntheiten, daß sie auf diesem Feld für wahnsinnig gelten mußten. Wollte man sie in eine Anstalt sperren, alle Anstalten der Welt würden nicht ausreichen. Auf jeden Fall war ein Mann nicht meldepflichtig, bloß weil er seltsame Träume hatte und sie an seinen Nerven zehrten. Der Fall Mountdrago war einzigartig, aber er war doch nur eine Steigerung ähnlicher Fälle, die Dr. Audlin kennengelernt hatte. Er bezweifelte, ob seine sonst so wirksame Behandlung auch hier anschlagen würde.

»Haben Sie einen anderen Arzt konsultiert?« fragte er.

»Nur Sir Augustus Fitzherbert. Ich gestand ihm bloß meine Alpträume. Er meinte, ich sei überarbeitet, und empfahl eine Erholungsreise. Das ist Unsinn, ich kann das Außenministerium nicht verlassen, solange die internationale Lage größte Aufmerksamkeit erfordert. Ich bin unentbehrlich, und ich weiß es. Von meinem Verhalten in der gegenwärtigen Krise hängt meine ganze Zukunft ab. Er verschrieb mir Beruhigungsmittel – erfolglos. Er verschrieb mir Kräftigungsmittel – sie waren völlig nutzlos. Der alte Dummkopf versteht überhaupt nichts von der Sache.«

»Können Sie einen Grund angeben, warum gerade jener Mann beständig in Ihren Träumen auftaucht?«

»Das fragten Sie mich schon einmal, und ich antwortete Ihnen.«

Das stimmte. Aber Dr. Audlin hatte die Antwort keineswegs befriedigt.

»Sie sprachen vorhin von Verfolgung. Was veranlaßt Owen Griffiths, Sie zu verfolgen?«

»Keine Ahnung.«

Lord Mountdragos Augen wichen ihm aus, und Dr. Audlin war überzeugt, daß er log.

»Haben Sie ihm je unrecht getan?«

»Nein.«

Lord Mountdrago rührte sich nicht, aber Dr. Audlin spürte, daß er sich in seine Haut verkroch. Vor ihm saß ein stattlicher, hochmütiger Herr, der alle Fragen als Frechheit zu betrachten schien, und doch verbarg die Fassade nur schlecht eine ängstliche Flucht; das Bild des furchtsamen Tiers in der Falle drängte sich auf. Dr. Audlin lehnte sich nach vorn und zwang Lord Mountdrago durch die Kraft seines Blicks, ihn anzusehen.

»Sind Sie sicher?«

»Ja. Sie verstehen offenbar nicht, daß unsere Wege sich gar nicht kreuzen. Ich muß Sie in aller Bescheidenheit daran erinnern, daß ich Minister Seiner Majestät bin und Griffiths ein unbekanntes Mitglied der Labour-Party. Natürlich verbinden uns auch keine gesellschaftlichen Beziehungen, denn er kommt aus sehr kleinen Verhältnissen, und solche Leute pflegen nicht in meinen Kreisen zu verkehren. Und auf der politischen Ebene sind unsere Positionen so gegensätzlich, daß wir nichts gemein haben können.«

»Ich vermag Ihnen nicht zu helfen, solange Sie mir nicht die volle Wahrheit sagen.«

Lord Mountdrago hob die Augenbrauen. Seine Stimme wurde rauh.

»Ich bin nicht gewohnt, daß man meine Worte anzweifelt, Herr Dr. Audlin. In diesem Fall verschwende ich meine Zeit nur, wenn ich die Ihre beanspruche. Bitte, schicken Sie meinem Sekretär Ihre Liquidation, er wird für die Überweisung sorgen.«

Nach Dr. Audlins unbewegtem Gesicht zu schließen, schien er Lord Mountdragos Worte gar nicht gehört zu haben. Er sah ihm unbeirrt in die Augen und fragte ernst mit leiser Stimme:

»Haben Sie dem Mann etwas zugefügt, das *er* als Unrecht empfinden konnte?«

Lord Mountdrago zögerte. Er blickte zur Seite, dann sah er ihn wieder an, als wirkte in Dr. Audlins Augen eine unwiderstehliche Macht. Mißmutig antwortete er:

»Nur wenn er ein zweitklassiger kleiner Dreckskerl ist.«
»Das paßt haargenau auf Ihre Beschreibung.«
Lord Mountdrago seufzte: er gab sich geschlagen. Dr. Audlin wußte, dieser Seufzer bedeutete, daß der Patient jetzt endlich mit allem herausrücken würde. Nun brauchte er nicht weiter zu bohren; er senkte die Augen und malte wahllos geometrische Figuren auf sein Löschblatt. Das Schweigen hielt zwei oder drei Minuten an.

»Ich will wirklich alles sagen, was Ihnen von Nutzen ist. Das jetzt schien mir aber so unwichtig, daß es unmöglich mit dem Fall in Verbindung stehen konnte. Griffiths errang seinen Parlamentssitz bei der letzten Wahl und fiel sogleich unangenehm auf. Sein Vater ist Grubenarbeiter, und er fuhr selber in jungen Jahren ein. Dann war er Volksschullehrer und Journalist. Er gehörte zu jenen halbgebackenen eingebildeten Intellektuellen mit ihren ungenauen Kenntnissen, verschwommenen Ideen und undurchführbaren Vorschlägen, die die allgemeine Schulpflicht aus der Arbeiterklasse nach oben schwemmt. Ein knochiger, fahler Kerl, der halb verhungert aussieht und ausgesprochen schlampig daherkommt. Die Abgeordneten achten ja heutzutage nicht mehr sonderlich auf ihre Kleidung, aber sein Aufzug beleidigt die Würde des Parlaments. Er zieht sich demonstrativ schäbig an. Sein Kragen ist nie sauber und seine Krawatte nie ordentlich gebunden; seit vier Wochen hat er wohl nicht mehr gebadet, und die Hände wäscht er auch nie. Die Labour-Party hat zwar auf der vordersten Bank zwei oder drei recht tüchtige Leute, aber der Rest taugt nicht viel. Unter den Blinden ist der Einäugige König. Da Griffiths reden konnte und sich auf zahlreichen Gebieten oberflächlich beschlagen zeigte, ließen ihn die Einpeitscher bei jeder denkbaren Gelegenheit sprechen. Offenbar warf er sich auf Außenpolitik, und er bombardierte mich mit dummen, langweiligen Fragen. Ich verhehle nicht, daß ich ihn so gründlich abfertigte, wie er es verdiente. Von Anfang an haßte ich seine quengelnde Stimme und seinen ordinären Akzent; er hatte auch nervöse Ticks, die mich entsetzlich störten. Er ging scheu und zaudernd an die Sache heran, als überwände eine innere Leidenschaft nur qualvoll seine Hemmungen, und oft brachte er sehr unangenehme Dinge vor. Zugegeben, er besaß gelegentlich die Beredsamkeit eines Kanzelredners; daher auch sein Einfluß auf die Schwachköpfe seiner Partei. Sie beeindruckte seine Ernsthaftigkeit, und seine Sentimentalität stieß sie nicht ab wie mich. Eine gewisse Sentimentalität ist ja das Öl jeder politischen Debatte. Man regiert die Nationen entsprechend ihrem eigenen Vorteil, aber sie glauben lieber an uneigennützigere Ziele, und ein Politiker tut gut daran, seine Wählerschaft mit schönen Worten und klingenden Phrasen davon zu überzeugen, daß sein harter Kampf um jeden Gewinn für sein Land eigentlich dem Wohl der Menschheit dient. Griffiths und Konsorten nehmen nun irrtümlich diese schönen Worte, diese klingenden Phrasen für bare Münze. Ein Narr ist er, ein unheilvoller Narr, der sich selbst einen Idealisten nennt. Und wie leicht ihm das elende Geschwätz von der Zunge fließt, mit dem uns die sogenannten Intellektuellen seit Jahr und Tag anöden: Friedensoffensive, Verbrüderung – Sie kennen den Quatsch. Zu allem hin imponierte das nicht nur seiner Partei, sondern auch den beschränkten und verwirrten Köpfen unserer Fraktion. Ich hörte Gerüchte, Griffiths würde Minister, wenn die Labour-Party ans Ruder käme, und man nannte sogar das Auswärtige Amt. Die Vorstellung war grotesk, aber nicht aus der Welt. Eines Tages bot sich mir Gelegenheit, eine Debatte zu schließen, die Griffiths mit einer einstündigen Rede eröffnet hatte – eine willkommene Chance, ihn abzuschießen, und, bei Gott, ich schoß ihn ab. Ich zerpflückte seine Ansprache, ich wies ihm zahllose Denkfehler nach und unterstrich seine mangelhaften Kenntnisse. Die vernichtendste Waffe im Unterhaus ist Lächerlichkeit, und ich verspottete ihn, ich nahm ihn hoch, ich brillierte, und das Haus bebte vor Gelächter. Dieser Erfolg befeuerte mich, und ich legte mich noch mehr ins Zeug. Die Opposition saß stumm da, aber einige Labour-Abgeordnete lachten doch ein- oder zweimal: es erwärmt manchen, einen Kollegen oder gar Rivalen bloßgestellt zu sehen. Und wenn je ein Mann bloßgestellt wurde, dann war es Griffiths. Er versank in seinem Stuhl und vergrub immer wieder sein kalkweißes Gesicht in den Händen. Als ich mich setzte, hatte ich ihn erledigt. Sein Ansehen war für immer demoliert; er würde nicht eher Minister in seiner Labour-Regierung als der Polizist am Saaleingang. Später erfuhr ich, daß sein Vater, der alte Grubenarbeiter, seine Mutter und zahlreiche Wahlhelfer aus Wales angereist waren, um seinen Triumph mitzuerleben. Sie hatten bloß seine tiefste Demütigung gesehen. Da er nur mit knapper Mehrheit gewählt worden war, konnte ihn so eine Schlappe leicht um seinen Parlamentssitz bringen. Aber das ging mich nichts an.«

»Wäre es zuviel behauptet, wenn ich sage, daß Sie seine Karriere zerstörten?« fragte Dr. Audlin.

»Ich glaube nicht.«

»Aber da haben Sie ihm schweres Unrecht zugefügt.«

»Er hat es selbst verschuldet.«

»Sie hatten deswegen nie Gewissensbisse?«

»Wenn ich gewußt hätte, daß seine Eltern dabei waren, hätte ich ihn vielleicht ein bißchen sanfter angefaßt.«

Dr. Audlin ließ es dabei bewenden und begann mit einer, wie er hoffte, aussichtsreichen Behandlung. Er versuchte durch Hypnose zu erreichen, daß Lord Mountdrago beim Aufwachen die Träume vergaß oder tief und traumlos schlief, aber dessen Widerstand ließ sich nicht brechen. Nach einer Stunde schickte er ihn weg. Seither war Lord Mountdrago sechsmal bei ihm gewesen – ohne Erfolg. Die fürchterlichen Träume quälten ihn Nacht für Nacht, und sein Allgemeinzustand verschlechterte sich rasch. Er war am Ende und konnte sich nicht mehr zusammennehmen. Er ärgerte sich über die Erfolglosigkeit der Behandlung, setzte sie aber fort, weil sie seine einzige Hoffnung war und weil es ihn erleichterte, offen mit jemandem zu sprechen. Dr. Audlin kam zu dem Schluß, daß ein einziger Weg Lord Mountdrago retten könnte, doch er wußte genau, daß sein Patient ihn aus freien Stücken nie und nimmer gehen würde. Sollte er vor dem drohenden Zusammenbruch bewahrt werden, mußte er sich zu einem Schritt aufraffen, der seinem Stolz und seinem Selbstgefühl zuwiderlief. Aber einen Aufschub schien Dr. Audlin nicht verantworten zu können. Er behandelte seinen Patienten mit Hypnose, wozu er ihn nach mehreren Stunden eher bereit fand. Schließlich gelang es ihm, ihn in eine Art Trance zu versetzen. Mit seiner leisen, sanften, eintönigen Stimme beruhigte er Lord Mountdragos strapazierte Nerven. Unablässig wiederholte er die gleichen Worte. Der Patient lag mit geschlossenen Augen still und entspannt da und atmete regelmäßig. Dann sprach Dr. Audlin im gleichen milden Ton die vorbereiteten Sätze.

»Sie werden zu Owen Griffiths gehen und sich entschuldigen für das Unrecht, das Sie ihm zufügten. Sie werden ihm sagen, daß Sie alles tun wollen, was in Ihrer Macht steht, um den Schaden wiedergutzumachen.«

Diese Worte wirkten auf Lord Mountdrago wie ein Peitschenhieb ins Gesicht. Er schüttelte den Bann ab und sprang auf. Seine Augen blitzten, und er überhäufte Dr. Audlin mit zornigen Beschimpfungen, die selbst dieser noch nie vernommen hatte. Er verfluchte ihn und wünschte ihn zum Teufel und gebrauchte so obszöne Ausdrücke, daß Dr. Audlin, der, zum Teil aus dem Mund unberührter und vornehmer Damen, schon mit allen möglichen Bezeichnungen vertraut war, sich fragte, woher er diese Sprache denn hatte.

»Entschuldigen soll ich mich bei diesem dreckigen kleinen Waliser? Eher bringe ich mich um.«

»Ich weiß keinen anderen Weg, wie Sie Ihr Gleichgewicht wiederfinden könnten.«

Dr. Audlin hatte noch selten einen äußerlich gesunden Menschen in solch unbeherrschter Wut gesehen. Lord Mountdrago lief rot an, die Augen quollen ihm aus dem Kopf, Schaum trat ihm auf die Lippen. Dr. Audlin musterte ihn gelassen und wartete, bis der Sturm verebbt war; und tatsächlich erschlaffte Lord Mountdrago bald, durch die wochenlange Anspannung erschöpft.

»Hinsetzen!« befahl der Arzt scharf.

Lord Mountdrago fiel in einen Sessel.

»Mein Gott, mir reicht's. Ich muß eine Minute ausruhen, dann gehe ich.«

Ungefähr fünf Minuten saßen sie sich stumm gegenüber. Lord Mountdrago war ein mächtiger, stürmischer Gewaltmensch, aber doch auch ein Gentleman. Als er das Schweigen brach, hatte er seine Selbstbeherrschung wiedergewonnen.

»Ich war wohl sehr grob zu Ihnen. Ich schäme mich meiner Worte und würde es gut verstehen, wenn Sie mit mir nichts mehr zu tun haben wollten. Hoffentlich ist es nicht der Fall; die Besuche bei Ihnen helfen mir, Sie sind meine letzte Rettung.«

»Denken Sie nicht mehr daran, es ist völlig bedeutungslos.«

»Aber eins können Sie nicht von mir verlangen: daß ich mich bei Griffiths entschuldige.«

»Ich habe mich eingehend mit Ihrem Fall beschäftigt. Zwar behaupte ich nicht, ihn zu begreifen, aber ich halte meinen

Vorschlag für Ihre einzige Chance, zu genesen. Ich stelle mir ungefähr vor, daß wir nicht aus einem Ich, sondern aus mehreren bestehen, und eines in Ihnen hat sich gegen das Griffiths zugefügte Unrecht aufgelehnt, hat seine Gestalt in Ihnen angenommen und rächt sich nun für Ihre Gemeinheit. Als Priester würde ich Ihnen sagen, Ihr Gewissen bedient sich der Umrisse und Züge dieses Manns, um Sie zur Reue zu zwingen und zur Sühne.«

»Mein Gewissen ist rein. Was kann ich dafür, daß ich Griffiths' Karriere zugrunde richtete? Ich zertrat ihn wie eine Schnecke in meinem Garten. Ich bedaure nichts.«

Mit diesen Worten hatte sich Lord Mountdrago verabschiedet. Während er auf seinen Patienten wartete, las Dr. Audlin seine Notizen durch und überlegte, wie er ihn zu jenem allein noch erfolgversprechenden Entschluß hinführen könnte, nachdem seine gewöhnlichen Behandlungsmethoden versagt hatten. Er schaute auf die Uhr: es war sechs. Seltsam, daß Lord Mountdrago nicht kam, hatte ihn doch ein Sekretär am Morgen telephonisch für die übliche Zeit angemeldet. Wahrscheinlich war er durch dringende Abhaltungen verhindert. Da fiel Dr. Audlin noch etwas ein: Lord Mountdrago war gar nicht in der Verfassung zu arbeiten, sein Zustand erlaubte nicht, daß er sich mit wichtigen Staatsgeschäften befaßte. Stand es ihm zu, sich mit einer einflußreichen Persönlichkeit, dem Premierminister oder dem Unterstaatssekretär für auswärtige Angelegenheiten, in Verbindung zu setzen und ihn darauf aufmerksam zu machen, daß Lord Mountdrago bei seiner derzeitigen Unausgeglichenheit keine wichtigen Sachen behandeln dürfe? Es war auf alle Fälle ein kitzeliges Unterfangen: er würde vielleicht endlose Verwirrung stiften und nur Undank ernten. Er zuckte mit den Schultern.

›In den letzten fünfundzwanzig Jahren‹, überlegte er, ›haben die Politiker die Welt derartig zugerichtet, daß es wohl nicht zu Buch schlägt, ob sie normal oder verrückt sind.‹

Er läutete.

»Wenn Lord Mountdrago kommt, sagen Sie ihm bitte, ich hätte um Viertel nach sechs einen anderen Patienten und könnte ihn leider nicht empfangen.«

»Jawohl, Herr Doktor.«

»Ist die Abendzeitung schon da?«

»Ich will nachschauen.«

Gleich darauf brachte die Hilfe das Blatt. Eine riesige Schlagzeile lief über die erste Seite: Tragischer Tod des Außenministers.

»Mein Gott!« rief Dr. Audlin.

Das schreckte ihn aus seiner gewohnten Ruhe. Er war erschüttert, richtig erschüttert, und doch nicht ganz überrascht. Der Gedanke, Lord Mountdrago könne Selbstmord begehen, hatte ihn mehrmals beschäftigt, und an einen Selbstmord glaubte er unbedingt. Die Zeitung schrieb, Lord Mountdrago habe in einer U-Bahn-Station an der Bahnsteigkante gewartet und sei beim Einfahren des Zugs auf die Schienen gestürzt. Wahrscheinlich habe ihn ein plötzliches Unwohlsein befallen. Das Blatt berichtete weiterhin, Lord Mountdrago habe seit einigen Wochen unter Überarbeitung gelitten, ohne seinen Posten verlassen zu können, solange die außenpolitische Lage seine volle Aufmerksamkeit erforderte. Auch er gehöre zu den Opfern der Politik, deren Anforderungen gerade ihre hervorragenden Vertreter heute nicht mehr gewachsen seien. Ein trefflicher kleiner Absatz rühmte die Gaben und den Fleiß, die Vaterlandsliebe und die Weitsicht des verstorbenen Staatsmanns, dann folgten zahlreiche Vermutungen, wen der Premier zum Nachfolger bestimmen würde. Dr. Audlin las alles. Er hatte Lord Mountdrago nicht gemocht. Am meisten bewegte ihn an diesem Todesfall die Unzufriedenheit mit sich selbst, weil er dem Mann nicht hatte helfen können.

Vielleicht war es falsch gewesen, sich nicht mit Lord Mountdragos Arzt zu verständigen. Mutlos saß er da, wie immer, wenn Mißerfolg seine gewissenhaften Bemühungen vereitelte, und verabscheute Theorie und Praxis seiner aus der Erfahrung gewonnenen Lehre, von der er doch lebte. Er hatte es mit dunklen, geheimnisvollen Kräften zu tun, die sich dem Verständnis des menschlichen Geists entzogen. Er kam sich wie ein Blinder vor, der sich zu einem unbekannten Ziel hintastete. Gleichgültig blätterte er um, als er plötzlich zusammenfuhr und erstaunt aufschrie. Unten an der Seite hatte er eine kleine Notiz entdeckt:

Unerwarteter Tod eines Parlamentariers – Mr. Owen Griffiths, Abgeordneter für XY, brach heute nachmittag in der

Fleet Street zusammen und verstarb auf dem Weg ins Charing Cross Hospital. Man nimmt eine natürliche Todesursache an, doch wurde eine amtliche Untersuchung eingeleitet.

Dr. Audlin traute seinen Augen nicht. Sollte tatsächlich gestern nacht im Traum Lord Mountdrago in den Besitz der ersehnten Waffe, eines Messers oder eines Revolvers, gekommen sein und seinen Quälgeist getötet haben? Und sollte tatsächlich dieser übersinnliche Mord sich einige Stunden später auf den wachen Griffiths ausgewirkt haben, so wie der Hieb mit der Flasche ihm am folgenden Tag ein marterndes Kopfweh verursacht hatte? Oder eine noch geheimnisvollere und schrecklichere Hypothese: als Lord Mountdrago im Tod Erlösung suchte, verfolgte ihn sein so grausam gekränkter, unversöhnlicher Feind, indem er seine sterbliche Hülle von sich warf, in eine andere Welt, um ihn dort weiterzufoltern. Es blieb ein Rätsel; das vernünftigste war, man betrachtete die Gleichzeitigkeit als dummen Zufall. Dr. Audlin klingelte.

»Sagen Sie Mrs. Milton, ich könne sie heute abend leider nicht empfangen. Ich fühle mich nicht wohl.«

Das stimmte; ihn schauderte wie bei einem Schüttelfrost. Mit seinem geistigen Auge schien er eine kahle, grauenvolle Leere vor sich zu sehen. Die dunkle Nacht der Seele verschlang ihn, er war einer seltsamen Urangst vor dem Unbekannten ausgeliefert.

Gesellschaftliche Haltung

Ich liebe es nicht, Verpflichtungen auf lange Sicht einzugehen. Wie kann man wissen, ob man an einem bestimmten Tag in drei, vier Wochen Lust haben wird, mit einer bestimmten Person zu essen? Es kann sehr leicht geschehen, daß sich inzwischen etwas viel Verlockenderes ergibt, und außerdem läßt ein so weit im voraus festgesetztes Datum gewöhnlich auf eine große, formelle Gesellschaft schließen. Aber was kann man dagegen tun? Das Datum wird so lange vorherbestimmt, damit die eingeladenen Gäste sich unbedingt frei halten, und es erfordert schon eine sehr triftige Entschuldigung, um eine Absage plausibel erscheinen zu lassen. Wir sagen zu, und einen Monat hängt die Einladung über unserm Haupt wie eine düster drohende Wolke. Sie stört unsere schönsten Pläne. Sie bringt unser ganzes Leben in Unordnung. Es gibt nur einen Weg, der Situation Herr zu werden, nämlich den, im letzten Moment auf und davon zu gehen. Aber ich habe bisher noch nie den Mut oder die Skrupellosigkeit aufgebracht, ihn zu beschreiten.

Es geschah also mit einem leisen Gefühl des Widerstandes, daß ich an einem Juniabend gegen halb acht meine Wohnung in der Half Moon Street verließ und zu den Macdonalds hinüberging, um bei ihnen zu dinieren. Ich hatte sie gern. Vor Jahren hatte ich es mir zur Regel gemacht, nie an dem Tisch von Menschen zu essen, die ich nicht mochte oder verachtete, und obgleich ich dadurch viel weniger Gastfreundschaft genoß, als es sonst der Fall gewesen wäre, halte ich meinen Grundsatz doch für richtig. Die Macdonalds waren nett, aber ihre Gesellschaften waren ein zweifelhaftes Vergnügen. Sie meinten, wenn man sechs Personen einlud, die einander nichts zu sagen hatten, so mußte eine Gesellschaft mißlingen, wenn man die Zahl aber mit drei multipliziert und achtzehn daraus machte, müßte sie ein Erfolg werden. Ich kam etwas zu spät, was beinah unvermeidlich ist, wenn man so nahe wohnt, daß man es für überflüssig hält, ein Taxi zu nehmen, und wurde in einen Raum geführt, der voll von Menschen war. Ich kannte nur die wenigsten, und bei der Aussicht, eine ganze Mahlzeit hindurch mit zwei mir völlig fremden Personen angeregte Konversation machen zu müssen, sank mir das Herz. Ich atmete erleichtert auf, als ich Thomas und Mary Warton eintreten sah, und stellte später im Speisesaal mit lebhaftem Vergnügen fest, daß man mich neben Mary gesetzt hatte.

Thomas Warton war ein Porträtmaler, der eine Zeitlang beträchtlichen Erfolg gehabt hatte, aber er hatte die Hoffnungen, die man in seiner Jugend in ihn gesetzt hatte, nie erfüllt und lange aufgehört, von der Kritik ernst genommen zu werden, und bei den Ausstellungen der Royal Academy schenkte keiner seinen langweiligen, aber gewissenhaften Porträts fuchsjagender Landedelleute und wohlhabender Kaufleute mehr als einen flüchtigen Blick. Man hätte sich gefreut, seine Arbeiten bewundern zu können, denn er war ein liebenswürdiger, gütiger Mensch. War man Schriftsteller, so zeigte er sich so ehrlich begeistert über alles, was man schrieb, so entzückt über jeden Erfolg, den man errang, daß man nur wünschte, *seinen* Arbeiten mit gutem Gewissen ebensoviel Wärme entgegenbringen zu können. Es war unmöglich. Und man sah sich zu der letzten Zuflucht aller Freunde mittelmäßiger Porträtmaler getrieben: »Es muß ungeheuer ähnlich sein«, sagte man, wenn man vor einem seiner Werke stand.

Mary Warton war zu ihrer Zeit eine bekannte Konzertsängerin gewesen und besaß immer noch die Überreste einer wunderbaren Stimme. Sie mußte in ihrer Jugend sehr schön gewesen sein. Jetzt, mit dreiundfünfzig, sah sie etwas hager aus. Ihre Züge wirkten ziemlich männlich, und ihre Haut war wettergegerbt; aber sie hatte dichtes, lockiges graues Haar, und aus ihren schönen Augen leuchtete eine helle Intelligenz. Sie zog sich eher originell als elegant an und hatte eine Schwäche für Perlenketten und phantastische Ohrgehänge. Sie war derb und ungezwungen in ihrem Auftreten, hatte einen unfehlbaren Blick für menschliche Narrheit und eine scharfe Zunge, so daß sie sich bei vielen Leuten unbeliebt machte. Aber niemand konnte leugnen, daß sie sehr klug war. Sie war nicht nur eine hervorragende Musikerin, sie war auch außerordentlich belesen und hatte ein leidenschaftliches Interesse für Malerei. Sie besaß ein sehr seltenes Gefühl für Kunst. Sie liebte die Modernen, nicht aus Pose, sondern aus natürlicher Neigung, und kaufte für lächerliche Summen Bilder unbekannter Maler, die später berühmt wurden. Man hörte in ihrem Hause die neueste und schwierigste Musik, und kein europäischer Dichter oder Romanschriftsteller konnte der Welt etwas Neues oder Eigenartiges vorlegen, ohne daß sie sich bereit fand, für ihn eine Lanze zu brechen. Man konnte ihr vorwerfen, sie wäre intellektuell; sie war es; aber ihr Geschmack war nahezu unfehlbar, ihr Urteil gesund und ihre Begeisterung ehrlich.

Niemand bewunderte sie mehr als Thomas Warton. Er hatte sich in sie verliebt, als sie noch Sängerin gewesen war, und sie bedrängt, ihn zu heiraten. Sie hatte ihn ein halbes dutzendmal abgewiesen und schließlich, wie ich glaube, bloß widerstrebend ja gesagt. Sie hatte gedacht, er würde ein großer Maler werden, und als später nur ein anständiger Handwerker aus ihm wurde, ohne Originalität und Phantasie, hatte sie sich betrogen gefühlt. Sie litt unter der Verachtung, mit der die Kenner ihn betrachteten. Thomas Warton liebte seine Frau. Er hatte die größte Hochachtung für ihr Urteil, und ein Wort der Anerkennung von ihr bedeutete ihm mehr als alle Lobpreisungen in den Zeitungen von London. Sie war zu ehrlich, um etwas zu sagen, was nicht ihre Meinung war. Es verletzte ihn bitter, daß sie so wenig von seinen Arbeiten hielt, und obzwar er so tat, als berühre es ihn nicht weiter, merkte man doch, daß er ihr in seinem Herzen ihre ungeschminkten Urteile übelnahm. Manchmal wurde sein langes Pferdegesicht rot vor schlecht verhehltem Ärger und seine Augen dunkel vor Haß. Es war unter den Freunden der beiden allgemein bekannt, daß sie nicht gut miteinander lebten. Sie hatten die peinliche Gewohnheit, in der Öffentlichkeit zu streiten. Warton sprach über Mary immer nur mit Bewunderung, sie selbst aber war weniger diskret, und ihre Vertrauten wußten, wie unerträglich sie ihn fand. Sie anerkannte rückhaltlos seine Güte, seine Großmut, seine Selbstlosigkeit; aber seine Fehler waren von der Art, die das Zusammenleben mit einem Menschen schwermachen. Er war beschränkt, zänkisch und eingebildet. Er war kein Künstler, und Mary Warton war die Kunst wichtiger als alles andere auf der Welt. Auf diesem Gebiet gab es für sie keinen Kompromiß. Sie wurde dadurch blind für die Tatsache, daß Wartons Fehler, die sie so rasend machten, zum großen Teil auf seine verletzten Gefühle zurückzuführen waren. Sie verletzte ihn unaufhörlich, und er, der sich verteidigen mußte, wurde dogmatisch und intolerant. Es gibt nichts Schlimmeres, als von dem einzigen Menschen, auf dessen Anerkennung man Wert legt, mißachtet zu werden; und obgleich Thomas Warton unerträglich war, mußte er einem doch leid tun. Wenn ich damit jedoch den Eindruck erweckt habe, daß Mary eine unzufriedene, nörglerische und anspruchsvolle Frau war, so bin ich ihr nicht gerecht geworden. Sie war eine treue Freundin und eine reizende Gesellschafterin. Man konnte mit ihr über alles reden. Ihr Gespräch war humorvoll und witzig. Sie sprühte vor Vitalität.

An diesem Abend saß sie zur Linken des Gastgebers, und die Unterhaltung war allgemein. Ich sprach mit meiner zweiten Nachbarin, aber aus den Lachsalven, mit denen Marys Bemerkungen aufgenommen wurden, schloß ich, daß sie in bester Form war.

»Sie sind ja so großartig in Schwung«, bemerkte ich, als sie sich mir schließlich zuwandte.

»Überrascht Sie das?«

»Nein, man ist es von Ihnen gewohnt. Kein Wunder, daß sich die Leute um Sie reißen. Sie haben das unschätzbare Talent, Stimmung in eine Gesellschaft zu bringen.«

»Ich tue mein Bestes. Man muß sich sein bißchen Essen verdienen.«

»Wie geht es übrigens Manson? Man hat mir erzählt, daß er die Absicht hatte, sich operieren zu lassen. Es wird doch nichts Ernstes sein, hoffe ich?«

Mary hielt einen Augenblick inne, immer noch lächelnd, ehe sie antwortete.

»Haben Sie die Abendzeitung nicht gelesen?«

»Nein, ich habe heute Golf gespielt. Als ich nach Hause kam, hatte ich gerade noch Zeit, ein Bad zu nehmen und mich umzuziehen.«

»Er ist heute nachmittag um zwei Uhr gestorben.«

Ein Ausruf der Bestürzung wollte sich mir entringen, aber sie hielt mich zurück. »Seien Sie vorsichtig, Tom beobachtet mich wie ein Luchs. Alle beobachten mich. Alle wissen, daß ich ihn angebetet habe, aber keiner weiß mit Sicherheit, ob er mein Liebhaber war oder nicht; nicht einmal Tom weiß es. Alle sind neugierig, wie ich es aufnehme. Bemühen Sie sich, auszusehen, als sprächen wir über das russische Ballett.«

In diesem Augenblick wurde sie von jemandem auf der anderen Seite des Tisches angeredet, und den Kopf mit der ihr eigenen Geste zurückwerfend, ein Lächeln auf ihrem großen Mund, schleuderte sie dem Sprecher eine dermaßen rasche und treffende Antwort zu, daß alles ringsum in Lachen ausbrach. Die Unterhaltung wurde abermals allgemein, und ich blieb meiner Bestürzung überlassen. Ich wußte, und alle anderen wußten es auch, daß zwischen Gerard Manson und Mary Warton eine fünfundzwanzigjährige leidenschaftliche Zuneigung bestanden hatte. Es war eine so feste, dauerhafte Beziehung, daß selbst die zugeknöpfteren Bekannten, mochten sie anfangs auch schokkiert gewesen sein, schließlich gelernt hatten, sie mit Toleranz hinzunehmen. Sie waren beide ältere Leute, Manson war sechzig und Mary nicht viel jünger, und es war absurd, daß sie in ihren Jahren nicht tun sollten, was ihnen beliebte. Man sah sie manchmal in einem versteckten Winkel eines obskuren Restaurants sitzen oder im Zoo spazierengehen und wunderte sich, warum sie immer noch bemüht waren, ein Verhältnis zu verbergen, das bloß sie selbst etwas anging. Aber da war natürlich Thomas. Er war rasend eifersüchtig auf Mary. Er machte viele heftige Szenen und zum Schluß einer gar nicht weit zurückliegenden stürmischen Periode hatte er seiner Frau sogar das Versprechen abgerungen, Manson nicht mehr zu sehen. Natürlich brach sie das Versprechen, und obschon sie wußte, daß Tom dies ahnte, war sie dennoch bemüht, es vor ihm zu verbergen.

Es war schlimm für Thomas. Er und Mary wären vielleicht ganz gut miteinander ausgekommen, und sie hätte sich am Ende damit abgefunden, daß er ein zweitrangiger Mensch war, wenn der Verkehr mit Manson ihr Urteil nicht verbittert hätte: der Kontrast zwischen der Mittelmäßigkeit ihres Mannes und den glänzenden Eigenschaften ihres Liebhabers war allzu schmerzhaft.

»Mit Tom fühle ich mich wie in einem geschlossenen, muffigen Zimmer, voll von staubigem Krimskrams«, sagte sie zu mir. »Mit Gerard atme ich die reine Luft der Berggipfel.«

»Ist es denn möglich, daß eine Frau sich in den Geist eines Mannes verliebt?« fragte ich aus rein sachlichem Interesse.

»Was wäre denn sonst an Gerard?«

Das war eine schwierige Frage. Ich, für mein Teil, hätte gesagt: nichts; aber was weiß man denn von der Liebe? Es war durchaus denkbar, daß Mary in Gerard Manson Vorzüge und physische Reize entdeckte, für die die übrigen Menschen blind waren. Er war ein kleiner, verschrumpfter Mann mit einem blassen, intellektuellen Gesicht, erloschenen blauen Augen hinter Brillengläsern und einem hochgewölbten, glänzenden, kahlen Schädel. Er hatte äußerlich nichts von einem romantischen Liebhaber. Andererseits war er zweifellos ein sehr feiner Kritiker und ein glücklicher Essayist. Ich nahm ihm ein wenig die verächtliche Haltung übel, die er englischen Schriftstellern gegenüber an den Tag legte, sobald sie nicht tot und begraben waren. Aber gerade dies hob sein Ansehen bei einem gewissen Kreis von Intellektuellen, die stets bereit sind zu glauben, das eigene Land könnte nichts Gutes hervorbringen; und unter ihnen war sein Einfluß groß. Einmal hatte ich zu ihm geäußert, man müsse eine Banalität bloß auf französisch sagen, damit sie von ihm als geistreiches Epigramm aufgefaßt werde. Diese Bemerkung gefiel ihm so gut, daß er sie bald darauf in einem Aufsatz als eigenes Geistesprodukt wiedergab. Er behielt sich das Lob, das er zeitgenössischen Autoren zu spenden geneigt war, für diejenigen vor, die in einer fremden Sprache schrieben. Ärgerlich war bloß, daß niemand leugnen konnte, daß er selbst ein brillanter Schriftsteller war. Sein Stil war erlesen. Sein Wissen umfassend. Es gelang ihm, tief zu sein und doch nicht pathetisch, amüsant und doch nicht frivol, geschliffen und doch nicht affektiert. Der kleinste Artikel, den er schrieb, war lesbar. Seine Aufsätze waren kleine Meisterwerke. Ich, für meine Person, fand nicht, daß er ein sehr angenehmer Gesellschafter war. Vielleicht war ich nicht imstande, das Beste aus ihm herauszuholen. Obschon ich ihn seit vielen Jahren kannte, hatte ich nie eine amüsante Bemerkung von ihm gehört. Er war nicht gesprächig, und wenn er etwas sagte, so klang es orakelhaft. Die Aussicht, einen Abend mit ihm allein verbringen zu müssen, hätte mich mit Verzweiflung erfüllt. Es war mir rätselhaft, daß dieser langweilige und manierierte kleine Mensch mit so viel Anmut, Witz und Laune schreiben konnte.

Und es war mir noch rätselhafter, daß ein prächtiges, lebensvolles Wesen wie Mary Warton eine so verzehrende Leidenschaft für ihn gefaßt hatte. Diese Dinge sind unerklärlich, und es war offenbar etwas an diesem wunderlichen, sauertöpfischen, cholerischen Menschen, das den Frauen gefiel. Seine eigene Frau betete ihn an. Sie war eine dicke, ungepflegte, langweilige Person, und Gerard hatte ein Hundeleben mit ihr geführt. Aber sie hatte sich immer geweigert, ihn freizugeben. Sie hatte geschworen, sich zu töten, wenn er sie verließe, und da sie haltlos und hysterisch war, wußte er nie genau, ob sie ihre Drohung nicht wahrmachen würde. Einmal, als ich bei Mary zum Tee eingeladen war, fand ich sie nervös und zerstreut, und als ich sie nach der Ursache fragte, brach sie in Tränen aus. Sie hatte mit Manson zu Mittag gegessen und ihn völlig verstört gefunden nach einer furchtbaren Szene mit seiner Frau.

»So kann es nicht weitergehen«, rief Mary. »Es richtet ihn zugrunde. Es richtet uns alle zugrunde.«

»Warum ändern Sie es nicht?«

»Wie meinen Sie das?«

»Sie lieben einander schon so lange; Sie kennen einander von der guten und von der schlechten Seite; Sie werden alt und haben nicht mehr allzu viele Jahre vor sich; ist es nicht schade, eine Liebe zu opfern, die so vieles überdauert hat? Was nützen Sie Mrs. Manson oder Ihrem Mann? Werden die beiden glücklich, weil Sie und Gerard sich unglücklich machen?«

»Nein.«

»Warum also werfen Sie nicht einfach alles hin und gehen miteinander auf und davon?«

Mary schüttelte den Kopf.

»Wir haben endlos darüber gesprochen. Ein Vierteljahrhundert haben wir darüber gesprochen. Es ist unmöglich. Viele Jahre konnte Gerard nicht fort wegen seiner Töchter. Mrs. Manson mag eine sehr verliebte Mutter gewesen sein, aber eine gute Mutter war sie nicht. Es kümmerte sich niemand um die Erziehung der Mädchen außer Gerard. Und nun, da sie verheiratet sind, binden ihn seine Gewohnheiten. Was sollten wir tun? Nach Frankreich oder Italien gehen? Ich könnte Gerard nicht aus seiner Umgebung losreißen. Er wäre unglücklich. Er ist zu alt, um neu anzufangen. Und Thomas: wenn er mich auch peinigt und mir Szenen macht und wenn wir auch streiten und einander auf die Nerven fallen – er liebt mich. Ich hätte einfach nicht das Herz, ihn zu verlassen. Er wäre verloren ohne mich.«

»Es ist eine Situation ohne Ausweg. Sie tun mir furchtbar leid.«

Plötzlich leuchtete in Marys hagerem, wettergegerbtem Gesicht ein Lächeln auf, das auf ihrem großen roten Mund aufblühte, und bei Gott, in diesem Augenblick war sie schön.

»Ich brauche Ihnen nicht leid zu tun. Ich war sehr verzweifelt heute, aber dann habe ich mich ordentlich ausgeweint, und jetzt geht es mir besser. Trotz allem Kummer, trotz allen Schmerzen, die dieses Verhältnis mir gebracht hat, möchte ich es um nichts in der Welt missen. Für die wenigen Augenblicke der Seligkeit, die mir meine Liebe beschert hat, wäre ich bereit, mein ganzes Leben noch einmal zu leben. Und Gerard, glaube ich, würde Ihnen das gleiche sagen.«

Ich war erschüttert.

»Bestimmt würde er das«, antwortete ich. »Es ist wirkliche Liebe gewesen.«

»Ja, es war Liebe, und wir mußten sehen, wir wir damit fertig wurden. Es gab keinen Ausweg.«

Und nun, mit einem Male, war der Ausweg da. Ich wandte den Kopf, um Mary anzusehen, und sie fühlte meinen Blick und wandte sich mir ebenfalls zu. Auf ihren Lippen lag ein Lächeln.

»Warum sind Sie heute abend hierhergekommen? Es muß schrecklich für Sie sein.«

Sie zuckte die Achseln.

»Was konnte ich tun? Ich las die Nachricht, als ich mich ankleidete. Er hatte mich gebeten, nicht im Sanatorium anzurufen wegen seiner Frau. Es ist entsetzlich für mich. Wir hatten die Einladung schon vor einem Monat angenommen. Was hätte ich Tom sagen sollen? Für ihn habe ich Gerard seit zwei Jahren nicht mehr gesehen. Wissen Sie, daß wir uns zwanzig Jahre lang jeden Tag geschrieben haben?« Ihre Unterlippe zitterte, aber sie preßte die Zähne aufeinander, und einen Augenblick verzerrte sich ihr Gesicht zu einer sonderbaren Grimasse, dann riß sie sich mit einem Lächeln zusammen. »Er war alles, was ich auf der Welt besaß, aber ich konnte doch meinen Gastgeber nicht im Stich lassen. Er sagte immer, ich hätte gesellschaftliche Haltung.«

»Zum Glück werden wir bald aufbrechen, und Sie können nach Hause gehen.«

»Ich will nicht nach Hause gehen. Ich will nicht allein sein. Ich wage es nicht; sonst bekomme ich rote, geschwollene Augen, und wir haben morgen eine Menge Leute zum Mittagessen.

Wollen Sie nicht auch kommen? Ich brauche noch einen Mann. Ich muß in guter Form sein. Tom hofft einen Porträtauftrag dabei herauszuschlagen.«

»Bei Gott, Sie haben Courage.«

»Finden Sie? Mein Herz ist zerbrochen. Das macht es mir vielleicht leichter. Gerard hätte gewünscht, daß ich Haltung bewahre. Die Ironie der Situation hätte ihm zugesagt. ›Solche Dinge‹, pflegte er immer zu sagen, ›verstehen die französischen Romanschriftsteller so meisterhaft zu schildern.‹«

Der Kirchendiener

In St. Peter, Neville Square, hatte am Nachmittag eine Taufe stattgefunden, und Albert Edward Foreman, der Kirchendiener, hatte immer noch seinen Talar an. Er sparte sich seinen neuen, mit den vollen, steifen Falten, als wäre er nicht aus Alpaka, sondern aus Bronze, für Begräbnisse und Hochzeiten auf (St. Peter, Neville Square, war eine für derartige Zeremonien von der vornehmen Welt bevorzugte Kirche) und trug heute bloß seinen zweitbesten. Er liebte es, den Talar zu tragen, denn er stellte das würdige Symbol seines Amtes dar, und hatte er ihn nicht an (wenn er nach Hause ging, zum Beispiel), so konnte er das unbehagliche Gefühl nicht loswerden, ungenügend bekleidet zu sein. Er schonte ihn; er putzte und bügelte ihn selbst. Während der sechzehn Jahre, die er nun schon Kirchendiener war, hatte er eine ganze Reihe solcher Talare besessen, aber er war nie imstande gewesen, sie, wenn sie abgetragen waren, wegzuwerfen, und die komplette Serie lag, säuberlich in braunes Packpapier eingewickelt, in der untersten Lade seiner Schlafzimmerkommode.

Der Kirchendiener erledigte still seine Obliegenheiten, deckte den bemalten Holzdeckel auf das marmorne Taufbecken, trug einen Stuhl fort, der für eine kränkliche alte Dame herbeigeschafft worden war, und wartete, bis der Vikar die Sakristei verlassen würde, damit er dort aufräumen und sodann nach Hause gehen konnte. Mit einemmal erschien der Vikar in der Kirche, beugte das Knie vor dem Hochaltar und kam durch das Mittelschiff geschritten; aber auch er hatte seinen Talar noch nicht abgelegt.

›Was hat er hier noch zu suchen?‹ fragte sich der Kirchendiener. ›Weiß er nicht, daß ich meinen Tee haben möchte?‹

Der Vikar bekleidete seine Stellung erst seit kurzer Zeit. Er war ein energischer Mann mit rotem Gesicht, in den frühen Vierzigern, und Albert Edward trauerte immer noch seinem Vorgänger nach, einem Geistlichen der alten Schule, der mit silberner Stimme unproblematische Predigten gehalten und häufig mit den aristokratischen Mitgliedern seiner Gemeinde diniert hatte. Er hielt darauf, daß in der Kirche Ordnung herrschte, aber er schikanierte nicht; er war nicht wie dieser Neue, der überall seine Nase hineinstecken mußte. Aber Albert Edward war tolerant. St. Peter lag in einer sehr guten Gegend, und die Gemeindemitglieder gehörten fast durchwegs den höheren Gesellschaftsschichten an. Der neue Vikar hingegen kam aus dem East End, und es war nicht von ihm zu erwarten, daß er sich von einem Tag auf den andern in die diskreten Formen seiner vornehmen Pfarrkinder hineinfand.

»Diese Betriebsamkeit!« sagte Albert Edward. »Aber mit der Zeit wird er schon lernen.«

Als der Vikar so weit herangekommen war, daß er den Kirchendiener ansprechen konnte, ohne die Stimme lauter erheben zu müssen, als es sich an einem Ort der Andacht schickte, blieb er stehen.

»Foreman, darf ich Sie bitten, einen Augenblick in die Sakristei zu kommen? Ich habe Ihnen etwas zu sagen.«

»Sehr wohl, Sir.«

Der Vikar wartete auf ihn, und sie gingen miteinander durch die Kirche.

»Eine sehr hübsche Taufe war das heute, Sir. Komisch, wie das Kind zu schreien aufhörte, sobald Sie es auf den Arm nahmen.«

»So geht es mir oft«, antwortete der Vikar. »Aber ich habe ja schließlich Erfahrung auf diesem Gebiet.«

Es war eine Quelle heimlichen Stolzes für ihn, daß es ihm fast immer gelang, ein weinendes Kind durch die Art, wie er es hielt, zu beruhigen, und die Bewunderung, mit der Mütter und Kinderpflegerinnen ihm dabei zusahen, blieb ihm keineswegs verborgen. Der Kirchendiener wußte, daß es ihm Freude machte, ein Kompliment über diese Begabung zu hören.

Der Vikar ging Albert Edward in die Sakristei voran. Albert Edward war ein wenig überrascht, die beiden Kirchenvorsteher dort anzutreffen. Er hatte sie nicht hereinkommen sehen. Sie nickten ihm freundlich zu.

»Guten Tag, Mylord. Guten Tag, Sir«, sagte er nacheinander.

Sie waren beide ältere Männer und bekleideten ihre Ämter als Kirchenvorsteher fast schon so lange wie Albert Edward das seine. Sie saßen nun um einen schönen Refektoriumstisch, den der alte Vikar vor vielen Jahren aus Italien mitgebracht hatte, und der Vikar setzte sich auf den leeren Stuhl zwischen ihnen.

Albert Edward stand ihnen gegenüber und fragte sich mit leisem Unbehagen, was wohl los sei. Er erinnerte sich noch daran, wie der Organist in Schwierigkeiten geraten war und was für Mühe es gekostet hatte, die Affäre zu vertuschen. Denn eine Kirche wie St. Peter, Neville Square, durfte sich keinen Skandal gestatten. Auf dem roten Gesicht des Vikars lag ein Ausdruck entschlossenen Wohlwollens, aber die andern blickten etwas bekümmert drein.

›Er hat sie bearbeitet‹, sagte der Kirchendiener zu sich selbst. ›Er hat sie überredet, irgend etwas zu tun, aber sie fühlen sich nicht wohl dabei. Das ist es. Da möchte ich Gift drauf nehmen.‹

Aber auf Albert Edwards klargeschnittenen, distinguierten Zügen wurden diese Gedanken nicht sichtbar. Er stand in respektvoller, aber nicht unterwürfiger Haltung da. Er war, ehe sich ihm die Stellung in der Kirche geboten hatte, Diener gewesen, aber bloß in sehr guten Häusern, und sein Benehmen war tadellos. Er hatte als Page im Haushalt eines großen Handelsherrn begonnen, war dann allmählich von der Stellung eines vierten bis zu der eines ersten Dieners aufgerückt, hatte ein Jahr als Kammerdiener bei der Witwe eines Pairs* und schließlich als Butler mit zwei Dienern unter sich im Hause eines pensionierten Gesandten gedient. Er war groß, mager, ernst und würdevoll. Er sah, wenn schon nicht wie ein Herzog, so doch mindestens wie ein Schauspieler der alten Schule aus, der sich auf Herzog spezialisierte. Er hatte Takt, Festigkeit, Selbstbewußtsein. Sein Charakter war unantastbar.

Der Vikar begann munter.

»Foreman, wir haben Ihnen etwas ziemlich Unangenehmes zu sagen. Sie sind seit vielen Jahren hier, und ich glaube, Seine Lordschaft und der Herr General sind sich mit mir darin einig, daß Sie die Pflichten Ihres Amtes stets zur allgemeinen Zufriedenheit erfüllt haben.«

Die beiden Kirchenvorsteher nickten.

»Aber vor ein paar Tagen ist mir ein merkwürdiger Umstand zur Kenntnis gekommen. Ich entdeckte zu meinem Erstaunen, daß Sie weder lesen noch schreiben können.«

Das Gesicht des Kirchendieners verriet keine Spur von Verlegenheit.

* Mitglied des Oberhauses

»Der letzte Vikar wußte das, Sir«, antwortete er. »Er meinte, es habe nichts zu sagen. Er fand immer, es gäbe viel zuviel Bildung auf der Welt für seinen Geschmack.«

»Das ist das Unglaublichste, was mir je vorgekommen ist«, rief der General. »Stimmt es tatsächlich, daß Sie sechzehn Jahre Kirchendiener gewesen sind und niemals lesen und schreiben gelernt haben?«

»Ich trat mit zwölf Jahren meinen ersten Dienst an, Sir. Die Köchin in jenem Hause versuchte, es mir beizubringen, aber ich scheine kein Talent dafür zu haben, und dann hatte ich eigentlich nie so recht Zeit. Es hat mir aber nie wirklich gefehlt. So viele Leute vertrödeln ihre kostbare Zeit mit Lesen, wenn es hundert nützlichere Dinge zu tun gäbe.«

»Aber haben Sie nie das Bedürfnis, die Zeitung zu lesen? Wollen Sie nie einen Brief schreiben?«

»Nein, Mylord, es geht auch so. Und in den letzten Jahren, seitdem es so viele Bilder in den Zeitungen gibt, kann ich mir ganz gut zusammenreimen, was vorgeht. Meine Frau ist sehr gebildet, und wenn ich einen Brief zu schreiben habe, schreibt sie ihn für mich.«

Die beiden Kirchenvorsteher warfen dem Vikar bekümmerte Blicke zu und schauten dann auf den Tisch hinunter.

»Nun, Foreman, ich habe die Sache mit den Herren besprochen, und wir sind uns völlig einig, daß es so nicht weitergehen kann. In einer Kirche wie St. Peter, Neville Square, können wir nicht einen Kirchendiener beschäftigen, der des Lesens und Schreibens nicht mächtig ist.«

Albert Edwards schmales, farbloses Gesicht rötete sich, und er trat verlegen von einem Fuß auf den andern; aber er gab keine Antwort.

»Verstehen Sie mich richtig, Foreman, ich habe keine Klage gegen Sie zu führen. Sie arbeiten sehr brav; ich habe die höchste Meinung von Ihrem Charakter und Ihren Fähigkeiten. Aber wir können nicht riskieren, daß Ihre beklagenswerte Unkenntnis unliebsame Situationen heraufbeschwört. Es handelt sich hier um eine Frage der Vorsicht und des Prinzips.«

»Könnten Sie es denn nicht lernen, Foreman?« fragte der General.

»Nein, Sir, ich fürchte, nein. Es ist zu spät. Man wird nicht jünger, und wenn es mir schon als Knirps nicht gelungen ist, die Buchstaben in meinen Kopf hineinzukriegen, so habe ich jetzt noch viel weniger Aussicht.«

»Wir wollen nicht hart gegen Sie sein, Foreman«, sagte der Vikar. »Aber die Herren Kirchenvorsteher und ich haben einen festen Entschluß gefaßt. Wir wollen Ihnen drei Monate Zeit lassen. Wenn Sie nach Ablauf dieser Frist nicht lesen und schreiben gelernt haben, wird leider nichts anderes übrigbleiben, als daß Sie gehen.«

Albert Edward hatte den neuen Vikar nie gemocht. Er hatte von allem Anfang an gefunden, daß es ein Fehlgriff gewesen war, ihm gerade St. Peter zuzuweisen. Er war nicht der Mann für eine vornehme Gemeinde. Und nun straffte er den Rücken. Er kannte seinen Wert und würde sich nicht demütigen lassen.

»Ich bedaure, Sir, aber es hat keinen Zweck. Ich bin zu alt, um neue Kunststücke zu lernen. Ich habe so viele Jahre gelebt, ohne lesen und schreiben zu können, und ohne mich rühmen zu wollen – Eigenlob liegt mir fern – kann ich doch sagen, daß ich stets meine Pflicht erfüllt habe, an dem Platz, an den es Gott gefallen hat, mich zu stellen. Und selbst wenn ich es heute noch lernen könnte – ich weiß nicht, ob ich es tun würde.«

»Wenn es sich so verhält, Foreman, werden Sie leider gehen müssen.«

»Jawohl, Sir, selbstverständlich. Ich werde glücklich sein, zurückzutreten, sobald Sie einen Ersatz für mich gefunden haben.«

Aber als Albert Edward mit seiner gewohnten Höflichkeit die Kirchentür hinter dem Vikar und den beiden Kirchenvorstehern geschlossen hatte, konnte er den Schein von Würde, mit dem er den Schlag hingenommen hatte, nicht länger aufrechterhalten, und seine Lippen zitterten. Er ging langsam in die Sakristei zurück und hängte seinen Talar an den dafür bestimmten Haken. Er seufzte, als er an all die großartigen Begräbnisse und smarten Hochzeiten dachte, die er miterlebt hatte. Nachdem alles aufgeräumt war, zog er seinen Rock an, ging durch das Schiff und schloß die Kirchentür hinter sich zu. Er schlenderte über den Vorplatz, aber tief in seinen traurigen Gedanken nahm er nicht den Weg, der ihn nach seiner Behausung führte, wo eine schöne, starke Tasse Tee seiner wartete, sondern bog in eine falsche Straße ein. Er ging langsam. Sein Herz war schwer. Er wußte nicht, was er mit sich anfangen sollte. Der

Gedanke, wieder Diener zu werden, lockte ihn nicht; nachdem er so viele Jahre sein eigener Herr gewesen war – denn der Vikar und die Kirchenvorsteher mochten sagen, was sie wollten – *er* war es gewesen, der St. Peter, Neville Square, geleitet hatte –, konnte er sich kaum so tief sinken lassen, wieder eine Dienerstelle anzunehmen. Er hatte sich eine hübsche Summe erspart, aber nicht genug, um, ohne etwas zu tun, davon zu leben, und das Leben wurde mit jedem Jahr teurer. Er hätte es nie für möglich gehalten, daß noch einmal derartige Fragen für ihn auftauchen könnten. Die Kirchendiener von St. Peter blieben, wie die Päpste von Rom, lebenslänglich in ihrem Amt. Oft hatte er sich die freundlichen Worte der Würdigung ausgemalt, die der Vikar ihm in seiner Abendpredigt am ersten Sonntag nach seinem Tode würde zuteil werden lassen, wenn er vor der Gemeinde der langen, treuen Dienste und des vorbildlichen Charakters seines verstorbenen Kirchendieners, Albert Edward Foreman, gedachte. Er seufzte tief. Albert Edward war Nichtraucher und Antialkoholiker, aber mit einer gewissen Weitherzigkeit; das heißt, er trank gerne ein Glas Bier zum Mittagessen und gönnte sich, wenn er müde war, zuweilen eine Zigarette. Es fiel ihm ein, daß es ihn vielleicht auch jetzt trösten könnte, zu rauchen, und er sah sich nach einem Laden um, in dem er ein Paket ›Gold Flakes‹ erstehen konnte. Er fand keinen und ging ein Stückchen weiter. Es war eine lange Straße mit vielerlei Läden, aber kein einziger war darunter, in dem es Zigaretten gab.

»Das ist doch merkwürdig«, murmelte Albert Edward.

Um sich zu vergewissern, ging er noch einmal die Straße hinauf. Nein, es verhielt sich wirklich so. Er blieb stehen und schaute nachdenklich um sich.

»Ich kann nicht der einzige Mann sein«, sagte er, »der diese Straße hinaufgeht und eine Zigarette haben möchte. Es müßte doch ein ganz gutes Geschäft sein, hier einen kleinen Laden aufzumachen. Tabak und Süßigkeiten vielleicht.«

Er schlug sich mit der Hand an den Kopf.

»Das ist eine Idee!« rief er aus. »Komisch, wie einem so etwas einfällt, wenn man es am wenigsten erwartet.«

Er drehte sich um, ging nach Hause und trank seinen Tee.

»Du bist so still heute, Albert«, bemerkte seine Frau.

»Ich denke nach«, sagte er.

Er überlegte sich die Sache von allen Seiten, und am nächsten Tage ging er wieder durch die Straße und hatte das Glück, einen kleinen Laden zu finden, der seinen Vorstellungen genau entsprach. Vierundzwanzig Stunden später hatte er ihn gemietet, und als er einen Monat darauf St. Peter, Neville Square, für immer verließ, etablierte sich Albert Edward Foreman als Tabak- und Zeitungshändler. Seine Frau meinte, es wäre ein furchtbarer Abstieg, nachdem man Kirchendiener in St. Peter gewesen, aber er antwortete, man müßte mit der Zeit gehen, die Kirche sei nicht mehr, was sie gewesen, und von nun an wollte er es so halten, daß er dem Kaiser gebe, was des Kaisers sei. Albert Edward hatte sehr viel Erfolg. Er machte so gute Geschäfte, daß ihm nach einem Jahr einfiel, man könnte noch einen zweiten Laden dazunehmen und einen Verwalter hineinsetzen.

Er suchte wieder nach einer langen Straße, in der es noch kein Tabakgeschäft gab, und als er sie gefunden hatte, mietete er einen Laden und richtete ihn ein. Auch mit diesem hatte er Glück. Dann überlegte er, daß man ebensogut ein halbes Dutzend Läden einrichten könnte, und so fing er an, London zu durchstreifen, und wo er eine lange Straße fand, in der es keinen Tabakhändler und einen Laden zu vermieten gab, errichtete er ein Geschäft. Im Laufe von zehn Jahren hatte er nicht weniger als zehn Läden und schaufelte Geld mit Scheffeln. Jeden Montag machte er die Runde und holte überall die Wocheneinnahmen ab, um sie dann auf die Bank zu tragen.

Eines Morgens nun, als er am Schalter erschien, um ein Bündel Banknoten und einen schweren Sack Silber einzuzahlen, teilte ihm der Kassierer mit, daß der Direktor ihn zu sprechen wünsche. Er wurde in ein Büro geführt, und der Direktor schüttelte ihm die Hand.

»Mr. Foreman, ich wollte mit Ihnen über das Geld sprechen, das Sie bei uns liegen haben. Wissen Sie genau, wieviel es ist?«

»Nicht auf ein Pfund genau, Sir, aber ungefähr weiß ich es schon.«

»Nun, Ihre heutige Einzahlung nicht eingerechnet, sind es etwas über dreißigtausend Pfund. Das ist eine sehr hohe Summe für eine Bankeinlage, und ich dächte, es wäre vorteilhaft für Sie, wenn Sie es in Papieren anlegen würden.«

»Ich möchte kein Risiko eingehen. In der Bank liegt es sicher.«

»Sie brauchen nicht die geringste Sorge zu haben. Wir werden Ihnen eine Liste vollkommen sicherer Investierungsmöglichkeiten herausschreiben. Sie können sich damit einen viel höheren Zinsfuß sichern, als wir Ihnen zu geben imstande sind.«

Ein Ausdruck von Ratlosigkeit malte sich auf Mr. Foremans vornehmem Gesicht. »Ich habe nie etwas mit Aktien oder Papieren zu tun gehabt und müßte die Sache völlig Ihnen überlassen«, sagte er.

Der Direktor lächelte. »Wir werden gerne alles für Sie erledigen. Sie haben nichts weiter zu tun, als die Übertragungen zu unterschreiben.«

»Das könnte ich schon«, meinte Albert unsicher. »Aber wie würde ich wissen, *was* ich unterschreibe?«

»Ich nehme an, daß Sie lesen können«, antwortete der Direktor etwas gereizt.

Mr. Foreman blickte ihn mit einem entwaffnenden Lächeln an.

»Das ist es ja, Sir. Ich kann nicht lesen. Ich weiß, daß es Ihnen komisch vorkommen wird, aber es ist so. Ich kann weder lesen noch schreiben, bloß meinen Namen, und das habe ich erst gelernt, als ich Geschäftsmann wurde.«

Der Direktor war dermaßen überrascht, daß er vom Stuhl aufsprang.

»Das ist doch nicht Ihr Ernst?«

»Sehen Sie, ich hatte nie so richtig Gelegenheit, es zu lernen, bis es zu spät war. Und dann wollte ich einfach nicht mehr – es war eine Art Verstocktheit.«

Der Direktor starrte ihn an, als wäre er ein prähistorisches Ungeheuer.

»Sie behaupten also, daß Sie dieses bedeutende Geschäftsunternehmen aufgebaut und ein Vermögen von dreißigtausend Pfund erworben haben, ohne lesen und schreiben zu können? Guter Gott, Mann, was wären Sie heute, wenn Sie auch das noch gekonnt hätten?«

»Das kann ich Ihnen sagen, Sir«, antwortete Mr. Foreman, ein kleines Lächeln auf seinem aristokratischen Gesicht. »Ich wäre heute Kirchendiener von St. Peter, Neville Square.«

In einem fremden Land

Ich bin immer viel gereist. Aber ich bin nicht gereist, um berühmte Denkmäler zu bewundern, die mich sogar etwas langweilen, oder mir schöne Gegenden anzusehen, die mich bald ermüden, sondern um Menschen zu begegnen. Bekannte Persönlichkeiten vermeide ich. Ich würde nicht über die Straße gehen, um einen König oder einen Präsidenten aus der Nähe zu sehen, und einen Autor lerne ich lieber aus seinen Büchern und einen Maler durch seine Bilder kennen. Aber ich habe Hunderte von Meilen zurückgelegt, um einen Missionar aufzusuchen, von dem ich eine merkwürdige Geschichte gehört hatte, und vierzehn Tage in einem elenden Hotel kampiert, um einen Billardmarkeur näher kennenzulernen. Ich kann sagen, daß ich keiner Sorte von Menschen aus dem Wege gehe, bis auf eine, auf die ich fortgesetzt stoße und die in mir jedesmal ein belustigtes Staunen auslöst. Ich meine die alte Engländerin, die meistens mit entsprechenden Mitteln allein lebt und überall in der ganzen Welt zu finden ist, selbst an Orten, wo man sie am wenigsten vermutet. Man wundere sich also nicht, wenn man hört, daß in der Villa auf dem Hügel am Rande einer kleinen italienischen Stadt eine Engländerin wohnt, die einzige, die es weit und breit gibt. Wenn einem eine einsame Hazienda in Andalusien gezeigt wird, muß man beinahe darauf gefaßt sein, daß dort eine alte Engländerin viele Jahre gelebt hat. Mehr ist man schon überrascht zu erfahren, daß der einzige Weiße in einer gottverlassenen Stadt im Inneren Chinas kein Missionar, sondern eine Engländerin ist und da für sich lebt, keiner weiß weshalb. Eine andere haust auf einer Südseeinsel, und eine dritte bewohnt einen Bungalow bei einem größeren Dorf in Zentraljava. Alle diese Frauen führen ein einsames Leben, ohne Anhang und Freunde. Fremde sind ihnen unwillkommen. Auch wenn sie monatelang keinen Landsmann zu Gesicht bekommen haben, sind sie imstande, auf der Straße an einem vorüberzugehen, als hätten sie einen nicht gesehen. Sollte man ihnen auf Grund der Zugehörigkeit zur gleichen Nation einen Besuch machen wollen, so werden sie mit größter Wahrscheinlichkeit ablehnen, einen zu empfangen. Sollte dies wider Erwarten aber doch der Fall sein, gibt es eine Tasse Tee aus einer silbernen Teekanne und schottische Biskuits auf einer Worcester-Schale. Sie werden sich höflich mit dem Gast unterhalten, so, als säßen sie in einem Pfarrhaus in Kent, beim Abschied aber nicht den leisesten Wunsch zu erkennen geben, die Bekanntschaft fortzusetzen. Umsonst fragt man sich, welcher sonderbare Instinkt sie getrieben hat, sich von allen ihren Verwandten und Freunden zurückzuziehen und fern von allen ihren natürlichen Lebensbedingungen in einem fremden Lande zu leben. Was haben sie gesucht, Romantik oder Freiheit?

Von allen Engländerinnen, die ich getroffen oder über die mir berichtet wurde (sie sind, wie gesagt, schwer zugänglich), ist mir eine besonders im Gedächtnis geblieben, eine ältere Person, die in Kleinasien lebte.

Nach einer langweiligen Fahrt war ich in einer kleinen Stadt angekommen, von der aus ich einen berühmten Berg besteigen wollte. An seinem Fuß lag der alte weiträumige Gasthof, in dem ich abstieg. Ich traf spät in der Nacht ein und trug meinen Namen selber in das Gästebuch ein. Ich ging in mein Zimmer, es war kalt, und beim Ausziehen fror ich am ganzen Leibe. Gleich darauf klopfte es an der Tür, und der Dragoman trat ein.

»Mit einer Empfehlung von Signora Nicolini«, sagte er.

Damit überreichte er mir zu meinem größten Erstaunen eine Wärmflasche. Ich nahm sie in dankbarer Rührung.

»Wer ist Signora Nicolini?« fragte ich.

»Die Besitzerin des Hotels«, gab er zur Antwort.

Ich bat ihn, ihr meinen Dank zu übermitteln, und er zog sich zurück. Eine Wärmflasche war das letzte, das ich in einem abgelegenen Gasthaus in Kleinasien erwartet hätte, dessen Besitzerin anscheinend eine alte Italienerin war. (Wäre uns allen nicht noch sterbensübel vom Krieg, würde ich hier die Geschichte erzählen, wie sechs Männer ihr Leben riskierten, um aus einem halbzerstörten Schloß in Flandern eine Wärmflasche herauszuholen.)

Am nächsten Morgen fragte ich nach Signora Nicolini, um mich bei ihr selbst zu bedanken. Während ich auf sie wartete, zerbrach ich mir den Kopf, wie ›Wärmflasche‹ auf Italienisch hieß. Kurze Zeit darauf erschien sie, etwas untersetzt, nicht ohne Würde. Sie trug eine schwarze, spitzenbesetzte Schürze und eine gleichartige Haube auf dem Kopf. Sie hatte die Hände übereinandergelegt. Ich war überrascht. Sie sah genau aus wie eine Haushälterin in einem großen englischen Haus.

»Sie wollten mich sprechen, Sir?«

Sie war Engländerin. Die wenigen Worte genügten, um den leichten Akzent von Cockney mit Sicherheit zu erkennen.

»Ich wollte mich nur für die Wärmflasche bei Ihnen bedanken«, erwiderte ich leicht verwirrt.

»Ich habe aus dem Gästebuch gesehen, daß Sie Engländer sind, und englischen Gästen schicke ich immer eine Wärmflasche aufs Zimmer.«

»Seien Sie versichert, daß ich es sehr zu schätzen wußte.«

»Ich war jahrelang bei dem verstorbenen Lord Ormskirk in Stellung, Sir. Seine Lordschaft ging nie ohne Wärmflasche auf Reisen. Haben Sie sonst noch Wünsche, Sir?«

»Danke. Im Augenblick nicht.«

Sie neigte den Kopf höflich und würdevoll und verschwand, und ich fragte mich, wie um alles in der Welt eine ältere Engländerin dazu gekommen sein mochte, ein Hotel in Kleinasien zu führen. Es war nicht einfach, sie näher kennenzulernen. Sie kannte ihre Stellung, die sie sich selbst zugewiesen hatte, und hielt sich in gebührendem Abstand. Sie war nicht umsonst bei einer Familie des englischen Hochadels in Dienst gewesen. Aber ich war hartnäckig und brachte sie schließlich dazu, mich zum Tee in ihrem kleinen Privatsalon einzuladen. Wie ich erfuhr, war sie Zofe bei einer gewissen Lady Ormskirk gewesen, während Signor Nicolini (sie pflegte ihren verstorbenen Mann nie anders zu nennen) die Stellung eines Kochs bei Seiner Lordschaft innegehabt hatte. Signor Nicolini sei ein schöner Mann gewesen, und eine Reihe von Jahren hätten sie sich ›gut verstanden‹. Als sie beide eine bestimmte Summe gespart hätten, hätten sie geheiratet, den Dienst aufgegeben und sich nach einem Hotel umgesehen. Auf eine Annonce hin hätten sie dieses hier gekauft, weil Signor Nicolini meinte, er würde gern noch etwas von der Welt sehen. Das läge nun schon fast dreißig Jahre zurück, und Signor Nicolini sei vor fünfzehn Jahren gestorben. England habe sie nie wieder gesehen. Ich fragte, ob sie nicht manchmal Heimweh gehabt habe.

»Ich sage nicht, daß ich nicht gern auf einen Besuch hinübergefahren wäre, obwohl ich mir denken kann, daß ich vieles sehr verändert finden würde. Aber meine Familie war gegen die Heirat mit einem Ausländer, und wir stehen in keiner Verbindung mehr. Natürlich ist hier manches anders, als ich es von zu Hause her gewohnt bin. Aber man wundert sich selbst, woran man sich alles gewöhnen kann. Ich sehe hier eine Menge vom Leben. Ich weiß nicht, ob das ewige Einerlei an einem Ort wie London mir noch zusagen würde.«

Ich mußte lächeln. Ihre Worte standen in einem sonderbaren Gegensatz zu ihrem ganzen Wesen. Sie war ein Muster von Anstand und Sitte. Man konnte sich kaum vorstellen, daß sie dreißig Jahre lang in einem unwirtlichen, fast barbarischen Lande zugebracht hatte, ohne davon im geringsten verändert zu werden. Obwohl ich nicht Türkisch konnte – während sie es fast fließend sprach –, war ich überzeugt, daß sie es nicht korrekt, auf jeden Fall aber mit Cockney-Akzent sprach. Sie war allem Anschein nach die pünktliche, korrekte, adrette englische Kammerzofe geblieben, die ihren Platz kannte und sich durch nichts beirren ließ, weil sie sich über nichts wundern konnte. Wie es auch kam, sie nahm alles als selbstverständlich hin. Jeder, der nicht Engländer war, war in ihren Augen ein Fremder und damit zugleich ein Schwachsinniger, mit dem man Nachsicht haben mußte. Sie leitete ihr Hotel mit strenger Hand. Sie wußte, wie ein Bediensteter höheren Ranges seine Autorität gegenüber der unter ihm stehenden Dienerschaft in einem großen Hause zur Geltung bringen mußte. So war auch alles im Hotel sauber und ordentlich.

Als ich ihr diesbezüglich meine Anerkennung aussprach, erwiderte sie: »Ich tue, was ich kann«, wobei sie wie gewöhnlich mit respektvoll übereinandergelegten Händen vor mir stand.

»Natürlich kann man nicht von einem Ausländer erwarten, daß er dieselben Sitten und Gebräuche hat wie wir, aber, wie Seine Lordschaft immer zu mir zu sagen pflegte: ›Was wir in diesem Leben tun müssen, Parker‹ – sagte er zu mir –, ›was wir tun müssen, ist, das Beste aus unserem Rohmaterial zu machen.‹«

Die größte Überraschung bereitete sie mir am Abend vor meiner Abreise.

»Es freut mich, daß Sie nicht abreisen, ohne meine beiden Jungens gesehen zu haben.«

»Ich wußte nicht, daß Sie Söhne haben.«

»Sie hatten auswärts zu tun und sind eben erst zurückgekommen. Ich glaube, Sie werden überrascht sein, wenn Sie sie sehen. Sie sind sozusagen unter meinen Händen aufgewachsen, und wenn ich einmal nicht mehr bin, werden sie das Haus gemeinsam weiterführen.«

Gleich darauf erschienen zwei große, stämmige, braungebrannte Burschen in der Halle mit dunklen, vor Lebenslust blitzenden Augen. Sie stürmten auf Signora Nicolini zu, nahmen sie in die Arme und küßten sie schallend ab.

»Sie sprechen nicht Englisch, aber sie verstehen ein wenig. Natürlich sprechen sie Türkisch wie Einheimische und Griechisch und Italienisch.«

Ich schüttelte beiden die Hände, und dann verschwanden sie, nachdem Signora Nicolini etwas zu ihnen gesagt hatte.

»Zwei prachtvolle Burschen«, sagte ich, »Sie können sehr stolz auf sie sein.«

»Das bin ich auch. Und es sind gute Jungens, alle beide. Von dem Tag ihrer Geburt an haben sie mir nie Kummer gemacht. Sie sind Signor Nicolini wie aus dem Gesicht geschnitten.«

»Man würde offen gesagt nicht auf den Gedanken kommen, daß sie eine Engländerin zur Mutter haben.«

»Genau gesagt bin ich nicht ihre Mutter, Sir. Sie kommen gerade von ihrer wirklichen Mutter. Ich hatte sie hingeschickt, damit sie ihr guten Tag sagen sollten.«

Ich möchte annehmen, daß ich ein etwas verdutztes Gesicht machte.

»Es sind die Söhne von Signor Nicolini und einem griechischen Mädchen, das hier im Hotel arbeitete. Und da ich keine Kinder bekam, habe ich sie adoptiert.«

Ich suchte umsonst nach einer passenden Bemerkung.

»Ich möchte hoffen, Sie nehmen nicht an, daß damit irgendein Vorwurf gegen Signor Nicolini verbunden ist«, setzte sie fort und richtete sich etwas auf. »Ich möchte nicht, daß Sie das denken, Sir.« Sie legte die Hände übereinander und fügte in einem Ton von Würde, Stolz und Befriedigung als letztes hinzu:

»Signor Nicolini war in jeder Beziehung ein ganzer Mann.«

Der Taipan

Daß er ein bedeutender Mann war, wußte niemand besser als er selbst. Er war Nummer Eins in der nicht wenig bedeutenden Filiale der bedeutendsten englischen Firma in China. Er hatte durch seine soliden Fähigkeiten Karriere gemacht, und mit einem nachsichtigen Lächeln sah er zurück auf den unreifen Kontoristen, der vor dreißig Jahren nach China gekommen war. Wenn er sich des bescheidenen Zuhauses erinnerte, aus dem er kam, ein kleines rotes Haus in einer langen Reihe anderer kleiner roter Häuser, in Barnes, einer Vorstadt, die verzweifelt nach Vornehmheit strebte, aber nur eine trübe Melancholie zustande brachte, und es dann verglich mit dem prächtigen steinernen Haus, mit seinen großen Veranden und seinen geräumigen Zimmern, das zugleich Büro der Gesellschaft und sein eigener Wohnsitz war, dann kicherte er befriedigt. Seit damals war er weit gekommen. Er dachte an den Tee, zu dem er sich hingesetzt hatte, wenn er aus der Schule kam – er war auf St. Paul –, zusammen mit Vater und Mutter und seinen zwei Schwestern, eine Scheibe kaltes Fleisch, viel Brot und Butter und viel Milch im Tee, jeder sich selbst bedienend, und dann dachte er an die Art, wie er heute sein Abendbrot aß. Er zog sich immer um, und ob allein oder nicht, er verlangte, daß die drei Boys bei Tisch aufwarteten. Sein Erster Boy wußte genau, was er mochte, und niemals brauchte er sich selbst mit der Last der Haushaltsführung zu befassen; aber er hatte immer ein vollständiges Dinner, mit Suppe und Fisch, Vorspeise, Braten, Süßspeisen und Dessert, so daß, wann immer er im letzten Augenblick jemanden einladen wollte, er es tun konnte. Er liebte sein Essen, und er sah nicht ein, warum er allein weniger gut essen sollte, als wenn er einen Gast hatte.

Er hatte es in der Tat weit gebracht. Und aus diesem Grunde legte er jetzt keinen Wert darauf, nach Hause zu gehen; zehn Jahre war er jetzt nicht in England gewesen, und er verbrachte seinen Urlaub in Japan oder Vancouver, wo er sicher sein konnte, alte Freunde von den chinesischen Gestaden zu treffen. Zu Hause kannte er niemand. Seine Schwestern hatten ihrem Stand gemäß geheiratet, ihre Männer waren Angestellte, und ihre

Söhne waren auch Angestellte, nichts verband ihn mit ihnen, sie langweilten ihn. Er erfüllte die Forderungen der Verwandtschaft, indem er ihnen alle Weihnacht ein Stück kostbare Seide, eine wertvolle Stickerei oder eine Büchse Tee schickte. Er war kein Geizkragen, und solange seine Mutter lebte, hatte er ihr eine feste Summe ausgesetzt. Aber wenn es dann Zeit für ihn sein würde, sich zur Ruhe zu setzen, hatte er gar keine Neigung, nach England zurückzukehren, er hatte zu viele Männer gesehen, die das taten, und er wußte, daß es oft genug ein Fiasko war; vielmehr beabsichtigte er, sich in Schanghai in der Nähe des Rennplatzes ein Haus zu nehmen: mit Bridge, seinen Ponys und mit Hilfe des Golfspiels erwartete er, den Rest seines Lebens recht angenehm zu verbringen. Aber er hatte noch eine hübsche Anzahl Jahre vor sich, bevor er daran denken mußte, sich zurückzuziehen. In fünf oder sechs Jahren würde Higgins nach England zurückkehren, und dann würde er das Hauptbüro in Schanghai übernehmen. In der Zwischenzeit war er ganz glücklich da, wo er war; er konnte Geld auf die Seite legen, was man in Schanghai nicht konnte, und hatte eine schöne Zeit noch obendrein. Und dieser Ort hatte Schanghai gegenüber noch einen anderen Vorteil: er war der prominenteste Mann der Gemeinde, und was er sagte, geschah. Sogar der Konsul legte Wert darauf, bei ihm einen Stein im Brett zu haben. Einmal hatten ein Konsul und er sich in den Haaren gelegen, und nicht er hatte den kürzeren gezogen. Der Taipan schob kampfeslustig das Kinn vor, als er dieses Vorfalls gedachte.

Aber er lächelte, denn er war in ausgezeichneter Laune. Er war dabei, zu seinem Büro zurückzugehen, nachdem er in der Hongkong-und-Schanghai-Bank bei einem vortrefflichen Essen gewesen war. Sie traktierten einen dort glänzend. Das Essen war erstklassig, und es gab eine Menge zu trinken. Er hatte mit ein paar Cocktails begonnen, dann kam ein vorzüglicher Sauterne, und mit zwei Glas Port und einem guten alten Cognac hatte er aufgehört. Er fühlte sich wohl. Und als er dann ging, tat er etwas, was bei ihm selten war: er ging zu Fuß. Seine Träger mit der Sänfte blieben ein paar Schritte hinter ihm für den Fall, daß er doch noch die Sänfte besteigen wollte, aber es machte ihm Spaß, sich die Beine zu vertreten. Er hatte zur Zeit nicht genug Bewegung. Da er jetzt zu schwer war zum Reiten, war es ein bißchen schwierig, sich Bewegung zu verschaffen.

Aber wenn er auch zu schwer zum Reiten war, so konnte er sich doch immer noch Ponys halten, und wie er so in der milden Luft dahinschlenderte, dachte er an das Treffen im Frühling. Er hatte zwei Neulinge, auf die er Hoffnungen setzte, und ein Bursche in seinem Büro hatte sich als guter Jockei entpuppt (er mußte achtgeben, daß sie ihm den nicht entführten, der alte Higgins in Schanghai würde eine ganzen Topf Geld dafür geben, ihn dorthin zu bekommen), und er sollte wohl zwei oder drei Rennen gewinnen können. Er schmeichelte sich, daß er den besten Stall in der Stadt hatte. Er plusterte seine breite Brust wie ein Täuberich. Es war ein herrlicher Tag, und es war gut, am Leben zu sein.

Als er zum Friedhof kam, unterbrach er seinen Weg. Da lag er, sauber und ordentlich, ein sichtbares Zeichen für die Wohlhabenheit der Gemeinde. Er ging niemals ohne einen kleinen Funken Stolz an diesem Friedhof vorüber. Er war froh, ein Engländer zu sein. Denn der Friedhof lag auf einer Stelle, die wertlos war, als man sie ausgewählt hatte, aber mit dem zunehmenden Reichtum der Stadt war sie heute eine Menge Geld wert. Es war vorgeschlagen worden, die Gräber auf einen anderen Platz zu verlegen und dieses Land als Bauland zu verkaufen, aber die Gemeinde war dagegen gewesen. Es schenkte dem Taipan ein Gefühl der Befriedigung, wenn er daran dachte, daß die Toten auf dem teuersten Platz der Insel ruhten. Es zeigte, daß es Dinge gab, auf die man mehr Wert legte als auf Geld. Zum Teufel mit dem Geld! Wenn die Dinge zur Sprache kamen, die ›wirklich zählten‹, eine bevorzugte Redewendung des Taipans, nun, dann erinnerte man sich, daß Geld nicht alles war.

Und jetzt gedachte er einen Spaziergang über den Friedhof zu machen. Er betrachtete die Gräber. Sie waren sauber gepflegt, und die Fußwege waren frei von Unkraut. Es war ein Bild des Wohlstandes. Und wie er so dahinschlenderte, las er die Namen auf den Grabsteinen. Hier lagen drei nebeneinander: der Kapitän, der Erste und der Zweite Maat der ›Mary Baxter‹, die zusammen im Taifun von 1908 untergegangen waren. Er erinnerte sich gut daran. Da war eine kleine Gruppe, zwei Missionare mit ihren Frauen und Kindern, die während des Boxeraufstandes umgebracht worden waren. Eine widerliche Geschichte! Nicht daß er sich viel aus Missionaren gemacht hätte, aber, zum Teufel, man konnte den verdammten Chinesen doch nicht erlauben, sie umzubringen! Dann kam er zu einem Kreuz mit einem Namen, den er kannte. Ein guter Kerl, dieser Edward Mulock, aber er konnte den Schnaps nicht vertragen, trank sich zu Tode, armer Teufel, mit fünfundzwanzig. Der Taipan kannte viele, denen es ebenso gegangen war; da waren noch einige andere zierliche Kreuze, auf denen der Name eines Mannes stand und das Alter, fünfundzwanzig, sechsundzwanzig oder siebenundzwanzig; es war immer die gleiche Geschichte: sie waren nach China gekommen; sie hatten niemals zuvor so viel Geld gesehen, sie waren umgängliche Burschen, und sie wollten mit den andern trinken, sie konnten es nicht aushalten, und jetzt lagen sie da auf dem Friedhof. Man brauchte einen harten Schädel und eine kräftige Konstitution, um Drink auf Drink an den chinesischen Gestaden zu trinken. Natürlich war es sehr traurig, aber der Taipan mußte beinahe lächeln, wenn er daran dachte, wie viele von diesen jungen Burschen er unter die Erde getrunken hatte. Und hier war ein Tod, der ihm nützlich gewesen war: ein Bursche aus seiner eigenen Firma, älter als er und ein kluger Kopf dazu, wenn dieser Bursche am Leben geblieben wäre, dann wäre er vielleicht jetzt nicht Taipan. Sicherlich, die Wege des Schicksals sind unerforschlich. Ach ja, und hier ruhte die kleine Mrs. Turner, Violet Turner, sie war ein hübsches kleines Ding gewesen, es war eine große Sache gewesen zwischen ihnen; er war verdammt fertig gewesen, als sie starb. Er sah auf dem Grabstein nach ihrem Alter. Sie wäre kein Hühnchen mehr, wenn sie noch lebte. Und während er all dieser Toten gedachte, erfüllte ihn Befriedigung. Er hatte sie alle geschlagen. Sie waren tot, und er lebte, und, bei Georg, er hatte über sie triumphiert. In einem einzigen Bild versammelten seine Augen all diese Grabreihen, und er lächelte verächtlich. Fast rieb er sich die Hände.

»Niemand hat jemals geglaubt, daß ich ein Dummkopf wäre«, murmelte er.

Er fühlte eine gutmütige Verachtung für die schnatternden Toten. Dann, als er weiterschlenderte, stieß er plötzlich auf zwei Kulis, die ein Grab aushoben. Er war erstaunt, denn er hatte nicht gehört, daß jemand aus der Gemeinde gestorben war.

»Für wen zum Teufel ist das?« sagte er laut.

Die Kulis blickten nicht einmal zu ihm auf; sie fuhren mit ihrer Arbeit fort, standen im Grab, tief schon, und schaufelten schwere Erdklumpen heraus. Obgleich er so lange in China war, konnte er nicht Chinesisch, zu seiner Zeit hielt man es nicht für nötig, diese verdammte Sprache zu lernen, und er fragte die Kulis auf englisch, wessen Grab sie da gruben. Sie verstanden nicht. Sie antworteten ihm chinesisch, und er verwünschte sie als unwissende Dummköpfe. Er wußte, daß Mrs. Brooms Kind krank war, und es mochte gestorben sein, aber sicherlich hätte er davon gehört, und außerdem war es kein Kindergrab, es war das für einen erwachsenen Menschen, und einen großen Menschen dazu. Es war zu dumm. Er wünschte, er wäre nicht auf diesen Friedhof gegangen, er eilte davon und bestieg seine Sänfte. Seine gute Laune war jetzt verflogen, und auf seinem Gesicht lag eine mürrische Finsternis. Sobald er wieder in seinem Büro war, rief er nach seiner Nummer Zwei:

»Peters, wer ist gestorben, wissen Sie es?«

Aber Peters wußte nichts. Der Taipan war verwirrt. Er rief einen der eingeborenen Schreiber und schickte ihn zum Friedhof, um die Kulis zu fragen. Er begann seine Briefe zu unterschreiben. Der Schreiber kam zurück und berichtete, die Kulis seien fort, und es sei niemand mehr dort, den er habe fragen können. Der Taipan fühlte sich auf eine unbestimmte Art beunruhigt: er mochte es nicht, wenn Dinge geschahen, von denen er nichts wußte. Sein eigener Boy würde Bescheid wissen, sein Boy wußte immer alles, und er schickte nach ihm. Aber der Boy hatte von keinem Todesfall in der Gemeinde gehört.

»Ich weiß, daß niemand gestorben ist«, sagte der Taipan gereizt, »aber für wen ist dann das Grab?«

Er trug dem Boy auf, zum Friedhofsaufseher zu gehen und herauszubekommen, warum zum Teufel er ein Grab hatte ausheben lassen, wenn niemand gestorben war.

»Bring mir einen Whisky-Soda, bevor du gehst«, fügte er hinzu, als der Boy das Zimmer verlassen wollte.

Er konnte nicht sagen, warum der Anblick des Grabes ihm Unbehagen verursachte. Aber er versuchte, ihn aus seinem Kopf zu verscheuchen. Als er seinen Whisky getrunken hatte, fühlte er sich besser, und er brachte seine Arbeit zu Ende. Er ging die Treppe hinauf und blätterte im *Punch*. In ein paar Minuten würde er in den Klub gehen und vor dem Essen noch einen oder zwei Rubber Bridge spielen. Aber es würde ihn erleichtern, erst seinen Boy zu hören, und so wartete er auf seine Rückkehr. Nach kurzer Zeit kam der Boy zurück und brachte den Aufseher mit.

»Wozu lassen Sie ein Grab ausheben?« fragte er den Aufseher geradeheraus. »Niemand ist gestorben.«

»Ich nicht habe Grab ausheben«, sagte der Mann.

»Was zum Teufel wollen Sie damit sagen? Heute nachmittag haben zwei Kulis ein Grab geschaufelt.«

Die beiden Chinesen sahen sich an. Dann sagte der Boy, sie seien zusammen auf dem Friedhof gewesen. Da sei kein neues Grab.

Der Taipan hielt sich gerade noch zurück.

›Verdammt noch mal, ich habe es doch selbst gesehen!‹ das waren die Worte, die ihm auf der Zunge lagen.

Aber er sprach sie nicht aus. Als er sie hinunterschluckte, wurde er sehr rot. Die beiden Chinesen betrachteten ihn mit ihren unbewegten Augen. Einen Augenblick lang stockte ihm der Atem.

»In Ordnung. Geht«, keuchte er.

Aber sobald sie gegangen waren, rief er wieder nach dem Boy, und als er kam, zum Rasendmachen teilnahmslos, befahl er ihm, Whisky zu bringen. Er rieb sein schweißbedecktes Gesicht mit dem Taschentuch ab. Als er das Glas an die Lippen hob, zitterte seine Hand.

Sie mochten sagen, was sie wollten, er hatte das Grab gesehen. Was bedeutete es? Er konnte seinen Herzschlag spüren. Er fühlte sich seltsam unwohl. Aber er nahm sich zusammen. Wenn kein Grab da war, dann mußte er eine Halluzination gehabt haben. Das Beste, was er tun konnte, war, zum Klub zu gehen, und wenn er den Arzt treffen würde, könnte er ihn bitten, ihn zu untersuchen.

Jeder im Klub sah so aus wie immer. Er wußte nicht, warum er erwartet hatte, daß sie anders aussähen. Es war ein Trost. Diese Männer, die seit vielen Jahren ein Leben miteinander führten, das genau geregelt war, hatten eine Menge kleiner Idiosynkrasien entwickelt – einer summte unaufhörlich vor sich hin, wenn er Bridge spielte, ein anderer bestand darauf, sein Bier durch einen Strohhalm zu trinken –, und diese Eigenheiten, die den Taipan oft gereizt hatten, gaben ihm jetzt ein

Gefühl der Sicherheit. Er brauchte es, denn er konnte den seltsamen Anblick, den er gesehen hatte, nicht aus dem Kopf bekommen. Er spielte sehr schlecht Bridge heute, sein Partner tadelte ihn, und der Taipan verlor die Nerven. Er fand, daß die Männer ihn komisch ansahen. Er überlegte, was sie so Ungewohntes an ihm bemerken konnten.

Plötzlich fühlte er, daß er es nicht ertragen könnte, länger im Klub zu bleiben. Als er ging, sah er den Arzt im Lesezimmer die *Times* lesen, aber er brachte es nicht über sich, ihn anzusprechen. Er wollte selbst sehen, ob das Grab da war, er stieg in seine Sänfte und trug den Trägern auf, ihn zum Friedhof zu bringen. Man kann eine Halluzination nicht zweimal haben, nicht wahr? Und außerdem würde er den Aufseher mitnehmen, und wenn es kein Grab gäbe, würde er es nicht sehen, und wenn es eines gäbe, dann würde er dem Aufseher die kräftigste Tracht Prügel verabreichen, die der jemals bekommen hatte. Aber der Aufseher war nirgends zu finden. Er war ausgegangen und hatte die Schlüssel mitgenommen. Als der Taipan begriff, daß er nicht in den Friedhof gelangen konnte, fühlte er sich plötzlich erschöpft. Er stieg wieder in seine Sänfte und befahl den Trägern, ihn nach Hause zu bringen. Er würde sich vor dem Essen eine halbe Stunde hinlegen. Er war todmüde. Das war es. Er hatte gehört, daß Leute Halluzinationen hatten, wenn sie müde waren. Als sein Boy hereinkam, um die Kleider zum Dinner herauszulegen, konnte er nur mit großer Willensanstrengung aufstehen. Er hatte das starke Bedürfnis, sich heute nicht für das Essen umzukleiden, aber er widerstand ihm: er hatte es sich zur Regel gemacht, er hatte sich zwanzig Jahre lang jeden Abend umgezogen, und es ging keinesfalls an, diese Regel zu brechen. Aber er verlangte eine Flasche Champagner zum Essen, und da fühlte er sich wieder behaglicher. Später befahl er dem Boy, den besten Cognac zu bringen. Als er zwei Glas davon getrunken hatte, war er wieder er selbst. Verdammte Halluzinationen! Er ging ins Billardzimmer und führte ein paar schwierige Stöße aus. Viel konnte nicht los sein mit ihm, wenn sein Auge so sicher war. Als er zu Bett ging, sank er augenblicklich in tiefen Schlaf.

Aber plötzlich wachte er auf. Er hatte von diesem offenen Grab geträumt und von den Kulis, die träge schaufelten. Er war sicher, daß er sie gesehen hatte. Es war lächerlich, zu behaupten, daß es eine Halluzination war, wenn er sie mit seinen eigenen Augen gesehen hatte! Dann hörte er die Rassel des Nachtwärters, der seine Runden ging. Es zerbrach die Stille der Nacht so roh, daß es ihn aus der Haut fahren ließ. Entsetzen packte ihn. Er fühlte Grauen vor den gewundenen, menschenwimmelnden Straßen der Chinesenstadt, und es lag etwas Geisterhaftes und Schreckliches in den verschachtelten Dächern der Tempel mit ihren grimassenschneidenden und gequälten Teufeln! Er verwünschte die Gerüche, die seine Nüstern attackierten. Diese Myriaden blaugekleideter Kulis, und die Bettler in ihren verfilzten Lumpen, und die Händler und die Beamten, glatt, lächelnd, undurchschaubar in ihren langen schwarzen Gewändern! Sie schienen ihn zu bedrohen. Er haßte das Land. China. Warum war er jemals hergekommen? Er war in panischer Angst jetzt. Er mußte weg. Er wollte kein Jahr mehr bleiben, keinen Monat. Was kümmerte ihn Schanghai?

»Mein Gott«, schrie er, »mein Gott, wär ich nur sicher in England!« Er wollte nach Hause. Wenn er sterben mußte, dann wollte er in England sterben. Er konnte es nicht ertragen, unter all diesen gelben Menschen begraben zu sein, mit ihren schiefen Augen und ihren grinsenden Gesichtern. Er wollte zu Hause begraben werden, nicht in dem Grab, das er heute gesehen hatte. Er konnte da niemals Ruhe finden. Niemals. Was tat es, was die Leute dachten? Laß sie denken, was sie wollen. Das einzige, worauf es ankam, war zu gehen, solange er noch die Chance dazu hatte.

Er stieg aus dem Bett und schrieb an den Leiter der Firma, erklärte, er habe entdeckt, daß er ernstlich erkrankt sei. Er müsse ersetzt werden. Er könne nicht länger bleiben als unbedingt nötig. Er müsse sofort nach Hause.

Am Morgen fanden sie den Brief zerknittert in der Hand des Taipans. Er war zwischen Stuhl und Tisch zu Boden geglitten. Er war mausetot.

Der Konsul

Mr. Pete befand sich im Zustand der lebhaftesten Erbitterung. Seit mehr als zwanzig Jahren war er nun im Konsulatsdienst gewesen, und er hatte mit allen möglichen verdrießlichen Leuten zu tun gehabt, mit Beamten, die nicht auf die Vernunft hören wollten, Händlern, die die britische Regierung für eine Agentur hielten, die Schulden beitrieb, Missionaren, die jeden Versuch, gerecht zu sein, als große Ungerechtigkeit übelnahmen. Aber er erinnerte sich keines Falles, der ihn so sehr in Verlegenheit gebracht hätte. Er war ein sanftmütiger Mensch, aber grundlos war er über seinen Schreiber in Zorn geraten, und beinahe hätte er den eurasischen Sekretär entlassen, weil er zwei Wörter in einem Brief falsch geschrieben hatte, der jetzt zur amtlichen Unterschrift vor ihm lag. Er war ein gewissenhafter Mensch, und er konnte sich nicht dazu überreden, bevor es vier Uhr schlug, sein Büro zu verlassen, aber im Augenblick, wo die Uhr schlug, sprang er auf und rief nach Hut und Stock. Und weil sein Boy das Gewünschte nicht sofort brachte, beschimpfte er ihn gründlich. Man sagt, daß die Konsuln alle ein wenig sonderbar werden; und die Kaufleute, die es fertigbringen, fünfunddreißig Jahre in China zu leben, ohne genug von der Sprache zu lernen, um auf der Straße nach dem Weg fragen zu können, meinen, daß der Grund dafür darin liegt, daß sie Chinesisch lernen müssen; und es gab gar keinen Zweifel daran, daß Mr. Pete entschieden ein Sonderling war. Er war Junggeselle, und aus diesem Grund hatte man ihn auf eine Reihe von Posten geschickt, die wegen ihrer Isoliertheit als ungeeignet für verheiratete Männer galten. Er hatte so lange allein gelebt, daß seine angeborene Neigung zur Exzentrik sich zu einem ungewöhnlichen Grad entwickelt hatte, und er hatte Gewohnheiten angenommen, die den Fremden überraschten. Er war sehr zerstreut. Er achtete weder auf sein Haus, in dem es immer drunter und drüber ging, noch auf sein Essen; seine Boys gaben ihm das zu essen, was sie mochten, und hauten ihn bei allem übers Ohr. Er war unermüdlich in seinen Anstrengungen, den Opiumhandel zu unterdrücken, aber er war der einzige Mensch in der Stadt, der nicht wußte, daß seine Diener Opium sogar im Konsulat hatten, und am Hinterausgang des Hauses blühte ganz offen ein schwunghafter Handel mit der Droge. Er war ein begeisterter Sammler, und das Haus, das ihm die Regierung zur Verfügung gestellt hatte, war mit den verschiedenen Dingen angefüllt, die er eins nach dem andern gesammelt hatte: Zinn, Kupfer und Holzschnitzereien; aber dies waren nur seine legitimeren Unternehmungen; er sammelte außerdem auch noch Briefmarken, Vogeleier, Hoteletiketten und Poststempel: er rühmte sich, eine Sammlung von Poststempeln zu besitzen, die im ganzen Empire nicht ihresgleichen hatte. Während seiner langen Aufenthalte an einsamen Orten hatte er eine ganze Menge zusammengelesen, und obgleich er kein Sinologe war, besaß er ein größeres Wissen um China, seine Geschichte, seine Literatur und sein Volk als die meisten seiner Kollegen. Aber aus seiner großen Belesenheit hatte er nicht etwa Toleranz, sondern Einbildung gewonnen. Er war ein Mann von eigentümlichem Aussehen. Sein Körper war klein und zerbrechlich, und wenn er ging, kam einem der Gedanke an ein welkes Blatt, das im Winde tanzt; und dann lag etwas ungemein Seltsames in dem kleinen Tirolerhut, der sehr alt und abgetragen war, eine Hahnenfeder hatte und den er schief auf der einen Seite seines großen Schädels trug. Er war überaus kahl. Man sah, daß seine blaßblauen Augen hinter den Brillengläsern schwach waren, und ein herabhängender, struppiger schmutzigbrauner Schnurrbart verbarg nicht die Griesgrämigkeit seines Mundes. Und jetzt, wie er aus der Straße kam, in der das Konsulat lag, machte er sich auf den Weg zur Stadtmauer, denn nur hier war es in der überfüllten Stadt möglich, bequem zu gehen.

Er war ein Mann, der seine Arbeit ernst nahm, er quälte sich über jede Kleinigkeit zu Tode, aber für gewöhnlich besänftigte und beruhigte ihn dann ein Spaziergang auf der Stadtmauer. Die Stadt lag mitten in einer großen Ebene, und oft konnte man bei Sonnenuntergang von der Mauer aus die Schneekappen der Berge sehen, der Berge von Tibet; jetzt aber ging er schnell, sah weder rechts noch links, und sein fetter Spaniel sprang unbeachtet um ihn herum. Mit leiser, eintöniger Stimme sprach er zu sich selbst. Der Grund für seine Gereiztheit war ein Besuch, den er an diesem Tag von einer Dame erhalten hatte, die sich Mrs. Yü nannte und die er mit konsularischem Eifer für Präzision Miss Lambert zu nennen beharrte. Dies allein genügte, um ihren Verkehr miteinander jeglicher Annehmlichkeit zu berauben. Sie war Engländerin und mit einem Chinesen verheiratet.

Vor zwei Jahren war sie mit ihrem Mann aus England gekommen, wo er auf der Londoner Universität studiert hatte; er hatte ihr weisgemacht, daß er in seinem eigenen Land eine bedeutende Persönlichkeit sei, und sie hatte sich eingebildet, in einen prachtvollen Palast zu kommen und außerdem zu einer einflußreichen Stellung. Es war eine herbe Überraschung, als sie sich in ein verfallenes Chinesenhaus gebracht sah, das von Menschen nur so wimmelte; ja es gab da nicht einmal ein ausländisches Bett, weder Messer noch Gabel; alles kam ihr sehr schmutzig und stinkend vor. Und es war ein Schock, als sie herausbekam, daß sie mit dem Vater und der Mutter ihres Ehegesponses leben mußte, und dieser ihr sagte, daß sie genau das zu tun habe, was seine Mutter von ihr verlange; aber bei ihrer völligen Unkenntnis des Chinesischen dauerte es zwei oder drei Tage, die sie in diesem Haus verbrachte, bis sie bemerkte, daß sie nicht die einzige Frau ihres Mannes war. Er war schon als Junge verheiratet worden, bevor er seine Geburtsstadt verlassen hatte, um das Wissen der Barbaren zu erwerben. Und als sie ihm jetzt bittere Vorwürfe machte, daß er sie getäuscht habe, zuckte er nur die Schultern. Es gab nichts, was einen Chinesen hindern konnte, zwei Frauen zu haben, wenn er sie wollte, und, so fügte er mit einiger Geringschätzung der Wahrheit hinzu, keine chinesische Frau sah das als Beschwernis an Es war bei dieser Entdeckung, daß sie ihren ersten Besuch beim Konsul gemacht hatte. Er hatte schon von ihrer Ankunft gehört – in China weiß jeder jedes von jedem –, und er empfing sie, ohne überrascht zu sein. Aber er konnte ihr auch nicht viel Sympathie entgegenbringen. Daß eine Ausländerin einen Chinesen heiraten sollte, erfüllte ihn schon mit Unwillen, aber daß sie es auch noch tun sollte, ohne die nötigen Nachforschungen anzustellen, verletzte ihn wie ein persönlicher Affront. Dabei war sie gar nicht die Art Frau, bei deren Erscheinung man sich vorstellen kann, daß sie sich einer solchen Dummheit schuldig machen würde. Sie war eine solide, dickliche junge Person, kurz, einfach und nüchtern. Sie war billig gekleidet, trug ein geschneidertes Kostüm und eine Wollmütze. Sie hatte schlechte Zähne und eine unreine Haut. Sie hatte große rote und ungepflegte Hände. Man konnte sehen, daß ihr schwere Arbeit nicht fremd war. Sie sprach Englisch mit einem Cockney-Wimmern.

»Wie haben Sie Herrn Yü kennengelernt?« fragte der Konsul kühl.

»Ja, passen Sie auf, so war's«, antwortete sie. »Paps war in einer sehr guten Stellung, und als er starb, sagte Mutter: ›Nun, es scheint mir eine sündhafte Verschwendung, all die Zimmer leerstehen zu lassen, ich will ein Kärtchen ins Fenster stellen.‹«

Der Konsul unterbrach sie.

»Er hatte ein möbliertes Zimmer bei Ihnen?«

»Na ja, das waren gerade keine möblierten Zimmer, wenn man's genau nimmt.«

»Wollen wir dann Apartments sagen?« erwiderte der Konsul mit seinem dünnen und ein wenig leeren Lächeln.

Das war im allgemeinen die Erklärung für diese Eheschließungen. Und weil er sie für eine sehr alberne und vulgäre Frau hielt, erklärte er ihr kurz und bündig, daß sie nach englischem Gesetz nicht mit Yü verheiratet sei, und das Beste, was sie tun könne, sei, sofort nach England zurückzukehren. Sie begann zu weinen, und sein Herz erweichte sich ein wenig ihr gegenüber. Er versprach, sie der Obhut einiger Missionsdamen anzuvertrauen, die sich auf der langen Reise um sie kümmern würden, und in der Tat, wenn sie es so wollte, würde er sehen, ob sie mittlerweile nicht in einer der Missionen wohnen könnte. Aber während er sprach, trocknete Miss Lambert ihre Tränen.

»Wozu soll's denn gut sein, nach England zurückzufahren?« sagte sie schließlich. »Ich hab doch nirgends was, wo ich hinkönnte.«

»Sie können zu Ihrer Mutter gehen.«

»Aber die war doch immer ganz gegen meine Hochzeit mit Mr. Yü. Da würd ich doch niemals das Ende zu hören kriegen, wenn ich jetzt da zurück muß.«

Der Konsul versuchte sie zu überzeugen, aber je mehr Einwendungen er machte, um so entschlossener wurde sie, und schließlich verlor er die Geduld.

»Wenn Sie hierbleiben wollen bei einem Mann, der gar nicht Ihr Mann ist, so ist das Ihr eigener Wille, und ich wasche meine Hände in Unschuld.«

Und ihre Erwiderung hatte ihn oft gewurmt.

»Dann haben Sie doch gar keinen Grund, sich zu ärgern«, sagte sie, und der Ausdruck ihres Gesichts kehrte zurück zu ihm, wann immer er an sie dachte.

Das war vor zwei Jahren, und er hatte sie seitdem ein- oder zweimal gesehen. Es schien, daß sie mit beiden, ihrer Schwiegermutter und der anderen Frau ihres Mannes, sehr schlecht zurechtkam, und sie war zum Konsul gekommen mit albernen Fragen über ihre Rechte nach dem chinesischen Gesetz. Er wiederholte sein Angebot, sie wegzubringen, aber sie blieb standhaft bei ihrer Weigerung, und ihre Unterredung endete immer damit, daß der Konsul wütend wurde. Er war beinahe geneigt, den schuftigen Yü zu bedauern, der zwischen drei händelsüchtigen Weibern den Frieden erhalten mußte. Nach den Berichten seiner englischen Frau war er nicht unfreundlich zu ihr. Er versuchte, beide Frauen gerecht zu behandeln. Miss Lambert wurde nicht gewinnender. Der Konsul wußte, daß sie gewöhnlich chinesische Kleider trug, aber wenn sie ihn besuchen kam, legte sie europäischen Dreß an. Sie war ungemein fett geworden. Ihre Gesundheit litt unter den chinesischen Speisen, die sie aß, und sie begann elend und krank auszusehen. Aber wirklich schockiert war er heute, als sie in sein Büro geführt worden war. Sie hatte keinen Hut auf, und ihr Haar war aufgelöst. Sie war in einer höchst hysterischen Verfassung.

»Die versuchen mich zu vergiften«, kreischte sie und stellte ihm eine Schüssel mit einem faulig riechenden Essen vor die Nase. »Ist vergiftet«, sagte sie. »Ich bin krank gewesen, die ganzen letzten zehn Tage, das ist ein Wunder, daß ich davongekommen bin.« Sie erzählte ihm eine lange Geschichte, sie war umständlich und wahrscheinlich genug, um ihn zu überzeugen: schließlich lag nichts näher, als daß die chinesischen Frauen die gebräuchlichen Methoden anwandten, um einen Eindringling loszuwerden, den sie haßten.

»Wissen sie, daß Sie hierhergekommen sind?«

»Natürlich wissen die's; hab ihnen gesagt, daß ich auf dem Weg bin, sie anzuzeigen.«

Jetzt endlich war der Augenblick für entschlossenes Handeln. Der Konsul blickte sie in seiner allerdienstlichsten Art an.

»Nun, jetzt dürfen Sie nie mehr dorthin zurückgehen. Ich lehne es ab, mich noch länger mit Ihrem Unsinn zu beschäftigen.

Ich bestehe darauf, daß Sie diesen Mann verlassen, der nicht Ihr Mann ist.«

Aber er war hilflos gegen die verrückte Halsstarrigkeit der Frau. Er wiederholte all die Argumente, die er so oft gebraucht hatte, aber sie wollte nicht hören. Und dann verlor er, wie üblich, die Geduld. Da, als Antwort auf seine letzte, verzweifelte Frage hatte sie die Bemerkung gemacht, die ihm endgültig seine Ruhe geraubt hatte.

»Aber was auf dieser Erde läßt Sie denn bei diesem Mann bleiben?« schrie er.

Einen Augenblick zögerte sie, und ihre Augen bekamen einen seltsamen Ausdruck.

»Da ist etwas in der Art, wie sein Haar auf seiner Stirn wächst, das ich einfach lieben muß«, antwortete sie.

Niemals hatte der Konsul etwas so Skandalöses gehört. Das gab ihm buchstäblich den Rest. Und jetzt, wie er so seines Weges ging und versuchte, sich den Ärger von der Seele zu laufen, konnte er wirklich nicht an sich halten, obgleich er kein Mann war, der oft eine gemeine Sprache gebrauchte, und er sagte grimmig: »Verdammte Weiber.«

Ein Freund in Not

Seit fünfzig Jahren studiere ich meine Mitmenschen und weiß immer noch nicht viel von ihnen. Ich jedenfalls hätte Bedenken, einen Diener nur auf sein Gesicht hin zu engagieren, und doch ist es meistens das Gesicht, nach dem wir Menschen beurteilen, die uns begegnen. Wir ziehen Schlüsse aus der Form ihrer Kinnlade, aus ihrem Blick, der Kontur ihres Mundes. Ich frage mich, ob wir uns dabei nicht in der Mehrzahl der Fälle täuschen. Wenn Theaterstücke und Romane so oft nicht mit der Wirklichkeit übereinstimmen, so deshalb, weil der Autor, vielleicht aus Notwendigkeit, seine Personen so hinstellt, als seien sie aus einem Guß. Er kann sich nicht leisten, sie so zu schildern, als ständen sie in fortwährendem Widerspruch zu sich selbst, weil sie dadurch unverständlich würden. In Wirklichkeit bestehen wir selbst zum großen Teil aus Widersprüchen. Wir sind ein zufälliges Konglomerat von Eigenschaften, die nicht miteinander übereinstimmen. In Büchern über Logik kann man lesen, daß es absurd wäre, Gelb als rund oder Dankbarkeit als schwerer als die Luft zu bezeichnen. In dem Durcheinander unzusammenhängender Elemente, aus denen unser Ich besteht, könnte Gelb sehr wohl Pferd und Wagen und Dankbarkeit Mittwoch bedeuten. Ich kann nur die Achseln zucken, wenn Leute behaupten, ihr erster Eindruck sei immer der richtige. Ich halte das entweder für Kritiklosigkeit oder große Anmaßung. Was mich betrifft, so finde ich, daß Menschen mir immer rätselhafter werden, je länger ich sie kenne. Gerade von meinen ältesten Freunden weiß ich am allerwenigsten.

Das alles ging mir wieder durch den Kopf, als ich heute morgen in der Zeitung las, daß Edward Hyde Burton in Kobe gestorben sei. Er war Geschäftsmann gewesen und hatte fast sein ganzes Leben in Japan verbracht. Ich kannte ihn nur oberflächlich, aber er hat mich einmal sehr interessiert, und zwar durch seine Handlungsweise, die mich überraschte und deren ich ihn nie für fähig gehalten hätte, hätte er mir die Geschichte nicht selbst erzählt. Sie war um so unfaßlicher, als er seinem Äußeren und seinem Wesen nach einen ganz bestimmten Typ zu verkörpern schien. Wenn es überhaupt jemanden auf der

Welt gab, der einem wie aus einem Guß vorkam, dann war er es.

Burton war klein, nicht größer als fünf Fuß, sehr zierlich, hatte weißes Haar, eine gesunde Gesichtsfarbe, wenn auch die Haut voller Runzeln war, und große blaue Augen. Als ich seine Bekanntschaft machte, muß er sechzig gewesen sein. Seinem Alter und seiner Stellung entsprechend war er immer unauffällig, aber sehr sorgfältig angezogen.

Er hatte sein Büro in Kobe, kam aber öfter nach Yokohama. Bei einer dieser Gelegenheiten hielt ich mich gerade ein paar Tage dort auf, weil ich auf ein Schiff warten mußte. Ich wurde ihm im ›British Club‹ vorgestellt. Wir spielten zusammen Bridge. Er spielte gut und großzügig. Er sprach nicht viel, weder beim Spielen noch danach, als wir ein paar Drinks nahmen, aber das, was er sagte, bewies Verstand. Er besaß einen stillen, trocknen Humor. Im Klub schien er beliebt, und als er gegangen war, hieß es von ihm, er sei einer der Besten. Zufällig wohnten wir beide im ›Grand Hotel‹, und so kam es, daß er mich am nächsten Tage zum Essen einlud. Ich lernte seine Frau, eine dicke ältliche, immer fröhliche Dame, und seine beiden Töchter kennen. Offenbar verband alle vier ein Gefühl liebevoller Zusammengehörigkeit.

Was mich an Burton am meisten beeindruckte, war sein freundliches Wesen. In seinen blauen Augen lag so viel Wärme. Seine Stimme war so ruhig, daß man sie sich laut und zornig gar nicht vorstellen konnte. Sein Lächeln war herzgewinnend. Er war ein Mann, der einen für sich einnahm, weil aus ihm echte Liebe zu seinen Mitmenschen sprach. Dabei hatte er Charme und nichts Sentimentales an sich. Er liebte Karten und Cocktails. Er verstand eine gute gepfefferte Anekdote pointiert zu erzählen und mußte in seiner Jugend viel Sport getrieben haben. Man mußte ihn gern haben, schon weil er so schmal und feingliedrig war. Er löste in einem instinktiv den Wunsch aus, ihn zu beschützen. Man fühlte, daß er keiner Fliege etwas zuleide tun konnte.

Eines Nachmittags saß ich in der Halle des ›Grand Hotel‹. Durch die Fenster hatte man einen weiten Blick auf den Hafen mit seinem Gewimmel. Da lagen große Überseedampfer auf der Fahrt nach Vancouver und San Francisco oder nach Europa über Schanghai, Hongkong und Singapur. Da lagen Frachter aller Nationen, von Wind und Wasser gezeichnet, Dschunken mit hohem Heck und farbigen Segeln und zahllose Sampans. Es war ein buntes, erregendes Bild, das dennoch auf einen, ich weiß nicht warum, beruhigend wirkte. Hier gab es noch echte Romantik, man hatte das Gefühl, man brauchte nur die Hand danach auszustrecken.

Als Burton die Halle betrat, entdeckte er mich sofort und nahm in einem Sessel neben mir Platz. Es war noch vor dem großen Erdbeben, und die schweren Sessel waren aus Leder.

»Was würden Sie zu einem kleinen Drink sagen?« sagte er.

Er klatschte nach einem Boy in die Hände und bestellte zwei Gin-Fizz. Nachdem der Boy sie gebracht hatte, ging draußen auf der Straße ein Mann vorbei und winkte mir zu.

»Kennen Sie Turner?« fragte Burton, als ich mit einem Kopfnicken zurückgegrüßt hatte.

»Ich habe ihn im Klub kennengelernt. Er soll von Überweisungen leben, die er aus England bekommt.«

»Ja, ich glaube. Von seiner Sorte haben wir eine ganze Menge hier.«

»Wie ich hörte, soll er vorzüglich Bridge spielen.«

»Das tun sie alle. Voriges Jahr gab es hier einen, der komischerweise genauso hieß wie ich. Er war der beste Bridgespieler, dem ich je begegnet bin. Ich weiß nicht, ob er Ihnen in London einmal über den Weg gelaufen ist. Er hieß Lenny Burton und gehörte, wie er sagte, mehreren sehr guten Klubs an.«

»Nein. Meines Wissens habe ich den Namen nie gehört.«

»Er spielte wirklich hervorragend. Er schien einen sechsten Sinn für Karten zu haben. Es war geradezu unheimlich. Ich habe oft mit ihm gespielt. Eine Zeitlang lebte er in Kobe.«

Burton schlürfte seinen Gin-Fizz.

»Es war sonderbar mit ihm. Er war kein schlechter Kerl. Ich mochte ihn. Er war immer sehr elegant und sah gut aus mit seinem gewellten Haar und dem frischen Teint, auf seine Art richtig hübsch. Bei Frauen hatte er viel Erfolg. Er hat sich nie etwas zuschulden kommen lassen, er war nur haltlos. Natürlich trank er zuviel, wie alle seines Schlages. Jedes Vierteljahr bekam er etwas Geld von drüben, und etwas verdiente er mit

Kartenspielen. Ich selber bin ein ganz hübsches Stück Geld an ihn losgeworden.«

Burton lachte gutmütig vor sich hin. Aus eigner Erfahrung wußte ich, daß er beim Bridge mit Anstand zu verlieren verstand. Er strich sich über das gutrasierte Kinn mit seiner schmalen Hand, die fast durchsichtig war und aus der die Adern hervortraten.

»Das war wohl der Grund, weshalb er sich an mich wandte, als ihm das Wasser am Halse stand, das und der Umstand, daß wir Namensvettern waren. Er kam eines Tages zu mir ins Büro und fragte, ob ich nicht eine Stellung für ihn hätte. Ich war etwas verdutzt. Er erzählte, daß er von Hause kein Geld mehr bekäme und sich deshalb nach einer Arbeit umsehen müßte. Ich fragte, wie alt er wäre.

›Fünfunddreißig‹, erwiderte er.

›Und was haben Sie bis jetzt gemacht?‹ fragte ich weiter.

›Nicht gerade viel‹, gab er zu.

Ich konnte ein Lachen nicht unterdrücken.

›Tut mir leid‹, sagte ich, ›aber im Augenblick kann ich nichts für Sie tun. Kommen Sie in fünfunddreißig Jahren wieder vorbei, dann will ich sehen, was sich tun läßt.‹

Er rührte sich nicht, er wurde nur etwas blaß. Einen Augenblick zögerte er, dann gestand er, daß er eine Zeitlang Glück im Spiel gehabt habe, aber dann vom Bridge zum Poker übergegangen sei und dabei alles bis auf das letzte Hemd verloren habe. Jetzt habe er buchstäblich keinen Penny mehr und bereits alles versetzt, was ihm gehörte. Die Hotelrechnung sei er auch schon schuldig geblieben, und Kredit gebe man ihm nicht mehr. Mit einem Wort, er sei am Ende. Und wenn er keine Arbeit fände, bliebe ihm nur der Selbstmord übrig.

Eine Weile musterte ich ihn. Ich sah, daß er am Ende war. Er hatte mehr als gewöhnlich getrunken und sah aus wie fünfzig. Hätten die Mädchen ihn in diesem Zustand gesehen, hätte er nur wenig Eindruck gemacht.

›Gibt es denn nichts, was Sie können, außer Kartenspielen?‹

›Ich kann schwimmen‹, erwiderte er.

›Schwimmen?‹

Ich traute meinen Ohren nicht. Die Antwort klang völlig verrückt.

›Ja, ich bin für meine Universität geschwommen.‹

Ich ahnte, worauf er hinauswollte. Aber ich ließ mich nicht beeindrucken. Ich habe zu viele kennengelernt, die auf ihrer Universität als Helden gefeiert wurden.

›Ich war in meiner Jugend selbst ein recht guter Schwimmer‹, bemerkte ich.

Plötzlich kam mir eine Idee.«

Burton unterbrach sich und wandte mir sein Gesicht zu.

»Kennen Sie Kobe?« fragte er.

»Nein«, sagte ich. »Ich bin einmal durchgekommen und habe mich nur eine Nacht aufgehalten.«

»Dann kennen Sie auch den ›Shioya Club‹ nicht. In jungen Jahren bin ich einmal vom Klub aus um die Leuchtboje geschwommen und von da zurück zum Tarumi Creek. Die Strecke ist über drei Meilen lang und ziemlich schwer wegen der starken Strömung an der Boje. Das erzählte ich meinem jungen Namensvetter und setzte hinzu, ich würde ihm eine Stelle verschaffen, wenn er das auch fertigbrächte.

Ich konnte ihm vom Gesicht ablesen, wie verblüfft er war.

›Sie behaupten, daß Sie ein guter Schwimmer sind‹, sagte ich.

›Ich bin im Augenblick nicht groß in Form‹, gab er zur Antwort.

Ich erwiderte nichts und zuckte die Achseln. Er sah mich eine Weile an. Dann nickte er zustimmend.

›Einverstanden‹, sagte er. ›Wann soll es losgehen?‹

Ich sah auf die Uhr. Es war kurz nach zehn.

›Sie dürften für die Strecke nicht mehr als fünf viertel Stunden brauchen. Ich erwarte Sie um halb eins am Creek und bringe Sie dann im Wagen zum Klub, um sich umzuziehen. Anschließend können wir zusammen essen.‹

›In Ordnung‹, sagte er.

Wir schüttelten uns die Hände, ich wünschte ihm viel Glück, und er verschwand. An jenem Vormittag hatte ich einen Haufen Arbeit zu erledigen und schaffte es knapp, um halb eins am Tarumi Creek zu sein. Ich hätte mich nicht zu beeilen brauchen, denn er war nicht da und kam auch später nicht.«

»Hatte er sich im letzten Augenblick gedrückt?« fragte ich.

»Nein, gedrückt hat er sich nicht. Er ist zur verabredeten Zeit losgeschwommen. Aber das Trinken und seine sonstigen Passionen hatten ihn ruiniert. Wir fanden seine Leiche erst nach drei Tagen.«

Ein paar Augenblicke blieb ich stumm. Ich war etwas erschüttert. Dann stellte ich Burton eine Frage.

»Als Sie ihm einen Job anboten, war Ihnen da klar, daß er ertrinken würde?«

Er lächelte freundlich, sah mich offen mit seinen treuen blauen Augen an und rieb sich das Kinn.

»*Well*, ich hatte damals in meinem Büro keine Stelle frei.«

Das runde Dutzend

Ich habe eine Vorliebe für Elsom. Es ist ein Seebad im Süden Englands, nicht sehr weit von Brighton, und hat etwas von dem spätgeorgianischen Charme dieser angenehmen Stadt. Aber es ist weder betriebsam noch marktschreierisch. Vor zehn Jahren, als ich nicht selten hinkam, war da und dort noch ein altes Haus zu sehen, gediegen und prätentiös in nicht unsympathischer Weise (wie eine heruntergekommene Dame aus guter Familie, deren diskreter Stolz auf ihre Herkunft eher belustigt als beleidigt), ein Haus, das während der Regierung des ›ersten Gentlemans in Europa‹ erbaut worden war und in dem etwa ein Hofmann in zerrütteten Vermögensverhältnissen seinen Lebensabend verbracht haben mochte. Die Hauptstraße hatte ein verschlafenes Aussehen, und das Automobil des Arztes schien hier nicht ganz am Platz. Die Hausfrauen erledigten ihre Besorgungen auf gemächliche Art. Sie plauderten mit dem Fleischhauer, während sie zusahen, wie er ihnen aus einer mächtigen Rinderlende ein Stück vom Besten herausschnitt, und sie fragten freundlich nach der Frau des Krämers, während er ihnen ein Pfund Tee und ein Pfund Salz in das Einkaufsnetz legte. Ich weiß nicht, ob Elsom jemals fashionable war: damals jedenfalls konnte davon keine Rede sein; aber es war gediegen und billig. Ältliche Damen, ledig und verwitwet, lebten hier, indische Zivilisten und pensionierte Soldaten: sie blickten mit gelinden Angstschauern den Monaten August und September entgegen, die Sommergäste bringen würden; aber sie verschmähten es nicht, diesen Eindringlingen ihre Häuser zu vermieten und sich von den Erträgnissen ein paar weltliche Wochen in einer Schweizer Pension zu leisten. Ich hatte Elsom nie in jener hektischen Zeit erlebt, wenn alle Pensionen und möblierten Zimmer besetzt waren und junge Herren in Flanelljacken die Seepromenade entlangschlenderten, wenn auf dem Strand Pierrots ihre Künste zeigten und im Billardzimmer des Dolphin-Hotels bis elf Uhr nachts das Klicken der Bälle zu hören war. Ich kannte es nur im Winter. Dann trug jedes Haus der Seefront – Stuckhäuser mit Erkerfenstern, die vor hundert Jahren erbaut waren – eine Tafel, die ankündigte, daß hier

Zimmer zu vermieten wären, und die Gäste im Dolphin wurden von einem einzigen Kellner und dem Schuhputzer bedient. Um zehn Uhr kam der Portier in das Rauchzimmer und schaute in so eindeutiger Weise zu einem herüber, daß man aufstand und schlafen ging. Dann war Elsom ein geruhsamer Ort und das Dolphin ein sehr behagliches Gasthaus. Man erfuhr, daß zu seiner Zeit der Prinzregent mehr als einmal mit Frau Fitzherbert herübergefahren war, um im Dolphin Tee zu trinken. In der Halle hing eingerahmt ein Brief von Herrn Thackeray, mit dem er ein Wohnzimmer und zwei Schlafzimmer mit Meeraussicht bestellte und Anweisung gab, daß ihm ein Wagen zum Bahnhof entgegengeschickt werden sollte.

Einmal im November, zwei oder drei Jahre nach dem Krieg – ich hatte einen bösen Anfall von Influenza hinter mir –, ging ich nach Elsom, um wieder zu Kräften zu kommen. Ich traf am Nachmittag ein und unternahm, nachdem ich meine Sachen ausgepackt hatte, einen kleinen Spaziergang an den Strand. Der Himmel war verhangen und die stille See grau und kalt. Ein paar Möwen flogen nah an das Ufer heran. Segelboote mit winterlich abgetakelten Masten waren hoch auf das steinige Ufer gezogen, und die Badehütten standen Seite an Seite in einer langen grauen, verfallenen Reihe. Niemand saß auf den Bänken, die die Stadtverwaltung da und dort aufgestellt hatte, aber ein paar Leute trotteten auf und ab, um sich Bewegung zu machen. Ich begegnete einem alten Oberst mit roter Nase, der in Sporthosen einherstapfte, gefolgt von einem Terrier, zwei ältlichen Frauen in kurzen Röcken und derben Schuhen und einem unschönen Mädchen mit einer Wollmütze. Ich hatte den Strand nie so verlassen gesehen. Die Häuser erinnerten an armselige alte Jungfern, die auf ihre nie wiederkehrenden Liebhaber warteten, und selbst das freundliche Dolphin schien öde und trostlos. Mein Herz sank. Das Leben schien mir mit einem Male sehr grau. Ich kehrte ins Hotel zurück, zog die Vorhänge in meinem Wohnzimmer zu, schürte das Feuer und suchte mit einem Buch meine Melancholie zu zerstreuen. Aber ich war recht froh, als es Zeit war, mich zum Dinner umzuziehen. Ich ging in den Speisesaal und fand die Gäste des Hotels schon an ihren Plätzen. Ich streifte sie mit einem flüchtigen Blick. An einem Tisch allein saß eine Dame mittleren Alters, und dann waren zwei ältliche Herren da, vermutlich Golfspieler, mit roten Gesichtern und kahlen Köpfen, die mißmutig schweigend ihre Mahlzeit verzehrten. Sonst waren nur noch drei Personen im Saal, die in der Nische am Fenster Platz genommen hatten und sofort meine erstaunte Aufmerksamkeit auf sich zogen. Die Gesellschaft bestand aus einem alten Herrn und zwei Damen, von denen die eine alt und wahrscheinlich seine Frau war, während die andere jünger schien und seine Tochter sein mochte. Die alte Dame war es, die zuerst mein Interesse erregte. Sie trug ein voluminöses schwarzes Seidenkleid und ein schwarzes Spitzenhäubchen; um ihre Handgelenke hingen schwere goldene Armbänder und um ihren Hals eine massive Goldkette, an der ein großes goldenes Medaillon baumelte; an ihrem Kragen steckte eine dicke Goldbrosche. Ich wußte nicht, daß es noch Menschen gab, die solchen Schmuck trugen. Oft, wenn mich mein Weg an Antiquitäten- und Trödlerläden vorbeigeführt hatte, war ich einen Augenblick stehengeblieben, um diese seltsam altmodischen Gegenstände zu betrachten. Wie gediegen, kostbar und häßlich sie doch waren! Und mit einem Lächeln, in das sich ein Schatten von Traurigkeit mischte, hatte ich mich der längst verstorbenen Frauen erinnert, die sie getragen hatten. Sie riefen die Zeit herauf, da Falbeln und Rüschen die Krinoline abgelöst und runde Hüte die Schutenhaube verdrängt hatten. In jenen Tagen war man in England für das Solide und Gute gewesen. Am Sonntagvormittag ging man in die Kirche und nach der Kirche im Park spazieren. Man gab Dinners mit zwölf Gängen, bei denen der Hausherr die Rinderkeule und das Geflügel vorschnitt, und nach dem Essen beglückten die Damen, die Klavier spielen konnten, die Gesellschaft mit einem Mendelssohnschen ›Lied ohne Worte‹, und der Herr mit dem schönen Bariton sang eine altenglische Ballade.

Die jüngere Dame saß mit dem Rücken zu mir, und anfangs konnte ich nur sehen, daß sie eine schlanke jugendliche Figur hatte. Ihr reiches braunes Haar schien kunstvoll frisiert zu sein. Die drei plauderten leise, und mit einem Male wandte sie den Kopf, so daß ich ihr Profil sehen konnte. Es war erstaunlich schön. Die Nase war gerade und fein, die Wangenlinie von erlesenem Schnitt; ich bemerkte nun, daß sie ihr Haar nach Art der Königin Alexandra trug. Das Essen war beendet, und die Gesellschaft stand auf. Die alte Dame segelte aus dem Zimmer, weder rechts noch links blickend, und die junge folgte ihr. Da stellte ich mit Erschrecken fest, daß sie alt war. Ihr Kleid war eigentlich sehr einfach; der Rock, länger als die damalige Mode vorschrieb, hatte etwas leicht Altfränkisches im Schnitt – vielleicht war die Taille deutlicher markiert als üblich –, aber es war ein Jungmädchenkleid. Sie war groß wie eine Heldin von Tennyson, schlank, mit langen Beinen und anmutiger Haltung. Ich hatte diese Nase schon einmal gesehen: es war die Nase einer griechischen Göttin. Ein schöner Mund, große blaue Augen. Die Haut lag wohl etwas dünn über den Knochen, und auf der Stirn und um die Augen waren Falten, aber in der Jugend mußte sie wunderbar gewesen sein. Sie erinnerte an jene römischen Damen mit den köstlich regelmäßigen Zügen, die Alma Tadema gemalt hat und die trotz ihres antiken Gewandes so verstockt englisch aussehen. Es war ein Typ von kalter Vollkommenheit, wie man ihn seit fünfundzwanzig Jahren nicht mehr gesehen hatte. Heute ist er tot wie das Epigramm. Mir war zumute wie einem Archäologen, der eine lang begrabene Statue findet, und es regte mich auf, so unerwartet auf den Überrest eines versunkenen Zeitalters zu stoßen. Denn nichts ist so tot wie das Vorgestern.

Der Herr erhob sich, als die beiden Damen hinausgingen, und setzte sich dann wieder in seinen Stuhl zurück. Ein Kellner brachte ihm ein Glas schweren Portwein. Er roch daran, nippte und rollte den Schluck auf der Zunge herum. Ich beobachtete ihn. Er war ein kleiner Mann, viel kleiner als seine imposante Frau, gut genährt, ohne dick zu sein, mit einem schönen Kopf und gewelltem grauem Haar. Sein Gesicht zeigte viele Falten und trug einen leicht humorvollen Ausdruck. Er hatte schmale Lippen und ein viereckiges Kinn. Er war nach unseren gegenwärtigen Begriffen etwas ungewöhnlich gekleidet. Er trug einen schwarzen Samtrock, ein weiches Hemd mit niedrigem Kragen, eine große schwarze Krawatte und sehr weite Smokinghosen. Dieser Anzug wirkte beinahe wie ein Kostüm. Nachdem er gemächlich seinen Portwein ausgetrunken hatte, stand er auf und schlenderte aus dem Zimmer.

Als ich durch die Halle kam, nahm ich, neugierig zu erfahren, wer diese merkwürdigen Menschen sein mochten, das Gästebuch vor. In einer eckigen weiblichen Handschrift, der Art von Schrift, wie sie vor vierzig Jahren in modischen Mädchenpensionaten gelehrt wurde, waren folgende Namen eingetragen: Mr. und Mrs. St. Clair und Miss Porchester. Die angegebene Adresse lautete 68, Leinster Square, Bayswater, London. Das mußten Namen und Adresse der Leute sein, die mich so lebhaft interessierten. Ich fragte die Wirtin, was für einen Beruf Mr. St. Clair denn hätte, und sie meinte, er wäre wohl etwas in der City. Ich ging in das Billardzimmer und manövrierte ein wenig mit den Bällen herum; dann, auf dem Weg hinauf, kam ich durch die Halle. Die beiden Herren mit den roten Gesichtern lasen die Abendblätter, und die ältliche Dame döste über einem Roman. Die drei anderen saßen in einer Ecke. Mrs. St. Clair strickte, Miss Porchester arbeitete an einer Stickerei, und Mr. St. Clair las ihnen mit gedämpfter, aber klangvoller Stimme vor. Im Vorbeigehen entdeckte ich, daß er ›Bleak House‹ von Dickens las.

Ich las und schrieb den größten Teil des folgenden Tages, aber am Nachmittag ging ich spazieren, und auf dem Heimweg setzte ich mich für ein Weilchen auf eine der bequemen Bänke an der Seepromenade. Es war nicht ganz so kalt wie am Tag zuvor, und die Luft war angenehm. In Ermangelung einer besseren Beschäftigung beobachtete ich eine Gestalt, die aus der Ferne auf mich zukam. Es war ein Mann, und als er näher kam, sah ich, daß es ein ziemlich schäbiger kleiner Mann war. Er trug einen dünnen schwarzen Überzieher und einen etwas verbeulten steifen Hut. Er ging mit den Händen in den Taschen und sah verfroren aus. Er streifte mich mit einem Blick, als er vorbeikam, ging ein paar Schritte weiter, zögerte, blieb stehen und machte kehrt. Als er wieder zu der Bank gelangt war, auf der ich saß, zog er eine Hand aus der Tasche und führte sie an den Hut. Ich bemerkte, daß er abgenutzte schwarze Handschuhe trug. Vermutlich ein Witwer in beschränkten Vermögensverhältnissen, schloß ich. Er konnte aber auch ein Stummer sein, der, wie ich, eine Influenza überstanden hatte und Erholung suchte.

»Verzeihen Sie, mein Herr«, sagte er, »könnten Sie mir gütigst mit einem Zündhölzchen aushelfen?«

»Gewiß.«

Er setzte sich neben mich, und während ich die Hand auf der Suche nach Zündhölzern in die Tasche steckte, kramte er in der seinen nach Zigaretten. Er zog ein kleines Paket ›Gold Flakes‹ hervor, und sein Gesicht wurde lang.

»Mein Gott, wie dumm! Ich habe ja keine Zigarette mehr.«

»Darf ich Ihnen eine anbieten?« entgegnete ich lächelnd.

Ich holte mein Etui hervor, und er bediente sich.

»Gold?« fragte er und tippte mit dem Finger auf das Etui, während ich es schloß. »Gold? Mit solchen Sachen habe ich immer Pech gehabt. Drei habe ich besessen. Alle gestohlen.«

Seine Augen blieben melancholisch an seinen Stiefeln haften, die in betrüblicher Weise reparaturbedürftig aussahen. Er war ein vertrockneter kleiner Mann mit einer langen dünnen Nase und blassen blauen Augen. Seine Haut war fahl und zerfurcht. Ich hätte nicht sagen können, wie alt er sei; er konnte ebensogut fünfunddreißig wie sechzig sein. Es war nichts Bemerkenswertes an ihm, und das einzige, was auffiel, war vielleicht gerade dieser Mangel an jeglicher Besonderheit. Aber trotz seiner offensichtlichen Armut war er sauber und nett. Er sah ehrbar aus und hielt etwas auf seine Ehrbarkeit. Nein, er war kein Stummer. Er war wohl ein kleiner Kanzlist, der vor kurzem seine Frau begraben hatte und nach Elsom geschickt worden war, um über die Heftigkeit des ersten Schmerzes hinwegzukommen.

»Gedenken Sie lange hierzubleiben?« fragte er mich.

»Zehn oder vierzehn Tage.«

»Ist dies Ihr erster Besuch in Elsom?«

»Nein, ich war schon wiederholt da.«

»Ich kenne es genau, mein Herr. Ich schmeichle mir, daß es wenige Seebäder gibt, die ich nicht das eine oder das andere Mal besucht habe. Elsom ist schwer zu übertreffen. Es kommen besonders nette Leute her. Elsom hat nichts Schreiendes, nichts Vulgäres, wenn Sie mich richtig verstehen. Für mich knüpfen sich sehr angenehme Erinnerungen an Elsom. In früheren Zeiten habe ich Elsom gut gekannt. Ich bin in der St. Martinskirche getraut worden.«

»Wirklich?« entgegnete ich matt.

»Es war eine sehr glückliche Ehe, mein Herr.«

»Das freut mich«, antwortete ich.

»Neun Monate hat sie gedauert – diese spezielle«, fuhr er nachdenklich fort.

Zweifellos war diese Bemerkung etwas sonderbar. Ohne den

geringsten Enthusiasmus hatte ich der drohenden Wahrscheinlichkeit entgegengesehen, daß er mich mit einer Schilderung seiner ehelichen Erlebnisse beglücken würde, nun aber wartete ich, wenn nicht mit Spannung, so doch mit Neugier auf seine weiteren Ausführungen. Sie blieben aus. Er seufzte ein wenig Endlich unterbrach ich die Stille.

»Es scheinen nicht viele Leute hier zu sein.«

»So habe ich es gern. Ich bin nicht für Massen. Wie ich vorhin schon erwähnte: Zusammengerechnet sind es viele Jahre, die ich in den verschiedenen Seebädern zugebracht habe, aber nie bin ich zur Saison an einen Ort gefahren. Ich liebe den Winter.«

»Finden Sie es nicht etwas melancholisch?«

Er wandte sich mir zu und legte einen Augenblick seine schwarzbehandschuhte Hand auf meinen Arm.

»Es *ist* melancholisch. Und gerade weil es melancholisch ist, kann ein kleiner Sonnenstrahl doppelt erfreuen.«

Diese Bemerkung erschien mir vollkommen idiotisch, und ich antwortete nicht. Er entfernte seine Hand von meinem Ärmel und stand auf.

»Ich will Sie nicht länger belästigen, mein Herr. Erfreut, Ihre Bekanntschaft gemacht zu haben.«

Er zog sehr höflich seinen schmuddeligen Hut und machte sich davon. Es begann kühl zu werden, und ich hielt es für angezeigt, ins Hotel zurückzukehren. Als ich die breite Treppe erreichte, fuhr ein von zwei zottigen Pferden gezogener Landauer vor, und diesem entstieg Mr. St. Clair. Er trug einen Hut, der wie das Produkt einer unglücklichen Kreuzung zwischen einem Zylinder und einem steifen runden Hut wirkte. Er half erst seiner Frau, dann seiner Nichte aus dem Wagen. Der Portier folgte ihnen mit Decken und Kissen ins Haus. Als Mr. St. Clair den Kutscher bezahlte, hörte ich, wie er ihm einschärfte, am nächsten Tag zur gleichen Stunde wieder hierzusein, und ich schloß daraus, daß die St. Clairs jeden Nachmittag eine Spazierfahrt im Landauer unternahmen. Es hätte mich nicht gewundert, zu erfahren, daß keiner von ihnen je ein Automobil bestiegen habe.

Die Wirtin erzählte mir, daß sie sehr abgeschlossen lebten und keine Bekanntschaften mit den anderen Hotelgästen suchten. Ich ließ meiner Phantasie freie Zügel. Ich sah sie drei

Mahlzeiten im Tag verzehren. Ich sah Mr. und Mrs. St. Clair frühmorgens oben an der Hoteltreppe sitzen. Er las die *Times,* und sie strickte. Ich vermute, daß Mrs. St. Clair ihr Lebtag keine Zeitung gelesen hatte – denn sie kaufte immer nur die *Times,* und die nahm Mr. St. Clair doch jedenfalls mit in die City. Gegen zwölf Uhr gesellte sich Miss Porchester zu ihnen.

»War dein Spaziergang angenehm, Eleanor?« fragte Mrs. St. Clair.

»Ja, sehr nett, Tante Gertrud«, antwortete Miss Porchester.

Ich schloß also, daß Miss Porchester jeden Vormittag ›ihren Spaziergang‹ machte, ebenso wie Mrs. St. Clair jeden Nachmittag ›ihre Ausfahrt‹ unternahm.

»Wenn du mit deiner Reihe zu Ende bist, meine Liebe«, sagte Mr. St. Clair mit einem Blick auf die Strickerei seiner Frau, »dann könnten wir noch einen kleinen Gang vor dem Lunch machen, um uns Appetit zu holen.«

»Das wäre sehr nett«, entgegnete Mrs. St. Clair. Sie faltete ihre Arbeit zusammen und gab sie Miss Porchester.

»Willst du meine Arbeit mitnehmen, Eleanor, wenn du hinaufgehst?«

»Gern, Tante Gertrud.«

»Du bist sicher ein wenig ermüdet von deinem Spaziergang, Liebe.«

»Ich werde mich vor dem Essen ein Weilchen hinlegen.«

Miss Porchester ging ins Hotel, und Mr. und Mrs. St. Clair promenierten langsam den Strand hinauf bis zu einem gewissen Punkt und kehrten dann langsam wieder um.

Wenn ich einem von ihnen auf der Treppe begegnete, machte ich eine Verbeugung und bekam eine höfliche, von keinem Lächeln begleitete Verbeugung zurück. Des Morgens wagte ich ein »Guten Tag«, aber damit hatte die Sache auch schon ein Ende. Es sah aus, als würde sich mir niemals Gelegenheit bieten, mit einem von ihnen zu reden. Aber bald hatte ich den Eindruck, daß Mr. St. Clair mir hie und da einen Blick zuwarf, und mutmaßend, daß er vielleicht meinen Namen erfahren hätte, redete ich mir eitlerweise ein, daß er mich mit einer gewissen Neugier beobachtete.

Ein, zwei Tage später saß ich in meinem Zimmer, als der Portier hereinkam und mir eine Botschaft bestellte.

»Mr. St. Clair schickt seine Empfehlung und läßt fragen,

ob Sie die Güte haben wollten, ihm Whiteakers Literaturalmanach zu leihen.«

Ich wunderte mich.

»Was, in aller Welt, bringt ihn auf den Gedanken, daß ich Whiteakers Literaturalmanach besitzen könnte?«

»Die Wirtin hat ihm erzählt, daß Sie schreiben.«

Ich konnte den Zusammenhang nicht erraten.

»Sagen Sie Mr. St. Clair, daß ich sehr bedaure, Whiteakers Almanach nicht zu besitzen, daß es mir aber ein besonderes Vergnügen gewesen wäre, ihm gefällig zu sein.«

Da war also endlich die langgesuchte Gelegenheit. Allmählich hatte sich meiner ein ausgesprochenes Verlangen bemächtigt, diese phantastischen Menschen näher kennenzulernen. Hie und da, im Herzen von Asien, war ich auf einen einsamen Stamm gestoßen, der in einem kleinen Dorf inmitten einer andersgearteten Bevölkerung lebte. Niemand weiß, wo diese Fremdlinge hergekommen sind oder warum sie sich gerade an diesem Ort niedergelassen haben. Sie leben ihr eigenes Leben, sprechen ihre eigene Sprache und haben keine Verbindung mit ihren Nachbarn. Niemand weiß, ob sie Nachkommen einer Bande sind, die zurückgelassen wurde, als ihre Nation in großen Horden über den Kontinent fegte, oder ob sie die aussterbenden Überreste eines mächtigen Volkes darstellen, das einst in diesem Land geherrscht hat. Sie sind ein Rätsel. Sie haben keine Zukunft und keine Geschichte. Die merkwürdige kleine Familie schien mir ähnlich in ihrer Wesensart. Sie gehörte einer Ära an, die tot und begraben ist. Sie erinnerte mich an gewisse Gestalten aus den beschaulichen altmodischen Romanen, die unsere Väter lasen. Sie gehörte den achtziger Jahren an und hatte keinen Schritt weiter getan. Wie seltsam, daß sie die letzten vierzig Jahre durchlebt hatte, als ob die Welt stillgestanden wäre! Sie führte mich in meine Kindheit zurück, und ich erinnerte mich an längst verstorbene Leute. Ob es wohl nur die Entfernung ist, die mir den Eindruck aufzwingt, die Menschen seien zu jener Zeit eigenartiger gewesen als heute? Wenn es damals von jemandem hieß, er sei ein ›Original‹, bei Gott, dann hatte es etwas zu bedeuten.

An diesem Abend nach dem Dinner ging ich also in die Halle und brachte die Kühnheit auf, Mr. St. Clair anzusprechen.

»Es tut mir so leid, daß ich Whiteakers Almanach nicht

besitze«, sagte ich, »aber wenn ich Ihnen mit irgendeinem anderen Buch dienlich sein kann, werde ich mich glücklich schätzen.«
Mr. St. Clair war sichtlich betroffen. Die beiden Damen hielten die Augen auf ihre Handarbeiten geheftet. Eine betretene Stille trat ein.
»Es hat nicht das geringste auf sich. Ich hatte bloß von der Wirtin gehört, daß Sie Romanschriftsteller sind.«
Ich zerbrach mir den Kopf. Offenbar bestand eine Beziehung zwischen meinem Beruf und Whiteakers Almanach, die mir verborgen blieb.
»In früheren Tagen pflegte Herr Trollope des öfteren bei uns in Leinster Square zu dinieren, und ich entsinne mich, von ihm gehört zu haben, die beiden wichtigsten Bücher für einen Schriftsteller wären Whiteakers Literalmanach und die Bibel.«
»Ich sehe, daß Thackeray einmal in diesem Hotel gewohnt hat«, bemerkte ich, um das Gespräch nicht fallenzulassen.
»Ich habe mir nie sehr viel aus Thackeray gemacht, obgleich er zu wiederholten Malen bei dem Vater meiner Gattin, dem verstorbenen Mr. Sergeant Saunders, zu Gast war. Er war mir zu zynisch. Meine Nichte hat bis zum heutigen Tag ›Vanity Fair‹ noch nicht gelesen.«
Miss Porchester errötete leicht bei dieser Erwähnung ihrer Person. Ein Kellner brachte den Kaffee, und Mrs. St. Clair wandte sich an ihren Gatten.
»Vielleicht, mein Lieber, würde uns der Herr das Vergnügen machen, seinen Kaffee mit uns zu trinken.«
Obgleich die Rede nicht direkt an mich gerichtet war, antwortete ich rasch:
»Vielen Dank.«
Ich setzte mich.
»Trollope war immer mein Lieblingsschriftsteller«, sagte Mr. St. Clair. »Er ist ein so ausgesprochener Gentleman. Ich bewundere Charles Dickens. Aber Charles Dickens konnte niemals einen Gentleman zeichnen. Ich höre, daß die jungen Leute heutzutage Trollope ein wenig langweilig finden. Meine Nichte, Miss Porchester, zieht die Romane von William Black vor.«
»Ich habe leider nie einen gelesen«, sagte ich.
»Ach, ich sehe, Sie sind wie ich; nicht up-to-date. Meine Nichte hat mich einmal überredet, einen Roman von Rosa

Broughton vorzunehmen, aber über hundert Seiten bin ich nicht hinausgekommen.«

»Ich habe nie gesagt, daß mir das Buch gefällt, Onkel Edwin«, brachte Miss Porchester, abermals errötend, zu ihrer Verteidigung vor. »Ich habe dir gleich gesagt, daß ich es etwas frei finde; aber es wurde so viel davon gesprochen.«

»Jedenfalls gehört es nicht zu den Büchern, die deiner Tante Gertrud als Lektüre für dich erwünscht sind, Eleanor.«

»Ich erinnere mich, daß Miss Broughton mir einmal erzählt hat, wie merkwürdig es ihr mit ihren Büchern ergangen sei. Als sie jung war, fand man sie zu frei. Und als sie alt war, fand man sie zu moralisch; und das ist hart, denn sie hat vierzig Jahre hindurch genau die gleichen Bücher geschrieben.«

»Ach, Sie haben Miss Broughton gekannt?« fragte Miss Porchester und redete mich damit zum erstenmal an. »Wie interessant! Kannten Sie auch Ouida?«

»Meine liebe Eleanor, was werden wir noch alles zu hören bekommen? Du hast doch sicherlich nie ein Buch von Ouida gelesen?«

»Doch, Onkel Edwin. Ich habe ›Unter zwei Flaggen‹ gelesen, und es hat mir sehr gefallen.«

»Ich bin erstaunt und erschrocken. Diese jungen Mädchen von heutzutage! Ich weiß wirklich nicht, wohin das noch führen soll!«

»Du hast immer gesagt, wenn ich dreißig Jahre alt bin, gibst du mir vollkommene Freiheit, zu lesen, was ich will.«

»Freiheit darf nicht verwechselt werden mit Zügellosigkeit, liebe Eleanor«, sagte Mr. St. Clair leicht lächelnd, um seiner Zurechtweisung den Stachel zu nehmen, aber doch mit einem gewissen Ernst.

Ich weiß nicht, ob es mir bei der Wiedergabe dieses Gespräches gelungen ist, den Eindruck zu vermitteln, den es in mir wachrief, den Eindruck nämlich einer bezaubernden, altmodischen Melodie. Ich hätte die ganze Nacht zuhören mögen, wie sie über die Verruchtheit eines Zeitalters diskutierten, das in den achtziger Jahren jung gewesen ist. Ich hätte etwas darum gegeben, einen Blick in ihr stattliches, geräumiges Haus in Leinster Square werfen zu dürfen. Ich hätte die Garnitur wiedererkannt, mit rotem Brokat überzogen, die steif im Salon herumstand, jedes Stück an einem bestimmten Platz; und die mit

Meißner Porzellan gefüllten Vitrinen hätten mir meine Kindheit ins Gedächtnis zurückgerufen. Im Eßzimmer, wo man sich gewöhnlich aufhielt, denn der Salon wurde nur für Gesellschaften benützt, lag ein türkischer Teppich, und das Mahagonibüfett ›bog sich‹ vor Silber. An den Wänden hingen die Bilder, die in den achtziger Jahren das Entzücken der Mrs. Humphrey Ward und ihres Onkels Matthew erregt hatten.

Am nächsten Morgen, als ich einen hübschen Weg hinter den Häusern von Elsom entlangschlenderte, begegnete ich Miss Porchester, die auf ›ihrem‹ Spaziergang begriffen war. Ich wäre gern ein Stückchen mit ihr gegangen, aber ich wußte bestimmt, daß es diesem Mädchen von Fünfzig peinlich gewesen wäre, allein mit einem Mann selbst meines würdigen Alters gesehen zu werden. Sie neigte, als ich an ihr vorbeikam, den Kopf und errötete. Seltsamerweise stieß ich wenige Meter hinter ihr auf das komische schäbige Männchen mit den schwarzen Handschuhen, mit dem ich mich am Strand ein paar Minuten unterhalten hatte. Er berührte seinen alten steifen Hut.

»Verzeihen Sie, mein Herr, könnten Sie mir vielleicht mit einem Zündhölzchen aushelfen?« sagte er.

»Gewiß«, entgegnete ich, »aber ich habe leider keine Zigaretten bei mir.«

»Gestatten Sie mir, Ihnen eine von den meinen anzubieten«, sagte er und zog die Pappschachtel hervor. Sie war leer. »Mein Gott, ich habe auch keine. Was für ein merkwürdiges Zusammentreffen!«

Er ging weiter, und es war mir, als ob er seine Schritte beschleunige. Ich fing an, mir meine Zweifel über ihn zu machen. Ich hoffte, daß er Miss Porchester nicht behelligen würde. Einen Augenblick dachte ich daran, umzukehren, tat es aber schließlich doch nicht. Er war ein manierlicher kleiner Mensch, und ich glaubte nicht ernstlich daran, daß er sich einer einzelnen Dame gegenüber lästig zeigen würde.

Ich sah ihn noch am gleichen Nachmittag wieder. Ich saß an der Seepromenade. Er kam mit kleinen ungeschickten Schritten auf mich zu. Es war etwas stürmisch, und er sah aus wie ein vertrocknetes Blatt, das vom Wind dahingetrieben wird. Dieses Mal zögerte er nicht, sondern setzte sich neben mich.

»Schon wieder begegnen wir einander, mein Herr. Die Welt ist klein. Wenn es Sie nicht stört, werden Sie mir vielleicht gestatten, mich einen Augenblick neben Sie zu setzen. Ich bin ein wenig müde.«

»Dies ist eine öffentliche Bank, und Sie haben das gleiche Recht, hier zu sitzen, wie ich.«

Ich wartete nicht, bis er mich um ein Streichholz bitten würde, sondern bot ihm sofort eine Zigarette an.

»Wie reizend von Ihnen, mein Herr. Ich bin gezwungen, mich auf eine bestimmte Zahl von Zigaretten im Tag zu beschränken; die aber rauche ich mit Genuß. Wenn man älter wird, werden die Freuden des Lebens spärlicher. Dafür genießt man die wenigen, die bleiben, um so intensiver.«

»Ein tröstlicher Gedanke.«

»Entschuldigen Sie, mein Herr, aber vermute ich richtig, daß Sie der bekannte Schriftsteller sind?«

»Ja, ich bin Schriftsteller«, antwortete ich. »Aber wie kommen Sie darauf?«

»Ich habe Ihr Bild in den illustrierten Blättern gesehen. Sie erkennen *mich* wohl nicht?«

Ich schaute ihn an, den kümmerlichen kleinen Mann, in seinem sauberen, aber schäbigen schwarzen Anzug, mit der langen Nase und den wässerigen blauen Augen.

»Leider nicht.«

»Ja, ich habe mich wohl verändert«, seufzte er. »Es gab eine Zeit, da war meine Photographie in jedem Blatt der Vereinigten Königreiche zu sehen. Natürlich können einem diese Pressephotographen nicht gerecht werden. Ich gebe Ihnen mein Wort: in den meisten Fällen wäre ich nie auf den Gedanken gekommen, daß *ich* das sein sollte, wenn nicht mein Name daruntergestanden hätte.«

Es war eine Weile still. Die Flut war zurückgetreten, und hinter dem Uferkies zeigte sich ein Streifen gelblichen Schlamms. Die Wellenbrecher lagen halb darin begraben wie die Rückenkämme vorsintflutlicher Tiere.

»Es muß wunderbar interessant sein, Schriftsteller zu sein, mein Herr. Oft habe ich mir gedacht, daß ich selbst Talent zum Schreiben hätte. Es gab Zeiten, da verschlang ich die Bücher geradezu. Aber in den letzten Jahren habe ich das etwas vernachlässigt. Vor allem, weil meine Augen nicht mehr so gut sind. Ich glaube, ich könnte ein Buch schreiben, wenn ich es versuchen würde.«

»Es wird behauptet, daß jeder ein Buch schreiben könnte«, antwortete ich.

»Keinen Roman, wissen Sie. Ich bin nicht sehr für Romane; ich ziehe geschichtliche Sachen vor. Auch Memoiren. Wenn jemand mir ein vernünftiges Angebot machen würde, wäre ich ohne weiteres bereit, meine Memoiren zu schreiben.«

»Im Augenblick sehr modern«, entgegnete ich.

»Es gibt nicht viele Menschen, die so viel erlebt haben wie ich, in gewisser Beziehung. Vor kurzem erst habe ich an ein Sonntagsblatt darüber geschrieben, aber man hat meinen Brief unbeantwortet gelassen.«

Er musterte mich mit einem langen, taxierenden Blick. Er sah mir zu ehrbar aus, als daß er im Begriff sein konnte, mich um ein paar Shillings anzugehen.

»Sie wissen natürlich nicht, wer ich bin, mein Herr, nicht wahr?«

»Ehrlich gestanden, nein.«

Er schien einen Augenblick nachzudenken, dann zog er seine Handschuhe straffer über die Finger, betrachtete einen Moment ein Loch in dem einen und wandte sich schließlich ohne Befangenheit zu mir.

»Ich bin der berühmte Mortimer Ellis«, sagte er.

»Ach?«

Ich wußte mir keinen anderen Ausruf, denn nach bestem Wissen hatte ich diesen Namen nie zuvor gehört. Ich sah einen Ausdruck von Enttäuschung über sein Gesicht ziehen und war etwas verlegen.

»Mortimer Ellis«, wiederholte er. »Sie werden mir doch nicht erzählen, daß Sie nichts von mir wissen.«

»Leider bleibt mir nichts anderes übrig. Ich bin sehr oft im Ausland.«

Ich überlegte, welchem Verdienst er seine Berühmtheit verdanken mochte. Im Geist überflog ich die verschiedenen Möglichkeiten. Er konnte kein Athlet gewesen sein, das einzige, was einem Menschen in England wahren Ruhm sichert, aber er konnte Gesundbeter gewesen sein oder vielleicht Meisterbillardspieler. Es gibt natürlich nichts so Obskures wie einen verabschiedeten Minister, und er konnte auch Präsident des Handelsministeriums in einem längst begrabenen Kabinett gewesen sein. Aber er hatte nichts von dem Aussehen eines Politikers.

»So ist es mit dem Ruhm«, meinte er bitter. »Wochenlang war ich der meistbesprochene Mann in England. Schauen Sie mich doch an. Sie *müssen* meine Photographie in den Blättern gesehen haben. Mortimer Ellis.«

»Tut mir furchtbar leid«, sagte ich und schüttelte den Kopf.

Er machte eine kleine Pause, um seiner Eröffnung Wirkung zu verleihen.

»Ich bin der berühmte Bigamist.«

Was soll man nun antworten, wenn einem ein Mensch, der einem so gut wie fremd ist, plötzlich aus heiterem Himmel mitteilt, er sei der berühmte Bigamist? Ich gestehe, daß ich mir geschmeichelt hatte, nur selten um eine Antwort verlegen zu sein, aber in diesem Fall war ich sprachlos.

»Ich habe elf Frauen gehabt, mein Herr«, fuhr er fort.

»Die meisten Männer haben mit einer gerade genug zu schaffen.«

»Ach, das ist nur Mangel an Übung. Wenn man elf gehabt hat wie ich, dann gibt es nur sehr wenig, was man nicht weiß über Frauen.«

»Aber warum sind Sie bei der elften stehengeblieben?«

»Natürlich! Ich wußte, daß Sie das fragen würden. Sofort, als ich Sie erblickte, sagte ich mir: er hat ein kluges Gesicht. Ja, sehen Sie, mein Herr, das ist es ja gerade, was mich irritiert. Elf ist eine so nichtssagende Zahl. Etwas so Unfertiges. Drei könnte man haben, sieben eventuell, neun soll eine Glückszahl sein, und an zehn wäre schließlich auch nichts auszusetzen. Aber elf! Das ist das einzige, was mich wurmt. Mit Freuden hätte ich alles getragen, wenn es mir vergönnt gewesen wäre, das Dutzend vollzumachen.«

Er knöpfte seinen Rock auf und holte aus der inneren Tasche ein dickes und sehr schmieriges Portefeuille hervor. Diesem entnahm er ein großes Bündel von Zeitungsausschnitten; sie waren abgegriffen, zerknüllt und schmutzig. Aber er breitete zwei, drei vor mir aus.

»Nun sehen Sie sich einmal diese Photographien an. Ich frage Sie, erkennt man mich darauf? Es ist eine Schande. Für einen Verbrecher könnte man mich halten, wenn man sie sieht.«

Die Ausschnitte waren von imposanter Länge. Nach Ansicht der Zeitungsredakteure war Mortimer Ellis offenbar ein Nachrichtengegenstand von besonderem Wert gewesen. Ein Bericht war überschrieben: ›Ein oft verheirateter Mann‹, ein zweiter: ›Ein herzloser Schuft vor seinen Richtern‹, ein dritter: ›Ein Schurke erlebt sein Waterloo‹.

»Nicht gerade, was man eine gute Presse nennt«, murmelte ich.

»Ich kümmere mich nicht darum, was die Zeitungen schreiben«, antwortete er mit einem Achselzucken. »Dazu habe ich viel zu viele Journalisten kennengelernt. Nein, der *Richter* ist es, dem ich alle Schuld aufbürden muß. Er hat mich entsetzlich behandelt, und es ist ihm übel bekommen, kann ich Ihnen sagen; noch im gleichen Jahr ist er gestorben.«

Ich durchflog den Bericht, den ich in der Hand hielt.

»Ich sehe, daß er ihnen fünf Jahre gegeben hat.«

»Unerhört, finden Sie nicht auch? Lesen Sie nur weiter.«

Er wies mit dem Zeigefinger auf eine bestimmte Stelle: »›Drei seiner Opfer baten um Gnade für ihn.‹ Das zeigt, was sie von mir hielten. Und auf das hin hat er mir fünf Jahre gegeben. Und wie er mich beschimpft, sehen Sie doch nur. Einen herzlosen Schuft nennt er mich – mich, den gutherzigsten Menschen der Welt –, eine Pest der Gesellschaft, eine Gefahr für die Öffentlichkeit; sagt, daß er mich am liebsten auspeitschen ließe, wenn es in seiner Macht stünde. Daß er mir fünf Jahre gegeben hat, nehme ich ihm nicht so übel, obgleich es bestimmt viel zuviel war – niemand wird mir das ausreden –, aber hatte er das Recht, frage ich Sie, in diesem Ton mit mir zu reden? Nein, das hatte er nicht, und ich werde es ihm nie verzeihen, nie, und wenn ich hundert Jahre alt werde.«

Die Wangen des Bigamisten wurden rot, und in seinen wäßrigen Augen leuchtete es einen Augenblick feurig auf. Es war ein schmerzliches Thema, das er hier angeschlagen hatte.

»Darf ich die Ausschnitte lesen?« fragte ich.

»Dazu habe ich sie Ihnen gegeben. Ich möchte, daß Sie sie lesen. Und wenn Sie sie lesen können, ohne einzusehen, daß mir bitter Unrecht geschehen ist, dann sind Sie nicht der Mann, für den ich Sie gehalten habe.«

Während ich einen Ausschnitt nach dem anderen überflog, wurde mir klar, woher Mortimer Ellis eine so eingehende Kenntnis der Seebäder Englands besaß. Sie waren sein Jagdrevier. Seine Methode bestand darin, an irgendeinen Ort zu fahren, wenn die Saison vorüber war, und sich in einem der leeren Häuser einzuquartieren. Offenbar gelang es ihm jedesmal schnell, die Bekanntschaft eines weiblichen Wesens zu machen, einer Witwe oder einer alten Jungfer, deren Alter, wie ich bemerkte, zwischen fünfunddreißig und fünfzig schwankte. Sie alle sagten vor Gericht aus, daß sie ihn in einem Seebad kennengelernt hätten. Er machte ihnen nach ungefähr vierzehn Tagen einen Heiratsantrag. Bald darauf fand die Hochzeit statt. Er veranlaßte sie auf die oder jene Weise, ihm ihre Ersparnisse anzuvertrauen, und unter dem Vorwand, geschäftlich nach London reisen zu müssen, verließ er sie dann nach einigen Monaten auf Nimmerwiedersehen. Nur eine einzige war ihm wieder begegnet bis zu dem Tag, wo sie ihn alle in ihrer Eigenschaft als Zeuginnen vor Gericht wiedergesehen hatten. Es waren durchweg Frauen aus gutbürgerlichen Kreisen; die eine war die Tochter eines Arztes, die andere eine Pastorentochter; dann war eine Pensionsbesitzerin darunter, die Witwe eines Geschäftsreisenden und auch eine ehemalige Schneiderin. Ihr Vermögen bewegte sich im wesentlichen zwischen fünfhundert und tausend Pfund. Aber welche Summe es auch sein mochte, den irregeführten Frauen wurde alles bis auf den letzten Pfennig abgeknöpft. Einige von ihnen erzählten wahrhaft jammervolle Geschichten über das Elend, in dem er sie zurückgelassen hatte. Aber alle gaben sie zu, daß er ein guter Ehemann gewesen wäre. Und nicht genug, daß drei von ihnen tatsächlich um Gnade für ihn baten, eine erklärte sich sogar auf der Zeugenbank bereit, ihn jederzeit wieder aufzunehmen, wenn er zu ihr zurückkehren wollte. Er bemerkte, daß ich gerade diese Stelle las.

»Und sie hätte für mich gearbeitet«, sagte er, »darüber besteht kein Zweifel. Aber ich sagte mir: Nein, Begrabenes soll man begraben sein lassen. Niemand weiß ein saftiges Stück Braten besser zu schätzen als ich, aber für kalt und aufgewärmt bin ich nicht, muß ich gestehen.«

Nur ein Mißgeschick trug die Schuld, daß Mortimer Ellis nicht auch noch eine zwölfte Frau geheiratet und damit das ersehnte Dutzend erreicht hatte. Denn er war verlobt mit einer Miss Hubbard – »zweitausend Pfund hatte sie, nicht einen Penny weniger, in Kriegsanleihe«, vertraute er mir an –, und das Aufgebot war schon verkündet, als eine seiner früheren

Frauen ihn erblickte, Erkundigungen einzog und sich mit der Polizei in Verbindung setzte. Genau einen Tag vor seiner zwölften Hochzeit wurde er arretiert.

»Eine Böse war das«, sagte er, »hineingelegt hat die mich, grausam!«

»Ja, wie hat sie denn das gemacht?«

»Gott, ich habe sie in Eastbourne kennengelernt, im Dezember einmal, und im Lauf unseres Gesprächs hat sie mir erzählt, daß sie Schneiderin gewesen sei und sich zur Ruhe gesetzt habe. Sie sagte, sie hätte ein hübsches Stück Geld gemacht. Es war nicht genau herauszukriegen, wieviel, aber sie gab mir zu verstehen, daß es so an die fünfzehnhundert Pfund waren, und als ich sie dann heiratete, wissen Sie, was sich da herausstellte? Sie werden es nicht glauben: keine dreihundert Pfund hatte sie. Und ausgerechnet die hat mich angezeigt. Bedenken Sie, nie hatte ich ihr einen Vorwurf gemacht. Ein anderer wäre ihr grob gekommen, wenn er den Schwindel entdeckt hätte. Ich habe sie niemals fühlen lassen, daß ich auch nur enttäuscht war. Ich bin einfach weggegangen ohne ein Wort.«

»Aber nicht ohne die dreihundert Pfund, nehme ich an.«

»Aber, mein Herr, seien Sie doch nicht unvernünftig«, entgegnete er in beleidigtem Ton. »Wie lange können dreihundert Pfund schon reichen? Und ich war vier Monate mit ihr verheiratet, ehe sie die Wahrheit eingestand.«

»Verzeihen Sie die Frage«, sagte ich, »und führen Sie sie bitte ja nicht auf eine geringe Einschätzung Ihrer persönlichen Vorzüge zurück – warum haben alle diese Frauen Sie geheiratet?«

»Weil ich sie darum gebeten habe«, antwortete er, sichtlich auf das höchste erstaunt.

»Aber haben Sie nie einen Korb bekommen?«

»Sehr selten. Nicht öfter als vier- oder fünfmal in meiner ganzen Laufbahn. Natürlich habe ich meinen Antrag immer erst gemacht, wenn ich meiner Sache schon ziemlich sicher war, und ich will nicht behaupten, daß ich nicht manchmal auch eine Niete gezogen habe. Man kann nicht verlangen, daß es jedesmal zum Klappen kommt, wenn Sie mich richtig verstehen. Oft habe ich mich mehrere Wochen um eine Frau bemüht, ehe ich erkannte, daß nichts zu machen sei.«

Ich gab mich eine Weile meinen Überlegungen hin, aber bald

bemerkte ich, daß ein breites Lächeln über die beweglichen Züge meines Freundes glitt.

»Jetzt verstehe ich erst, was Sie meinen«, sagte er. »Mein Äußeres gibt Ihnen zu denken. Sie können nicht begreifen, was die Frauen an mir finden. Das kommt vom Romanlesen und Ins-Kino-Laufen. Sie meinen, was die Frauen wollen, das sei der Cowboytyp oder eine Art Spanier mit blitzenden Augen und olivfarbener Haut oder ein eleganter Tänzer. Sie bringen mich zum Lachen!«

»Das freut mich«, sagte ich.

»Sind Sie verheiratet, mein Herr?«

»Ja. Aber ich habe nur eine Frau.«

»Da können Sie nicht urteilen. Nach einem einzigen Beispiel kann man nicht generalisieren, wenn Sie mich richtig verstehen. Was wüßten Sie zum Beispiel von Hunden, wenn Sie nie einen anderen gehabt hätten als einen Bullterrier?«

Die Frage war rhetorisch, und ich fühlte, daß sie keiner Antwort bedurfte. Er wartete den richtigen Moment ab und fuhr dann fort: »Sie befinden sich in einem Irrtum, mein Herr. In einem ausgesprochenen Irrtum. Eine Frau mag sich in einen gutaussehenden jungen Kerl vergaffen, aber sie wird ihn niemals heiraten wollen. In Wirklichkeit machen sich die Frauen nichts aus gutem Aussehen. Douglas Jerrold, der ebenso häßlich wie geistreich war, pflegte zu sagen, man müßte ihm nur zehn Minuten Vorsprung bei einer Frau lassen, und er könnte den schönsten Mann im Zimmer ausstechen. Auch Geist wollen sie nicht. Sie wollen nicht, daß ein Mann geistreich sei; sonst glauben sie nicht, daß er es ernst meint. Sie wollen nicht, daß er gut aussehe; sonst glauben sie ebenfalls nicht, daß er es ernst meint. Nur eines wollen sie wirklich: daß er es ernst meint. Vor allen Dingen Sicherheit. Und dann – Aufmerksamkeit. Ich mag nicht schön sein, und ich mag nicht unterhaltend sein, aber glauben Sie mir, ich besitze das, was jede Frau sich wünscht: Zuverlässigkeit. Und der Beweis dafür ist, daß ich alle meine Frauen glücklich gemacht habe.«

»Es wirft sicherlich ein gutes Licht auf Sie, daß drei um Gnade für Sie gebeten haben und eine sogar bereit war, Sie wieder zurückzunehmen.«

»Sie können sich nicht vorstellen, was für eine Sorge das für mich war, die ganze Zeit im Gefängnis. Ich fürchtete, sie würde bei meiner Haftentlassung vor dem Tor auf mich warten, und ich hatte zu dem Direktor gesagt: ›Um Gottes willen, Sir, schmuggeln Sie mich hinaus, damit mich nur ja niemand sieht.‹«

Er zog abermals die Handschuhe straff, und sein Blick fiel wieder auf das Loch im ersten Finger.

»Das kommt davon, wenn man möbliert leben muß. Wie soll ein Mann sich seine Sachen in Ordnung halten, wenn er keine Frau hat, die für ihn sorgt. Ich war zu oft verheiratet, um ohne Frau leben zu können. Es gibt Männer, denen es keinen Spaß macht, verheiratet zu sein. Das kann ich einfach nicht begreifen. Aber es ist wohl schon so: etwas wirklich Gutes kann man nur leisten, wenn man mit dem Herzen dabei ist: und ich liebe es, Ehemann zu sein. Es fällt mir nicht schwer, die verschiedenen kleinen Dinge zu tun, die den Frauen Freude machen und mit denen die meisten anderen Männer sich einfach nicht abgeben wollen. Wie schon erwähnt, eine Frau verlangt Aufmerksamkeit. Ich bin nie aus dem Haus gegangen, ohne meiner Frau einen Kuß zu geben, und nie heimgekommen, ohne ihr wieder einen zu geben. Und nur sehr selten bin ich nach Hause gekommen, ohne ihr etwas Schokolade oder ein paar Blumen mitzubringen. An die Ausgabe habe ich dabei niemals gedacht.«

»Es war schließlich auch nicht Ihr Geld, mit dem Sie bezahlt haben«, warf ich ein.

»Und was will das schon besagen! Kommt es denn auf das Geld an, das man für ein Geschenk ausgelegt hat? Nein! Auf den Geist kommt es an, aus dem heraus man schenkt. Nur das zählt bei den Frauen. Nein, ich bin wirklich kein eingebildeter Mensch, aber das eine kann ich von mir behaupten: ich bin ein guter Ehemann.«

Ich schaute flüchtig auf die Berichte, die ich immer noch in der Hand hielt.

»Ich will Ihnen sagen, was mich wundert«, sagte ich. »Alle diese Frauen waren sehr achtbare, ordentliche Personen, alle hatten sie ein gewisses Alter, waren ruhig und gesetzt. Und doch haben sie Sie geheiratet, ohne irgendwelche Erkundigungen einzuziehen, und nach allerkürzester Bekanntschaft.«

Er legte seine Hand nachdrucksvoll auf meinen Arm.

»Das also verstehen Sie nicht, mein Herr. Sehen Sie, in allen Frauen ist eine Sucht, verheiratet zu sein. Gleichgültig, ob sie jung oder alt sind, klein oder groß, schwarz oder blond, alle haben sie eines gemeinsam: sie wollen heiraten. Und vergessen Sie eines nicht, ich habe mich jedesmal in der Kirche trauen lassen. Keine Frau fühlt sich wirklich sicher, wenn sie nicht kirchlich getraut ist. Sie sagen, ich sei keine Schönheit – zugegeben –, ich habe mich auch nie für eine Schönheit gehalten, aber selbst wenn ich nur ein Bein und dazu einen Buckel hätte, könnte ich Frauen finden, soviel ich nur wollte, die mit Freuden bereit wären, mich zu heiraten. Es ist eine Manie geradezu, eine Krankheit. Tatsächlich war doch kaum eine unter ihnen, die mich nicht schon nach der zweiten Zusammenkunft genommen hätte – ich liebe es bloß, das Terrain etwas gründlicher zu sondieren, ehe ich mich exponiere. Als das Ganze herauskam, herrschte mächtige Aufregung, weil ich elfmal geheiratet hatte. Elfmal? Ja, das ist doch gar nichts, nicht einmal ein volles Dutzend. Dreißigmal hätte ich heiraten können, wenn ich gewollt hätte. Ehrenwort, mein Herr. Wenn ich bedenke, was für Möglichkeiten sich mir geboten haben, so kann ich mich nur wundern über meine Zurückhaltung.«

»Sie erwähnten vorhin, daß Sie gern Geschichtliches lesen.«

»Ja, bei Warren Hastings war das doch auch so, nicht? Es fiel mir gleich auf, als ich es las. Haargenau paßte es auf mich.«

»Und Sie fanden diese ständige Freierschaft nicht etwas monoton?«

»Gott, ich bin ein logisch veranlagter Mensch, und es bereitete mir eine nie versagende Freude, zu beobachten, wie die gleichen Folgen aus den gleichen Ursachen entstehen, wenn Sie wissen, was ich meine. Bei Frauen zum Beispiel, die noch nicht verheiratet gewesen waren, gab ich mich regelmäßig für einen Witwer aus. Das wirkte wie ein Zauber. Denn sehen Sie, eine ledige Person will einen Mann, der etwas weiß. Bei einer Witwe ist das wieder anders. Da sagte ich immer, ich sei Junggeselle. Denn eine Witwe hat Angst, der Mann könnte zuviel wissen, wenn er schon einmal verheiratet war.«

Ich gab ihm seine Ausschnitte zurück; er faltete sie sauber zusammen und legte sie in seine schmierige Brieftasche.

»Ich bin der Ansicht, mein Herr, daß man mich vollkommen verkannt hat. Überlegen Sie, was man über mich sagt: ›Pest der Gesellschaft‹ – ›Gewissenloser Gauner‹ – ›Gemeiner

Schwindler‹. Und dann schauen Sie mich an. Bin ich der Mann, auf den das alles zutrifft? Sie kennen mich, Sie sind ein Menschenkenner, ich habe Ihnen alles von mir erzählt. Halten Sie mich für einen schlechten Menschen?«

»Meine Bekanntschaft mit Ihnen ist nur sehr flüchtig«, antwortete ich mit, wie mir schien, bemerkenswertem Takt.

»Ich möchte wissen, ob die Richter, ob die Geschworenen, ob die Öffentlichkeit je auf den Gedanken gekommen ist, die Sache auch einmal von meinem Standpunkt aus zu betrachten. Die Menge bedrohte mich, als ich in den Gerichtssaal geführt wurde, und die Polizei mußte mich vor ihrer Gewalttätigkeit schützen. Hatte auch nur einer bedacht, was ich für diese Frauen getan hatte?«

»Sie hatten ihnen ihr Geld genommen.«

»Natürlich hatte ich ihnen ihr Geld genommen. Ich muß doch leben wie jeder andere auch. Aber was hatte ich ihnen für ihr Geld gegeben?«

Dies war wieder eine rhetorische Frage, und obgleich er mich anblickte, als erwarte er eine Antwort, hielt ich den Mund. Ich wußte wirklich nicht, was ich sagen sollte. Seine Stimme klang eindringlich, und er sprach mit Emphase. Ich konnte sehen, daß es ihm ernst war.

»Ich will Ihnen sagen, was ich ihnen für ihr Geld gegeben habe. Romantik. Schauen Sie sich diesen Ort an.«

Er machte eine weite runde Geste, die das Meer und den Horizont umspannte. »In England gibt es hundert Orte wie diesen. Schauen Sie sich dieses Meer und diesen Himmel an; diese Pensionen; diesen Landungssteg; den Strand. Ist es nicht trostlos? Kann man nicht trübsinnig werden bei diesem Anblick? Für Sie spielt das natürlich weiter keine Rolle. Sie sind auf ein, zwei Wochen hergekommen, weil Sie erholungsbedürftig sind oder aus sonst einem Grund. Aber denken Sie doch an die Frauen, die jahraus, jahrein hier leben müssen. Sie haben keinerlei Möglichkeiten. Kaum, daß sie einen Menschen kennen. Sie haben gerade nur das bißchen Geld, von dem sie leben, und damit Schluß. Haben Sie je bedacht, wie furchtbar ihr Leben ist? Genauso trostlos wie die Seepromenade, eine lange, gerade, zementierte Straße, die immer weitergeht, von einem Seebad zum anderen. Selbst die Saison bringt ihnen keine Aufheiterung. Sie gehören nicht mit dazu. Sie könnten ebensogut tot sein. Und dann komme ich. Ich bitte Sie zu beachten, daß ich mich nie einer Frau genähert habe, die sich nicht mindestens zu einem Alter von fünfunddreißig Jahren bekannt hat. Und ich gebe ihnen Liebe. Bedenken Sie doch: viele von ihnen haben nie erfahren, was es ist, einen Mann zu haben, der ihnen das Kleid hinten zuknöpft. Viele haben es nie erlebt, im Dunkeln auf einer Bank zu sitzen und den Arm eines Mannes um ihre Schultern zu fühlen. Ich bringe ihnen Abwechslung und Aufregung. Ich gebe ihnen neues Selbstvertrauen. Sie stehen verstaubt auf einem Wandbrett, und ich komme ganz sachte daher und hole sie behutsam herunter. Ein kleiner Sonnenstrahl in ihrem freudlosen Dasein. Das war ich. Kein Wunder, daß sie mir zuflogen, kein Wunder, daß sie mich wieder zurückhaben wollten. Die einzige, die mich verriet, war die Schneiderin – sie behauptete, Witwe zu sein, aber im Innersten war ich immer überzeugt, daß sie nie verheiratet gewesen ist. Sie sagen, ich hätte diesen Frauen übel mitgespielt; wieso denn? Ich habe Glück und Glanz in elf Leben gebracht, die längst mit allen Hoffnungen abgeschlossen hatten. Sie sagen, ich sei ein Schuft und ein Schurke; Sie haben unrecht. Ich bin ein Philanthrop. Fünf Jahre hat man mir gegeben; die goldene Verdienstmedaille hätte ich bekommen müssen.«

Er zog seine leere Zigarettenschachtel heraus und blickte mit melancholischem Kopfschütteln auf sie. Als ich ihm mein Etui hinhielt, bediente er sich wortlos. Ich erlebte das Schauspiel, einen guten Menschen im Kampf mit seiner Gemütsbewegung zu sehen.

»Und was hat es mir schließlich eingebracht, frage ich Sie?« fuhr er nach kurzer Pause fort. »Unterkunft und Verpflegung und das bißchen Geld, um mir Zigaretten zu kaufen. Aber zurücklegen konnte ich mir nie etwas, und der Beweis dafür ist, daß ich jetzt, wo ich nicht mehr so jung bin wie früher, keine drei Shilling in der Tasche habe.«

Er blickte mich von der Seite an. »Es ist ein großer Abstieg, sich in einer solchen Lage zu befinden. Ich habe immer bezahlt, was ich verbraucht habe, und nie im Leben einen Freund um ein Darlehen bitten müssen. Ob Sie mir wohl mit einer Kleinigkeit aushelfen könnten, mein Herr? Es ist demütigend für mich, so etwas zu verlangen, aber wenn Ihnen ein Pfund nicht zu viel wäre, würden Sie mir einen großen Gefallen tun.«

Nun, Unterhaltung für ein Pfund hatte mir der Bigamist sicherlich geliefert, und ich langte nach meiner Brieftasche.

»Mit Vergnügen«, sagte ich.

Er schaute auf die Banknote, die ich herausnahm.

»Zwei könnten es wohl nicht sein?«

»Doch, es können auch zwei sein.«

Ich reichte ihm die beiden Pfundnoten, und er stieß einen kleinen Seufzer aus, während er sie entgegennahm.

»Sie ahnen nicht, was es bedeutet, nicht zu wissen, wo man abends sein Haupt hinlegen soll, wenn man wie ich an die Bequemlichkeit eines häuslichen Daseins gewöhnt ist.«

»Eines müssen Sie mir noch erklären«, sagte ich. »Sie dürfen mich nicht für zynisch halten, aber ich war immer der Ansicht, daß Frauen die Maxime ›Geben ist seliger denn Nehmen‹ ausschließlich auf unser Geschlecht beziehen. Wie ist es Ihnen gelungen, diese braven und in Geldsachen doch sicherlich sehr genauen Wesen zu bewegen, Ihnen so vertrauensvoll ihre ganzen Ersparnisse auszuliefern?«

Ein belustigtes Lächeln breitete sich über seine unbedeutenden Züge.

»Nun, mein Herr, Sie wissen doch, was Shakespeare über den Ehrgeiz sagt, ›der sich selbst überrennt‹. Das ist die Erklärung. Erzählen Sie einer Frau, daß Sie sich verpflichten, ihr Kapital in sechs Monaten zu verdoppeln, wenn Sie frei damit walten können, und sie wird es Ihnen nicht schnell genug übergeben können. Habgier ist es, was dahintersteckt. Nichts als allergewöhnlichste Habgier...«

Es war eine scharfe Sensation, aufreizend für den Appetit (wie heiße Soße mit Eiscreme), von diesem amüsanten Gauner zu der züchtigen Ehrbarkeit – ganz Lavendelsäckchen und Krinolinen – der St. Clairs und Miss Porchesters zurückzukehren. Ich verbrachte nun jeden Abend mit ihnen. Kaum hatten ihn die Damen verlassen, sandte mir Mr. St. Clair seine Empfehlungen an den Tisch und ließ mich bitten, ein Glas Portwein mit ihm zu trinken. Wenn wir fertig waren, gingen wir in die Halle und tranken Kaffee. Mr. St. Clair ließ sich sein Gläschen alten Brandy schmecken. Die Stunden, die ich mit diesen Leuten verbrachte, waren von so erlesener Langeweile, daß sie einen ganz besonderen Zauber für mich hatten. Die Wirtin hatte ihnen erzählt, daß ich Stücke schrieb.

»Wir pflegten oft ins Theater zu gehen, als Henry Irving noch im ›Lyzeum‹ spielte«, sagte Mr. St. Clair. »Ich hatte einmal das Vergnügen, seine Bekanntschaft zu machen. Sir Everard Millais hatte mich in den ›Garrick Club‹ zum Souper eingeladen und stellte mich bei dieser Gelegenheit Mr. Irving vor.«

»Erzähle doch, was er zu dir gesagt hat, Edwin«, bat Mrs. St. Clair. Mr. St. Clair nahm eine dramatische Pose an und gab eine gar nicht üble Imitation Henry Irvings zum besten.

»›Sie haben einen Schauspielerkopf, Herr St. Clair‹, hat er zu mir gesagt. ›Wenn Sie sich je entschließen sollten, zur Bühne zu gehen, dann kommen Sie zu mir, und ich werde Ihnen eine Rolle geben.‹« Mr. St. Clair wurde wieder er selbst. »So etwas hätte einem jungen Menschen schon den Kopf verdrehen können.«

»Aber nicht Ihnen«, äußerte ich.

»Ich will nicht leugnen, daß vielleicht auch ich der Versuchung erlegen wäre, wenn nicht bestimmte Umstände dagegen gewesen wären. Aber ich hatte Pflichten gegen meine Familie. Es hätte meinem Vater das Herz gebrochen, wenn ich das Geschäft nicht übernommen hätte.« – »Was für ein Geschäft ist das, wenn ich fragen darf?«

»Ich bin Teehändler. Meine Firma ist die älteste in der City von London. Ich habe vierzig Jahre meines Lebens *einem* Ziel gelebt: meine Landsleute in dem Wunsch zu unterstützen, Ceylon-Tee zu trinken anstatt chinesischen, wie es in meiner Jugend allgemein üblich war.«

Ich fand es entzückend charakteristisch für ihn, daß er sich ein Leben lang dafür eingesetzt hatte, dem Publikum anstelle einer Ware, die es haben wollte, eine andere, unerwünschte aufzuzwingen.

»Aber in seiner Jugend hat mein Gatte oft in Dilettantenvorstellungen mitgewirkt, und er galt für sehr begabt«, sagte Mrs. St. Clair.

»In Shakespeare-Stücken zum Beispiel oder in der ›Lästerschule‹. Ich habe mich dazu hergegeben, wertloses Zeug zu spielen. Aber das gehört der Vergangenheit an. Ich hatte eine gewisse Begabung, und vielleicht war es schade, sie zu vernachlässigen. Aber jetzt ist es zu spät. Wenn wir Gesellschaften geben, dann lasse ich mich manchmal von den Damen überreden, die großen Hamlet-Monologe zu deklamieren. Das ist aber auch alles.«

O Gott, o Gott, o Gott! Ich dachte mit fasziniertem Schauder an diese Gesellschaften und fragte mich, ob es mir wohl auch beschieden sein würde, einmal eingeladen zu werden. Mrs. St. Clair warf mir ein kleines Lächeln zu, halb schamhaft, halb schockiert.

»Mein Mann war ein großer Bohemien in seiner Jugendzeit«, sagte sie.

»Nun ja, man muß sich ja die Hörner ablaufen. Ich kannte eine ganze Reihe von Malern und Schriftstellern, Wilkie Collins zum Beispiel, und selbst Leute, die für Zeitungen schrieben. Watts hatte ein Porträt von meiner Frau gemalt, und ich habe ein Bild von Millais gekauft. Ich kannte auch einige von den Präraffaeliten.«

»Besitzen Sie einen Rossetti?« fragte ich.

»Nein. Ich bewundere wohl Rossettis Talent, aber mit seinem Privatleben konnte ich mich niemals abfinden. Es wäre gegen meine Prinzipien, ein Bild von einem Künstler zu kaufen, den ich nicht ebensogern an meinen Tisch bitten würde.«

Mir wirbelte der Kopf. Als Miss Porchester, auf die Uhr blickend, fragte: »Willst du uns heute nicht vorlesen, Onkel Edwin?«, zog ich mich zurück.

Es geschah an einem Abend – ich saß mit Mr. St. Clair bei einem Glas Portwein –, daß er mir die traurige Geschichte seiner Nichte erzählte. Sie war mit einem Neffen der Mrs. St. Clair, einem Rechtsanwalt, verlobt gewesen, als sich eines Tages herausstellte, daß er ein Verhältnis mit der Tochter seiner Wäscherin gehabt hatte.

»Es war eine furchtbare Sache«, sagte Mr. St. Clair, »eine furchtbare Sache. Selbstverständlich wählte meine Nichte den einzig möglichen Ausweg. Sie schickte ihm seinen Ring, seine Briefe und seine Photographie zurück und erklärte, daß sie niemals seine Frau werden könnte. Sie flehte ihn an, die junge Person zu heiraten, an der er sich so schwer vergangen hatte, und versprach, ihr eine Schwester sein zu wollen. Es hat ihr das Herz gebrochen. Sie hat seither nie wieder einen Mann geliebt.«

Mr. St. Clair schüttelte den Kopf und seufzte.

»Nein. Wir hatten uns sehr in ihm getäuscht. Es war ein

schwerer Kummer für meine Frau, daß ihr leiblicher Neffe einer so ehrlosen Handlungsweise fähig gewesen war. Kurze Zeit darauf hörten wir, daß er sich mit einer jungen Dame aus guter Familie mit zehntausend Pfund Vermögen verlobt habe. Ich betrachtete es als meine Pflicht, an ihren Vater zu schreiben und ihn mit den Tatsachen bekanntzumachen. Er beantwortete meinen Brief in der ungebührlichsten Art. Es sei ihm lieber, wenn sein Schwiegersohn vor seiner Verheiratung Verhältnisse hätte als nachher.«

»Und was geschah weiter?«

»Sie haben geheiratet, und jetzt ist der Neffe meiner Frau ein hoher Richter und seine Gattin Mylady. Aber wir haben uns nie bewegen lassen, sie zu empfangen. Als der Neffe meiner Frau in den Adelsstand erhoben wurde, schlug Eleanor vor, ihn und seine Frau zum Dinner einzuladen. Aber meine Frau entgegnete, daß er nie den Fuß über unsere Schwelle setzen sollte, und ich bestärkte sie in dieser Ablehnung.«

»Und die Tochter der Wäscherin?«

»Sie hat sich mit einem Mann ihres eigenen Standes verheiratet und hat ein Wirtshaus in Canterbury. Meine Nichte, die etwas Vermögen besitzt, hat für sie getan, was sie nur konnte, und ist die Patin ihres ältesten Kindes.«

Arme Miss Porchester. Sie hatte sich auf dem Altar viktorianischer Moral geopfert, und ich hege die Befürchtung, daß das Bewußtsein, edel gehandelt zu haben, der einzige Lohn war, der ihr daraus erblühte.

»Miss Porchester ist eine ungewöhnlich reizvolle Erscheinung«, sagte ich. »Als sie jünger war, muß sie wundervoll gewesen sein. Wie merkwürdig, daß sie keinen anderen Mann geheiratet hat!«

»Miss Porchester galt allgemein für eine große Schönheit Alma Tadema bewunderte sie so sehr, daß er sie bat, ihm für eines seiner Bilder Modell zu sitzen. Aber das konnten wir natürlich nicht zugeben.« Mr. St. Clairs Ton ließ erraten, daß diese Zumutung sein Schicklichkeitsgefühl auf das tiefste verletzt hatte. »Nein, Miss Porchester hat nie einen andern geliebt als ihren Vetter. Sie spricht niemals von ihm, und es sind jetzt fünfunddreißig Jahre, daß sie sich von ihm getrennt hat. Aber ich bin überzeugt, daß sie ihn immer noch liebt. Sie ist eine echte Frau, ›*ein* Leben, *eine* Liebe‹, und obzwar ich vielleicht bedauere, daß ihr die Freuden der Ehe und der Mutterschaft versagt geblieben sind, muß ich ihre Treue bewundern.«

Doch das Herz der Frau ist unberechenbar, und vorschnell ist der Mann, der an keinen Wandel glaubt. Vorschnell, Onkel Edwin. Du kennst Eleanor nun schon viele Jahre, denn als ihre Mutter erkrankte und starb und du die Waise in dein behagliches, ja luxuriöses Haus in Leinster Square brachtest, da war sie noch ein halbes Kind; aber was, wenn es nun die Probe gilt, Onkel Edwin, was weißt du wirklich von Eleanor?

Seit dem Abend, da Mr. St. Clair mir die rührende Geschichte von Miss Porchesters unglückseliger Brautschaft anvertraut hatte, waren erst zwei Tage vergangen. Ich kehrte des Nachmittags nach einer Runde Golf in das Hotel zurück. Da kam die Wirtin aufgeregt in mein Zimmer gelaufen.

»Mr. St. Clair läßt bitten, Sie möchten sich sofort, wenn Sie nach Hause kommen, zu ihm auf Nummer siebenundzwanzig bemühen.«

»Mit Vergnügen. Aber warum denn?«

»Ach, eine schreckliche Aufregung. Man wird Ihnen schon alles erzählen.«

Ich klopfte an die Tür. Ich hörte ein »Herein, herein!«, das mich daran erinnerte, daß Mr. St. Clair einst in der vornehmsten Dilettantentruppe, die es zu seiner Zeit in London gab, Shakespeare-Rollen gespielt hatte. Ich trat ein und sah Mrs. St. Clair auf dem Sofa liegen, ein in Eau de Cologne getränktes Tuch auf dem Kopf und ein Riechfläschchen in der Hand. Mr. St. Clair stand vor dem Feuer, in einer Pose, die alle anderen Anwesenden mit Erfolg daran hinderte, auch etwas von der Wärme zu profitieren.

»Ich muß mich entschuldigen, Sie in dieser unzeremoniellen Form zu uns gebeten zu haben. Aber wir sind in großer Verzweiflung und haben gedacht, daß Sie uns vielleicht helfen könnten, Licht in die Angelegenheit zu bringen.«

Er war im tiefsten verstört.

»Ja, was ist denn geschehen?«

»Unsere Nichte, Miss Porchester, ist durchgebrannt. Heute früh ließ sie meiner Frau sagen, sie hätte ihre ›Migräne‹. Wenn sie ›ihre Migräne‹ hat, dann wünscht sie vollkommen allein gelassen zu werden, und meine Frau ist also erst am Nachmittag hinaufgegangen, um nach ihr zu sehen. Das Zimmer war leer.

Der Koffer gepackt, das Reisenecessaire mit der silbernen Einrichtung fort. Und auf dem Kissen lag ein Brief, der uns von ihrem unüberlegten Schritt in Kenntnis setzte.«

»Das tut mir unendlich leid«, sagte ich. »Aber ich weiß nicht ganz, was ich in diesem Fall tun kann.«

»Wir hatten den Eindruck, daß Sie der einzige Mann in Elsom sind, den sie kannte.«

»*Ich* bin nicht mit ihr durchgebrannt«, sagte ich. »Ich bin ein verheirateter Mann.«

»Also nicht. Im ersten Augenblick dachten wir, daß vielleicht – aber wenn Sie es nicht sind, wer kann es sonst sein?«

»Das weiß ich wirklich nicht.«

»Zeige ihm den Brief, Edwin«, sagte Mrs. St. Clair vom Sofa her.

»Bewege dich nicht, Gertrud, oder dein Reißen kommt wieder.«

Miss Porchester hatte ›ihre Migräne‹ und Mrs. St. Clair ›ihr Reißen‹. *Was* hatte Mr. St. Clair? Ich hätte jede Wette eingehen wollen, daß Mr. St. Clair ›seine Gicht‹ hatte. Er gab mir den Brief, und ich las ihn mit dem geziemenden Ausdruck aufrichtigen Bedauerns.

Liebster Onkel Edwin, liebste Tante Gertrud!
Wenn Ihr diesen Brief bekommt, bin ich weit fort. Ich werde mich heute vormittag mit einem Mann trauen lassen, der mir teuer ist. Ich weiß, daß ich unrecht tue, Euch auf diese heimliche Weise zu verlassen, aber ich hegte die Befürchtung, daß Ihr meiner Heirat Hindernisse in den Weg legen würdet. Und da nichts mich bewegen könnte, meinen Entschluß zu ändern, hielt ich es für das beste, zu handeln, ohne Euch etwas zu sagen. Es wird uns allen viel unnötigen Kummer ersparen. Mein Verlobter ist ein sehr zurückgezogener Mensch, infolge seines langen Aufenthaltes in tropischen Ländern von etwas labiler Gesundheit, und er hielt es für das richtigste, die Hochzeit in aller Stille zu feiern. Wenn Ihr wißt, wie strahlend glücklich ich bin, werdet Ihr mir hoffentlich verzeihen. Bitte schickt meinen Koffer in das Gepäckbüro am Victoria-Bahnhof.
Eure Euch liebende Nichte
Eleanor

»Ich werde ihr nie verzeihen«, sagte Mr. St. Clair, als ich ihm den Brief zurückgab. »Nie wieder soll sie den Fuß über unsere Schwelle setzen, Gertrud. Ich verbiete dir, in meiner Gegenwart auch nur ihren Namen zu nennen.«

Mrs. St. Clair fing leise zu schluchzen an.

»Sind Sie nicht allzu hart?« fragte ich. »Aus welchem Grund sollte Miss Porchester eigentlich nicht heiraten?«

»In ihrem Alter!« antwortete er böse. »Es ist lächerlich. Der ganze Leinster Square wird sich über uns lustig machen. Wissen Sie, wie alt sie ist? Einundfünfzig.«

»Vierundfünfzig«, sagte Mrs. St. Clair unter Tränen.

»Sie war mein Augapfel. Sie war uns wie eine Tochter. Seit Jahren ist sie eine alte Jungfer. Ich finde es geradezu unanständig von ihr, ans Heiraten zu denken.«

»Für uns war sie immer ein Mädchen«, verteidigte Mrs. St. Clair.

»Und was ist das überhaupt für ein Mann, den sie geheiratet hat? Wissen Sie, was mich am meisten wurmt? Die Unaufrichtigkeit! Sie muß ja vor unserer Nase mit ihm poussiert haben! Nicht einmal seinen Namen teilt sie uns mit. Ich fürchte das Schlimmste.«

Mit einemmal hatte ich eine Inspiration. Morgens, nach dem Frühstück, war ich ausgegangen, um mir Zigaretten zu kaufen, und im Tabakladen stieß ich auf Mortimer Ellis. Ich hatte ihn ein paar Tage nicht gesehen.

»Sie sehen ja schmuck aus«, sagte ich.

Seine Stiefel waren geflickt und sauber geputzt, sein Hut gebürstet, er trug einen reinen Kragen und neue Handschuhe. Ich fand, daß er meine zwei Pfund vorteilhaft angelegt hatte.

»Ich muß heute geschäftlich nach London fahren«, sagte er.

Ich nickte und verließ den Laden.

Ich erinnerte mich, daß ich vierzehn Tage zuvor auf einem Gang durch die Wiesen Miss Porchester begegnet war. Nicht weit dahinter kam Mortimer Ellis. War es möglich, daß sie einen gemeinschaftlichen Spaziergang unternommen hatten und er, als sie meiner ansichtig wurden, zurückgeblieben war? Beim Himmel, es dämmerte mir.

»Sie haben mir doch einmal erzählt, daß Miss Porchester einiges Vermögen besitzt«, sagte ich.

»Nicht viel, etwa dreitausend Pfund.«

Nun war ich meiner Sache sicher. Bestürzt blickte ich die beiden an. Plötzlich sprang Mrs. St. Clair mit einem Schrei auf die Beine.

»Edwin, Edwin. Was, wenn er sie jetzt nicht heiratet?«

Mr. St. Clair hob die Hand an den Kopf und sank, dem Zusammenbruch nahe, auf einen Stuhl.

»Die Schande würde ich nicht überleben«, stöhnte er.

»Regen Sie sich nicht auf«, sagte ich. »Er wird sie bestimmt heiraten.«

Sie achteten nicht auf das, was ich sagte. Sie nahmen vielleicht an, ich hätte plötzlich den Verstand verloren. Ich war meiner Sache nun vollkommen sicher. Mortimer Ellis hatte seinen Ehrgeiz schließlich doch noch gestillt. Miss Porchester machte das Dutzend voll.

Nachweis

Der Verlag dankt den ›Executors of the Estate of the Late W. Somerset Maugham‹, London, der Literary Agency Mohrbooks, Zürich, und folgenden Verlagen für die Erteilung der Rechte:
- dem Rainer Wunderlich Verlag, Reinbek bei Hamburg, für ›Die Unvergleichliche‹ und ›Lord Mountdrago‹ (aus dem Band *Die Unvergleichliche*);
- dem Limes Verlag, München, für ›Der Taipan‹ und ›Der Konsul‹ (aus dem Band *Das Lied des Flusses*).

Alle deutschen Rechte an den übrigen Erzählungen liegen beim Diogenes Verlag, Zürich.

W. Somerset Maugham
im Diogenes Verlag

»Ein glänzender Beobachter. Menschen und Umwelt gewinnen bei ihm höchste Präsenz.« *D. H. Lawrence*

Die Leidenschaft des Missionars
›Regen‹. Erzählung. Aus dem Englischen von Ilse Krämer

Meistererzählungen
Ausgewählt von Gerd Haffmans. Deutsch von Kurt Wagenseil, Tina Haffmans und Mimi Zoff

Zehn Romane und ihre Autoren
Deutsch von Matthias Fienbork

Die halbe Wahrheit
Keine Autobiographie. Deutsch von Matthias Fienbork

Gesammelte Erzählungen in 10 Bänden
Deutsch von Felix Gasbarra, Marta Hackel, Ilse Krämer, Helene Mayer, Claudia und Wolfgang Mertz, Eva Schönfeld, Wulf Teichmann, Friedrich Torberg, Kurt Wagenseil, Mimi Zoff u. a.

Honolulu
Das glückliche Paar
Vor der Party
Die Macht der Umstände
Lord Mountdrago
Das ewig Menschliche
Ashenden oder Der britische Geheimagent
Entlegene Welten
Winter-Kreuzfahrt
Fata Morgana

Das gesammelte Romanwerk in bisher 13 Einzelbänden:

Der Menschen Hörigkeit
Roman. Erstmals vollständig in deutscher Sprache. Deutsch von Mimi Zoff und Susanne Feigl

Rosie und die Künstler
Roman. Deutsch von Hans Kauders und Claudia Schmölders

Silbermond und Kupfermünze
Roman. Deutsch von Susanne Feigl

Auf Messers Schneide
Roman. Deutsch von N. O. Scarpi

Theater
Ein Schauspieler-Roman. Deutsch von Renate Seiller und Ute Haffmans

Damals und heute
Ein Machiavelli-Roman. Deutsch von Hans Flesch und Ann Mottier

Der Magier
Ein parapsychologischer Roman
Deutsch von Melanie Steinmetz und Ute Haffmans

Oben in der Villa
Ein kriminalistischer Liebesroman. Deutsch von William G. Frank und Ann Mottier

Mrs. Craddock
Roman. Deutsch von Elisabeth Schnack

Südsee-Romanze
Roman. Deutsch von Mimi Zoff

Liza von Lambeth
Ein Liebesroman. Deutsch von Irene Muehlon

Don Fernando
oder Eine Reise in die spanische Kulturgeschichte. Deutsch von Matthias Fienbork

Der bunte Schleier
Roman. Deutsch von Anna Kellner und Irmgard Andrae

George Orwell
im Diogenes Verlag

»George Orwell, Prophet der Schreckenswelt von *1984*, vielzitierter Autor auch der grimmigen Fabel *Farm der Tiere*, ist heute der meistgelesene englische Schriftsteller des 20. Jahrhunderts. Und mit später Bewunderung wird inzwischen auch jener einst so mißachtete, jener andere Orwell zur Kenntnis genommen, der in Romanen, Reportagen und vielen Essays Zeugnis ablegt von seiner Zeit, von den Dreißigern und Vierzigern, in denen sich Europas Gesicht verändert hat.« *Der Spiegel, Hamburg*

Farm der Tiere
Ein Märchen. Aus dem Englischen von Michael Walter. Mit einem Vorwort von Ulrich Wickert, Orwells Essay ›Die Pressefreiheit‹, seinem Vorwort zur ukrainischen Ausgabe, fünf Briefen des Autors und dem Kapitel ›Animal Farm‹ aus Michael Sheldens Orwell-Biographie.
Illustrationen von F. K. Waechter.
Die Taschenbuchausgabe bleibt weiterhin lieferbar.

Im Innern des Wals
Erzählungen und Essays. Deutsch von Felix Gasbarra und Peter Naujack

Mein Katalonien
Bericht über den Spanischen Bürgerkrieg. Deutsch von Wolfgang Rieger

Rache ist sauer
Essays. Deutsch von Felix Gasbarra, Peter Naujack und Claudia Schmölders

Erledigt in Paris und London
Bericht. Deutsch von Helga und Alexander Schmitz

Auftauchen, um Luft zu holen
Roman. Deutsch von Helmut M. Braem

Tage in Burma
Roman. Deutsch von Susanna Rademacher

Der Weg nach Wigan Pier
Deutsch und mit einem Nachwort von Manfred Papst

Die Wonnen der Aspidistra
Roman. Deutsch von Nikolaus Stingl

Eine Pfarrerstochter
Roman. Deutsch von Hanna Neves

Meistererzählungen
Ausgewählt von Christian Strich

Gerechtigkeit und Freiheit
Gedanken über Selbstverwirklichung nebst dem Essay ›Kreativität und Lebensqualität‹. Zusammengestellt von Fritz Senn. Deutsch von Felix Gasbarra und Tina Richter. Mit sieben Zeichnungen von Tomi Ungerer

George Woodcock
Der Hellseher
George Orwells Werk und Wirken. Deutsch von Matthias Fienbork

Michael Shelden
George Orwell
Eine Biographie. Deutsch von Matthias Fienbork